NF文庫
ノンフィクション

海軍攻撃機隊

海軍航空の攻撃力を支えた雷爆撃機列伝

高岡 迪ほか

潮書房光人新社

海軍攻撃機隊——目次

写真提供／各関係者・遺家族・「丸」編集部・米国立公文書館

海軍攻撃機隊

――海軍航空の攻撃力を支えた雷爆撃機列伝

私がさずけた反跳爆撃法の秘密

改造した零戦に爆弾を懸吊してスキップボミングで敵艦船攻撃を

当時 横空第二飛行隊長・海軍少佐　高橋　定

昭和十九年八月二十一日の早朝、ダグラス三型輸送機が横須賀海軍航空隊を離陸した。機長は高橋少佐（私）、副操縦士は丸山飛行兵曹長、航法偵察士は内藤上等飛行兵曹であった。

大橋技術少佐と技術大尉の二人が、零戦の機体改造のための青写真をかかえて同乗していた。積荷は反跳爆弾数発と、零戦の機体改造用の治工具類若干と極秘図書「反跳爆撃実施要領」数冊であった。行き先はフィリピン群島のセブ島で、飛行コースは横須賀、鹿屋、沖縄、高雄、ニコルスフィールド（マニラ市南方五浬）、セブであった。

高橋定少佐

この出張の目的は、セブ基地所在の零戦部隊に反跳爆撃法の理論と実施法を説明し、改装した零戦で訓練を行なって、この部隊の艦艇攻撃能力を急いで向上させようということと、それに必要な零戦の機体改造を実施することであった。戦局は急迫し、セブの零戦部隊を内地に引き揚げさせて訓練する余裕がないため、戦場で泥縄式にやろうというわけであった。

反跳爆撃法というのはスキップボミングのことで、日米戦争がはじまる前にアメリカの「フライング」という雑誌に、ある種の爆弾をある条件で海面に投下すると、海面の表面張力の作用で爆弾は海面下を浅くもぐってからスキップし、水面上を低くはって飛ぶという記事からヒントを得たものである。

昭和十八年十月ごろ、横須賀海軍航空隊第二飛行隊の大橋技術少佐が提案した研究テーマがこれであった。私はそのとき第二飛行隊長であったが、さっそく彼の提案を採択することにした。

読者のみなさんのだれもが子供のときに経験されたと思うが、池の水面に平たい小石を投げると、石は何回も反跳して遠くまで飛ぶ。それはときには十数回も反跳して、小さい波紋がつらなり、それらがひろがって重なりあい、水面に幾何学的な図形をつくるものだ。

私の故郷は四国だが、近くで砥部焼がつくられていた。製品を窯で焼くとき、「ハマ」という小さい小皿のような台座を使ったが、これが一窯ごとに数百個もできたので、私たちはこれを水面に投げて、スキップしてできる波紋の数をきそってよく遊んだ。

私はこのときの記憶から、大橋少佐の着想による反跳爆撃法は、有効な戦法となる可能性があると思ったのだ。そして、昭和十八年十一月のなかば頃、上司の許可をえて、私の飛行隊は全力をあげてこの戦術の開発に取り組むことになった。

250キロ爆弾を胴体下に装備した爆装零戦。鹿屋を出撃する中村栄三少尉機

輸送船なら八割の成功率

この戦術の開発はやさしいものではなかった。机上でアウトラインを構想し、技術者と用兵者がそれぞれ専門別にチームを組み、機体強度の検討、爆弾搭載装置と投下装置の改造、空中弾道と水中弾道の究明および実験測定と射表の作成、戦術的な進入法、投下法、照準法、予想命中率、爆弾の種類と貫徹力などの基礎研究と実験にとりくんだ。

これには約五ヵ月を要した。実験中に、投下した爆弾が反跳して投下機の尾翼にあたり、犠牲者を三人出したことがあった。

また私は彗星艦爆九機をひきいて大分基地に移動し、別府湾で軍艦摂津を標的にして実用実験を行なったが、まちがって摂津の舷側に二五〇キロ演習弾を撃ち込んで大穴を開けたこともあった。

しかし、私たちは個々の失敗や責任を追及されることもなく、海軍航空本部の強力な推進もあって、この実験は昭和十九年六月末にいちおう完了した。

七月に入ったある日、私は海軍省と軍令部に出頭を命ぜられ、海軍大臣兼軍令部総長の嶋田繁太郎大将をはじめ各部長に反跳爆撃についての説明をした。そして八月二十一日、戦線への出張を命ぜられ、この講習訓練を実施することになったのであった。

八月二十三日午後三時ごろ、われわれはセブ飛行場に着いた。おだやかなデコボコのあるはげた芝生のランウェイに着陸して、マンゴーの木陰に飛行機を駐機した。

セブ島はフィリピン群島のほぼ中心にあって、やせた薩摩芋のような細長い島である。島内にはマンゴー、椰子(やし)、バナナが野生し、子供のこぶしほどもあるナツメやパパイヤも豊富であった。

この島のほぼ中央南岸に面してセブ市がある。中部フィリピンの中心商港で、戦前は人口三万以上であった。この港の東北に接してスペイン統治時代の苔むした古城址があり、巨大な城壁が南西太平洋制圧の名残りをとどめていた。

対岸には、マクタン島という小さい島がある。一五二一年(室町時代)四月二十七日、マゼランが原地人の毒矢に当たって世界一周の壮図むなしく、うらみをのんで死んだ島である。現在はこの島に国際空港があるが、このときは甘藷ばかりのきたない小島であって、セブ飛行場はセブ市の東北郊外にあるゴルフ場が整地され、これに当てられていたのであった。(二二頁地図参照)

ここの部隊（二〇一空）には玉井浅一、中島正両中佐をはじめ指宿正信、塚本祐造、岩下邦雄大尉以下の日本海軍零戦部隊の錚々（そうそう）たる青年が集まっていた。

一応のあいさつがすむと、零戦の機体改修が開始され、明くる二十四日の早朝から私は反跳爆撃法の講義をはじめた。

理論を省略し、接敵法、射点占位法、命中射三角と照準法、避退法の説明だけをやった。

とくにこの爆撃法は、敵の一五〇〇メートル以内に肉薄すれば命中率は六〇パーセント以上となるが、敵の戦艦、重巡、航空母艦に対するときは、わが方の被害も三〇パーセントを越えることを強く警告した。

輸送船に対しては肉薄必中攻撃が容易であって、命中率は八〇パーセントを越え、こちらの被害は一〇パーセント以下と予想される。したがって、おそらく零戦反跳爆撃部隊がセブに健在するかぎり、敵の上陸船団は中部フィリピンには近づきがたくなるであろうと強調した。

手に汗にぎる降下訓練

私は懸命に説いたつもりであったが、爆撃法についてはともかく、警告に対しては、ゼロファイターたちはまったく無関心のようであった。

私はこのとき思った。――彼らは今日までファイターとして、空戦において敵を震駭（しんがい）させた名誉ある誇りをすてて、いまは艦艇攻撃に任務を転換しようとしているのであるから、無念の気持が強く残っているのであろう、と。

彼らの気持がわからぬわけではないが、予想される被害に対しては真剣に考えてもらいたいと思った。しかし、この考えは皮相な間違いであることがすぐにわかった。彼らの戦局に対するきびしい認識が、三〇パーセントの被害など歯牙(しが)にもかけないのであった。あるいは生死の関頭に立って、被害はすでに念頭になかったという方が当たっていたかも知れない。

私が内地で約十ヵ月にわたって反跳爆撃の研究をやっている間に、戦局がはげしく変わったことは私も知っていた。昭和十九年六月十五日に敵はサイパンに上陸し、一ヵ月半前の七月六日にサイパンは陥落した。そしていまモロタイ、ペリリューは敵の猛襲を受けつつあって陥落寸前にある。モロタイ、ペリリューが陥落したら、セブ島基地は敵の進攻勢力と直接対面しなければならないことも知っている。

しかし、私はそれを机上で、あるいは頭で知っているにすぎなかった。この基地のファイターたちはそれを身体で感じていたのだ。そして、眦(まなじり)を決して死闘する最後の瞬間をひしひしと感じ、それをじっと待っていたのであった。

私はこのような人々に対して、反跳爆撃法を戦死の公算が少なくなることのメリットに焦点を合わせて説明することの迂遠さに恥ずかしくなり、自分自身に腹がたった。

講義をするのが苦しくなり、過去十ヵ月の反跳爆撃の研究もむなしく感じたので、早々に講義をきりあげた。そして、彼らが操縦を通じてどんな気骨を見せるかが、見たくなった。

そのなかで感ずる軍人としての、あるいは人間としての基本的な心構えについて言うことがあったら、私は懸命に彼らと話してみようと思った。

八月二十四日午後一時、私はセブ港に隣接するスペイン城壁の上にあぐらをかいた。前方は紺青の海である。私の前面約三百メートルで、いまからゼロファイターたちが反跳爆撃の擬襲運動をして、一キロの模擬爆弾を投下するのだ。

この運動法そのものは難しいものではないが、わずかの精神的動揺があっても、それがただちに死に通ずることが恐ろしい。しかし、いまはそれを心配する必要もないと思った。それを心配することは、彼らを侮辱することになると思ったからだ。

午後一時、第一番機が進入してきた。高度約千メートルから降下角三十度で急速に接敵し、高度百メートルで引き起こして、水平飛行にうつった瞬間に爆弾を落とす。みごとであった。二番機、三番機がつづいた。二、三分の間隔をおいてさらに三機、一時間足らずの間に二十数機が爆音高く乱舞する。艦爆にくらべて飛行機が軽く、機体の動きが安定せず、やや操縦が乱暴に見うけられたが、操縦勘はきわめてするどい。

しかし、ファイターたちは海面すれすれに飛ぶ経験が少なく、高度百メートルの勘は艦爆にくらべて劣っていた。海面に激突するのではないかと、思わず手に汗をにぎることが二、三回あったが、第一日は無事に終わった。

有為転変の三五〇年の歴史をきざんだ古城の上にすわって、苦戦にあえぐ日本の運命を挽回しようとして、懸命に訓練をするゼロファイターたちの闘魂を目のあたりにしながら、私は各機の降下接敵法、投下高度、投下時の飛行姿勢、避退法を克明に記録したのであった。

専門の艦爆乗りでも難しい

私は基地に帰って、彼らの一人一人にくわしく説明した。そして感ずるがままに批判した。私の説明を一言も聞きもらすまいとしているファイターたちを見ているうちに、午前の講義中に感じたむなしさがふたたび湧きあがってきた。

間もなく起こるであろう死闘のなかで、この若者たちが死ぬのか生き残るのか。私は、私一人が取り残されたように感じた。

説明を終えると心身ともにつかれた。私はぼんやりとマクタン島を眺めながら、マゼランの死を思った。そして、絶対にこの若者たちを死なせたくないと思った。

このような思いを知ってか知らずか、若者たちは私の講評と説明について、喜んだり笑ったりしながら、ほがらかに談笑していた。それは新しい戦法を無心に喜んでいる姿であった。あるいはそれは、これらのゼロファイターたちがパイロットとして空に生きる道をはじめて選んだとき、ハンドルを持つことそのものに生き甲斐を感じ、そのことだけに満足をおぼえたときと同じ思いで談笑しているかのように思えた。

若いパイロットが私にいった。

「教官、この爆撃法は空戦よりうんとスリルがありますね。私の技量で、しかもわずかの訓練で、敵艦に爆弾が命中してくれるものでしょうか。そうだと有難いんですが……」

「うん、当たるとも。俺たち専門の艦爆乗りでも波のしぶきを頭からかぶったり、波頭をプ

米空母に突入する零戦五二型丙。対空砲火により水平尾翼が破壊されている

ロペラでたたいたり、訓練をすればするほどこの爆撃法は難しくなったものだが、ふしぎとこの爆撃法の命中率は上手下手や、ベテランと若者といったような別はないのだよ。君たちも心配することはないさ」

　私は若い彼らと打ちとけて話し合ったが、心の中で次のことだけはゆずるまいと思った。それは午前中の講義でしゃべったことであった。

「戦艦と重巡にはこの爆撃法はだめなんだ。落とした爆弾が線香花火のように燃えるだけだ。そしてお前たちの三〇パーセントが機銃弾で落とされるのだ。見かけだけで戦果があがらず、お前たちの命だけが消えるのだ。それは駄目だぞ。狙うのは特設空母(貨物船などを改造した空母)と輸送船だけを攻撃することにしてくれ。わかったな」

　若いパイロットたちが、敵の目標をいつ

も自主的に選択できるかできないか、私は知っている。輸送船だけを目標にすることができないことはわかっていても、私はこう言わざるをえなかったのだ。それは爆撃法としての真実であったからだが、若いパイロットたちがこれをどう受け取ったかはわからなかった。

翌日も同じ訓練を繰り返した。そして私は昨日と同じことを言った。夜、指宿大尉の案内で、若者たちと一緒にセブのダウンタウンのバーにいって飲んだ。そこでも私は同じことを言った。若者たちは私をもてあまして、

「ハイ、わかりました」と答えたが、私はさびしかった。私は彼ら若者たちがはるか彼方の、私の手のとどかない所に住んでいる人のように思えた。私はただ彼らの顔をじっと見つめていた。私には彼らを教える力は何もないと思った。

この教え子たちの大部分が、二ヵ月後に特攻隊員として散って行く連中であったことは、このときの私は夢想もしなかった。もしわかっていたとしても、私には何もできなかったと思うが、不覚なことであったことに変わりはなかった。

二〇一空 爆装零戦隊レイテ沖〝反跳爆撃〟秘聞

関大尉の出撃数日前に五機の爆装零戦が反跳爆撃で米空母に突入

当時二〇一空搭乗員・海軍中尉　鳥谷　農

フィリピンのルソン島中央部のマバラカットに、飛行場があった。クラーク航空基地群の一環をなしているが、飛行場とは名のみで、一見、荒野としか見えない平坦な草地である。テントや飛行機の姿がないかぎり、だれも飛行場とは思わないであろう。

昭和十九年十月初旬、私は九機の爆装した零戦五二型をひきいて、この地に着陸した。ラバウル、トラック、グアム、ペリリュー、セブ、マニラなど、十指にあまる基地を転々と後退しながら、空襲に荒れはてた光景にばかり接してきた私の目には、熱帯の烈日に映えて輝く緑の草原は目にしみるほど美しく、平和そのものであった。

鳥谷農中尉

だが、この飛行場が旬日をいでずして、神風特別攻撃隊の発進基地として地獄の入口になろうとは思いもよらなかった。また私がひきいてきた戦闘機隊が、隊長以下全員、敷島隊、大和隊として神風特別攻撃隊員となり、みずからの命をただ一回の攻撃に燃やし尽くそうとは、とうてい考えおよぶところではなかった。

私はもともと急降下爆撃機の操縦員で、前記の基地を転々と後退し、六月に第七六一海軍航空隊第一〇五飛行隊付となった。ミンダナオ島南部のダバオをホームグラウンドとして、ザンボアンガやサランガニなどに基地をうつしながら、作戦に、新入り隊員の訓練指導に従事していた。それがある日、突然、戦闘機乗りに変身したのである。

この第一〇五飛行隊はペリリュー基地で全滅し、飛行長と藤井中尉、私のほか数名の生きのこり搭乗員がいったん内地へ帰り、再編してダバオに進出後まもなく、国原少尉、新谷少尉と二人の同期生をくわえ、戦力もしだいに強化されていった。

八月下旬、ザンボアンガ基地に展開中の私のところに、新谷少尉が九九艦爆で飛来した。「第二〇一海軍航空隊で新しく特別任務をもつ隊が編成され、俺とお前と国原の三人が編入されることとなったので、迎えにきたよ」という。

私はペアの富樫上飛曹や、その他の隊員たちに心を残しつつ、いそぎ彼とダバオの本部に帰った。そこからさらに飛行機を乗りついで、当時、第二〇一海軍航空隊が本拠とするセブ島の飛行場へ飛んだ。セブ基地には、山本栄大佐を隊長とする第二〇一海軍航空隊の四個戦闘飛行隊が常駐しており、百数十機の零戦を擁して、フィリピン全土の守りについていた。

山本大佐はわれわれを指揮所に呼び入れて、任務内容を話した。

「特別任務を擁する隊を編成し、諸君をその隊員とする。隊名は後日つける。隊長は海軍大尉関行男。後日、宇佐海軍航空隊（大分県）より着任の予定。

使用機ならびに搭乗員は、彗星艦上爆撃機三機、操縦員三名、偵察員三名。零式艦上戦闘機九機、操縦員九名、計十二機、十五名。なお、零戦搭乗員は当隊の者をあてる。偵察員は後日入隊する。

攻撃方法は反跳爆撃法を採用する。攻撃兵器は二五〇キロ爆弾各機一個、機銃全弾装備。零戦においては重量の軽減と、航続距離の延長をはかるため、無線通信兵器は装備しない。攻撃目標は空母、輸送船、その他の艦艇の順とする。

攻撃発進は、飛行機が到達できる範囲内に前述の目標を発見した場合、ただちに行なうことがある。その場合、とうぜん基地に帰着する燃料がないので、攻撃終了後は、付近に島や基地があればそこに不時着し、味方艦艇があれば救助してもらえばよろしい。隊長着任までのあいだは、諸君が隊員の訓練をおこなえ」

反跳爆撃法を演習する

以上のような話があったのち、つぎは飛行長から反跳爆撃法の説明がおこなわれた。

爆撃隊は高々度か、または敵の電探をさけるため超低空で進撃し、目標の斜め前方一千メートルないし一五〇〇メートルで、高度を十ないし二十メートルに占位する。できるだけ高速で肉薄し、射距離二百から三百メートルで投弾して避退する。投下された爆弾は、放物線を描きながらいったん海面に落下するが、飛行機が二五〇ノット前後の速度で飛行していれ

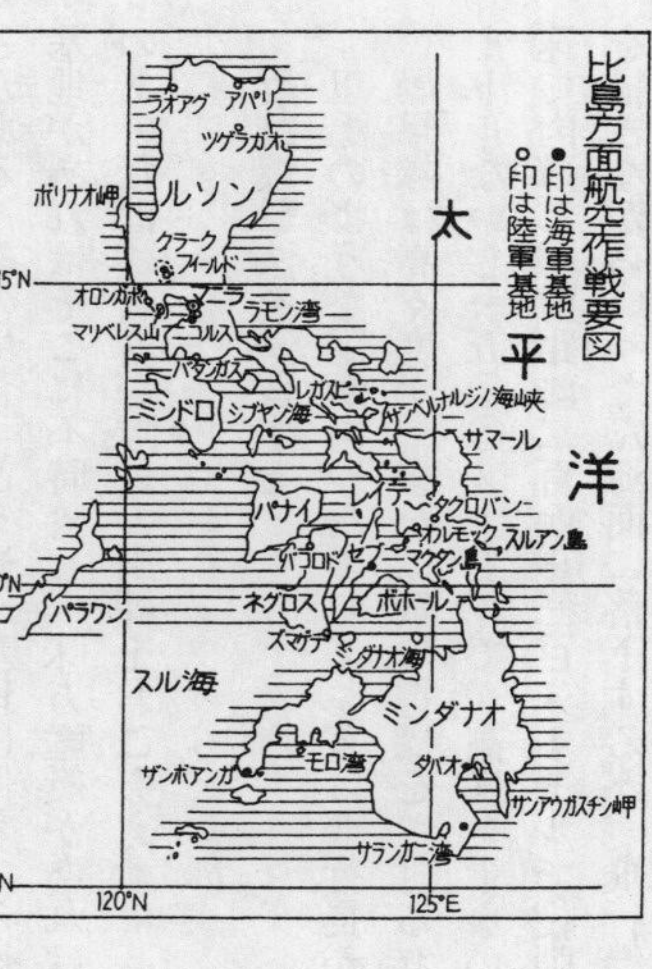

ば、爆弾もほとんどおなじ速さで前進するので、海面ではね飛んで、二秒から二・五秒後には目標の吃水線付近に激突爆破する。

かつて米軍がアリューシャン方面で行なって、そうとうな損害を日本軍にあたえたことがあるが、こんどは日本海軍がこれを行なおうというのである。

いよいよ翌日から訓練に入ることとなったが、新谷少尉は戦闘機に乗ったことがなく、国原少尉も二、三日前から下痢で休んでいたため、私が隊員とともに訓練を行なうことになった。こうして、私は急降下爆撃機乗りから零戦乗りへ変身したのである。

訓練といっても、標的や実艦的があるわけではなく、高度四千メートル付近から、現地人のあやつる帆船を補助目標として擬襲をおこなった。

海面上十ないし二十メートルの超低空での高度にたいする勘の養成、低空編隊、三隊にわかれての異方向からの同時攻撃、目標との距離二百ないし三百メートルの勘の養成などを主にやった。しかし、距離の目測をするのに実艦的がないのが残念であった。なぜなら、急降下爆撃ならば高度計が距離をはかってくれるが、反跳爆撃では目やすとなる計器類がなにもなく、巨大な目標にたいしては、距離を近くに見誤りがちであったからだ。

九月十日、ミンダナオ島ダバオに敵上陸部隊が来襲し、艦隊司令部はいちはやく山奥に移動したという。第二〇一航空隊では、各基地に分散配備していた零戦を一時にセブに集結させたため、飛行場が零戦でうめつくされ、たいへんな混雑であった。

熱帯の太陽がしだいに中空にのぼり、物陰にいても汗ばむ九月十二日午前九時すぎ、突如、米艦上機が天をおおって来襲してきた。そして飛行場せましと並べてある零戦に、銃爆撃の雨を降らせた。零戦は一瞬にして紅蓮（ぐれん）の炎と化し、天日もこれがために姿を隠すありさまとなった。われわれの油断か、敵の作戦勝ちか、戦さなれしているはずの戦闘機隊長でさえ、離陸できない者があったと聞く。

この日だけで五、六十機の零戦が空中または地上で撃破炎上した。士官一、飛曹長五、下士官十三の犠牲者もだし、二〇一空は大きな痛手をこうむったのである。敵機動部隊は九月九日にダバオを空襲しており、フィリピンの東方海上を南北に移動しつつ作戦をすすめているると判断された。

日本の機動部隊は、真珠湾でもミッドウェーでも数時間で攻撃を終了したが、米機動部隊は、トラックでもペリリューでも、二日も三日もその海域にとどまって徹底的に攻撃した。すなわち、われを線香花火とすれば、彼は燎原（りょうげん）の火のようなちがいがある。ペリリューで全滅したとき、守備隊は飲み水にさえ事欠いたという。

レガスピーからニコルスへ

いよいよ、われわれの出番が近づいたようである。帰艦する敵機のあとをつけていけば、電探にひっかかる心配も少ないし、確実に目標に達することができるであろう。

九月十二、十三、十四日と連日の空襲をうけ、敵艦がわが軍の攻撃圏内にあることが確実であるのに、ついに攻撃命令は発せられず、十三日朝に私がうけた命令は、ルソン島南部のレガスピー基地に移動せよというものであった。

レガスピー基地の西北には、マヨン山とよぶ富士山によく似た海抜二四二一メートルの活火山が群を抜いてそびえたち、山頂からはいきおいよく噴煙を上げており、じつに見事だった。入江は紺碧(こんぺき)の水を静かにたたえ、空からの眺望は絶佳の地であった。

ここは空襲もなく、われわれ九機だけで他隊はいない。しかも、基地員は手持ちぶたさのところへ久しぶりに零戦隊がきたので、活気にみちていた。彼らは空襲にたいする不安もふっ飛び、気持よく作業に応じてくれた。また、搭乗員も一〇〇名をこす大世帯のなかから抜けだし、きびしい統制もなく、一人一機で飛びたいだけ飛べるとあって、海軍入隊いらい、こんな嬉しいことはないと、明日の命の保証もないのを忘れたかのように、快活に訓練にはげんでいた。

私が当隊に着任する前、セブ基地でおこなった訓練では、高度をさげすぎてプロペラで海面をたたいた者が二、三あったし、海面に接触して殉職（戦死）をした者さえあったと聞く。しかし、私が指導にあたってからは一度の事故もなく、彼らは目にみえて練度をまし、士気もあがっていった。

　あとに残る問題点は、実艦的に面したときの二百メートル、三百メートルの距離の目測であった。数万トンの船体があまりにも大きく見えて、遠距離で投弾するおそれがある。急降下爆撃の場合には高度計が距離をはかってくれるが、このときも標的で訓練した目で実艦的にたちむかうと、目標は照準器の外にはみだして、これでよいか、と思うほどであるから、実艦的で演練したかった。

　フィリピン群島に点在する各基地は連日、どこかが空襲をうけていた。さいわいレガスピー基地だけは一度の空襲もなく、じつに平穏であった。

　その後、九月二十一、二十二日に、マニラ方面は敵数百機の空襲をうけ、私の隊も二十二日、マニラ市郊外のニコルスフィールド基地へ呼びもどされた。

　二十二日午後、レガスピーを発進してミンドロ島の西北端岬より北進し、マニラ湾西方から飛行場へ進入する航路をとり、会敵を予想しながらマニラ湾に接近した。湾内のいたるところに、赤い船腹や沈座した船のマストが見られ、キャビテ方面には数条の黒煙がたちのぼって、被害の大きさを物語っていた。

　われわれは太陽を背に、飛行場へ進入した。敵影はどこにも見あたらない。マニラ周辺を大きく移動して敵をもとめたが、機影はない。われわれは十分に警戒しながら、急速着陸して全機ぶじに収容することができた。しかし、マニラのニコルスフィールド基地も、第二〇一航空隊の永住の基地ではなかった。それからいかほどもなく、最後の拠点マバラカット基地に背水の陣をしき、わが零戦爆撃隊もこの地に送りこまれたのである。

十月十七日、敵はレイテ湾口のスルアン島に上陸し、同島守備隊は「敵上陸を開始す、われ機密書類を焼き、これを攻撃玉砕せんとす。天皇陛下万歳」と悲痛な電波をおくって玉砕した。ここにおいて、わが隊もただちに即時待機となった。

明くる十月十八日には「捷一号作戦」が発動され、未明から日没まで即時待機でおわった。十九日も、星空をあおいで即時待機にはいった。敵機は連日、われわれの頭上に襲いかかってきながら、三日間も即時待機を命ぜられて、隊員たちはいささかうんざりしていた。そこへ午後にはいって、零戦爆撃隊出撃の命令があり、戦闘機隊の横山大尉が私のところへきて、「関大尉は戦闘機の操縦が未経験なので、君が先にいってくれんか」といってきた。今日いくのも、明日いくのもおなじことだ、という心境になっていたので、即座にひきうけた。

零戦爆撃隊に出動の命下る

任務は、レイテ島東方にいる敵空母の索敵攻撃である。マバラカット基地の北方数キロにバンバン基地があった。ここに駐留する飛行隊から、彗星艦上爆撃機二機が参加し、彗星隊の天野大尉が指揮官となる。そして、第二〇一航空隊からは、零戦爆撃機五機が参加することとなった。

関行男大尉はいつ着任したかさだかではないが、彼は急降下爆撃機を専修しており、発令も第七六一航空隊第一〇五飛行隊であった。しかし、現地では私とおなじく、第二〇一航空

昭和19年11月、マニラ湾ぞいの道路から発進する爆装零戦五二型

隊の隊名のない零戦爆撃隊長として、五十日も前の内地にいるときから決定していた。おそらくダバオには行きつかず、ニコルスフィールド基地どまりになったであろう。とすれば、関行男大尉が特別攻撃隊長としてのレールは、宇佐海軍航空隊を出発するとき、すでに敷かれていたように思えてならない。

とかくするうち、この日の出撃となったので、隊員たちは関隊長とも、国原、新谷の両君とも一度も一緒に飛ぶことなく、決戦場へ送りだされていったのであった。

連日の戦闘で、零戦爆撃機も迎撃戦に使われたため、可動機はわずか五機になっていた。彗星爆撃機二機と、零戦爆撃機五機の混成隊が基地上空を発進したのは、午後二時ごろだった。バターン半島の東海岸を南下中、地上部隊は敵機と誤認したのか高角砲を一斉射、三斉射と撃ちあげてきたが、遠弾で危険を感ずるほどのことはなかった。

指揮官機は、これを避けつつ左に旋回して北上をはじめた。しばらく続行したが、南下する様子がないので、私は零戦爆撃隊だけで攻撃するため、彗星隊とわかれて南下することにした。まもなく彗星艦上爆撃機も、一機が続行してきた。二番機である。キャビテ上空で零戦爆撃機一機が故障を報じてきたので、引き返すように指示したのち、さらに南下する。パナイ島付近で、また一機が故障となった。見れば遮風板も発動機後部もオイルで真っ黒である。ピナルパガン(ネグロス島)に不時着を指示し、ボホール島を迂回してスリガオ海峡にでた。マニラから南東に進路をとれば、最短距離でレイテ東方海上に出られるが、私はあえて迂回路をとり、途中の会敵の危険をさけた。

レイテ湾北部やサマール島は、スコールにはばまれて見えない。断雲をつっきって進撃するうち、眼下に巡洋艦、駆逐艦八隻の艦隊を発見した。私は空母をもとめてさらに東北洋上へとすすみ、約百浬(かいり)ほど出たが艦影を認めない。しかも、雨さえまじえての悪天候で、スリガオ海峡に敵をもとめて反転することにした。

出撃時には七機だった攻撃隊も、いまは四機となっていた。日はすでに西にかたむいていた。往路に発見した艦隊は、単縦陣でレイテ湾に向かって航行中であった。列機に合図すると、私は一番艦にむかって急降下していった。敵艦隊は知ってか知らずか、なかなか反撃にでない。油断は米軍にもあるらしい。

零戦は投弾をおえると、海面すれすれに避退した。艦隊は爆弾をくらってはじめて射弾をおくってきたが、反航で進入したため、全艦が一斉に射撃することができない。射弾が機の前方左右に、あたかも小石をにぎって水面に投げ込むように、かたまって水しぶきをあげる。先頭艦の方は、たがいに邪魔しあって射撃ができないでいるらしい。ついには高角砲での水平射撃を二、三斉射して敵の反撃はおわった。

三番機がおくれているので、私は射程圏外で蛇行しながら待った。近づくのを見れば、左脚が出ている。合図して脚をいれさせ、編隊をととのえて帰途についた。今夜の宿はセブ基地だ。駆逐艦が二隻、点々とレイテ島の沖合いに遊弋(ゆうよく)している。レイテの稜線をこえるとき、米艦上機と鉢合わせになったが、たがいに戦闘を避けあって帰途についた。

神風特攻始まる

その夜、一人の訪問者があった。長門達中尉である。ウイスキー一瓶とドロップスを持参してきた。彼とは話すこともなかったのに、心あたたまる思いで、これらを嬉しく頂戴した。

彼はニコルス基地のこと、マバラカット基地のことなどを訊いたが、私が今日の戦闘報告や明日の攻撃準備で忙しいのをさとってか、多くを語らずに引きあげていった。心やさしい青年であったにちがいない。二〇一空の戦死者名簿には『長門達中尉　茨城県　神風特攻第一〇聖武隊』とある。十分に語り合えなかったのが残念だった。

その夜、寝つきの悪い一夜をすごしたが、第一航空艦隊司令長官の大西瀧治郎中将が、肉をさき骨をくだく神風特別攻撃隊の構想を胸にひめて第二〇一航空隊をおとずれたのは、私が発進した直後であった。隊長関行男大尉、同期の国原千里少尉ほか残された隊員は、この夜半、全員が敷島隊あるいは大和隊と命名されて十月二十五日、特攻隊の先駆けとして死んでいった。かくて名のない零戦爆撃隊は、編成いらい五十日目、ここに万世にのこる名前をえて、戦士たちはふたたびもどることのない戦いに出撃していった。

十月二十日、私はセブ基地の零戦二機をあらたにくわえて、二五〇キロ爆弾を胴体に吊り、白昼の反跳爆撃を行なうことになった。暁の出撃を期して離陸したものの、私の機の脚が引っ込まないので三機を先行させた（全機が着陸すると、空襲があったときに被害が大きい）。三番機をともなって着陸し、故障修理のうえ八時に発進して、一路空母をもとめてレイテ島東方洋上へ出撃した。

昨日にかわる今日のレイテ湾は、雲ひとつない日本晴れで、敵の船団は鏡の上にゴマツブをまいたように望見された。いまは敵手におちたスルアン島をはるか左にのぞみ、敵空母をひたすらにもとめて進撃する。約一五〇浬ほど出たとき、右前下方に黒点とウェーキを発見した。敵戦闘機の迎撃に注意しながら、全速で降下にうつる。しだいに、艦型がはっきりしてきた。敵戦闘機はまだ迎えにこない。

特設空母四隻、前後に駆逐艦が一隻ずつの丸裸の艦隊である。大胆といおうか、不敵といおうか、驚くほかない。昨夕、爆撃した艦隊が、この空母群に随伴していたのかもしれない。輪形陣でないのが、なによりも幸いである。後尾艦を爆撃することに決意してすすむ。敵はまだ私に気づかないのか、真っ直ぐに北進している。青い空、蒼い海、白浪をけたてて走

昭和19年10月25日、マバラカット基地を発進する神風特攻敷島隊。左の胴体下に爆装しているのが関大尉機。右は直掩機

る艦隊を見ても、不思議と戦闘意欲がわいてこない。戦闘機もこなければ、対空射撃もない。まるで絵のなかにいるようである。はたして、こんな敵艦に二五〇キロ爆弾をぶっつけてよいのだろうか、と思う。

零戦は主人の心を知ってか知らずか、快調にうなって、フルスピードで緩降下している。翼上面のジュラルミンに皺(しわ)のよるのが見えた。

レイテ湾への反跳爆撃の果てに

直衛の交代か、七、八機の艦上機がつぎつぎに米空母からの発艦をおわった。今度はくるかと思ったが、そのまま上空に舞い上がって姿を消した。今日は逃げ込む雲ひとつない。

あと数千メートルと思うころ、高角砲の斉射をくらった。これには驚かされた。つぎの瞬間、虎造節が私の口をついて出てきた。〽そよと吹く風、無情の風……いつの頃からか、爆撃コースに入るとかならず口ずさむようになった「森の石松」の一節である。これを唸っていると、心が落ちついてくるから不思議である。

私は降下の途中で気がかわってきた。さきほど舞いあがった艦上機のほかにも、直衛機が数群いるにちがいない。それに今日は、逃げ込む雲ひとつない晴天である。いかに海面上を低空で避退しても、敵機は基地まで追いかけてくるだろう。基地に防衛戦闘機はいない。また海面から上空への反撃も容易でない。このへんが年貢のおさめどきかと思い、それでは一番艦を爆撃してやれと決意して、目標を変更した。

高角砲射撃はまもなくやみ、時計の秒針がどれほど時を刻んだであろうか、突如、機銃の一斉射撃で応戦してきた。真っ黒い艦影からふきだす数万、数十万の火箭は、はじめはひとつの輪となって飛来し、橙色の数万、数十万の線条となり、近づくにしたがって左右上方へと放射状に機をつつんで後方へ飛び去る。

こうなるともう、曳痕弾をおしひらきながら、直進する以外に道はない。もはや、運を天にまかせて飛びぬけるより他はない。射撃によって噴出する硝煙は、艦をつつんで艦影もかすむほどである。大空から望見した平和な姿はどこへ消えてしまったのか。歯をくいしばっての突撃で、少なくとも投弾するまでは「敵弾よ当たるな」と念ずるだけである。

曳痕弾のひらきが、ますます狭められてくる。もう正気の沙汰ではない。機銃の把柄をにぎり、艦橋を照準して二〇ミリ機銃と一三ミリ機銃を撃つ。

射弾をおくると、いくらか心が静まった。二番機はと見れば、艦尾のリフト付近をねらって、私より前方へ突出ぎみで進撃している。二番機はものすごいスピードで飛行しているが、私は機の遅いことにいらだち、尾翼をムチ打ちたいほどであった。

一秒あれば、敵艦を飛びこえる操作は十分できる。二秒あれば、爆弾を確実に投下してから飛びこえることができる。ころあいを見はからって投弾し、前部飛行甲板の上、数メートルに飛行機をうかせる。右下の手のとどきそうなところに艦橋があり、砲座についている赤い顔がことごとく私を見ている。

「ざまあ見やがれ」心底に成功の心地よさが湧きでて、思わず快哉を叫んだ。

すかさず機を海面にすりつけて、右旋回に入ろうとしたとき、右前遮風板が射抜かれ、破片か弾片かが私のかぶる皮の飛行帽を二ヵ所切りさいて、前頭部に裂傷をつくった。別の弾丸は、操縦席下部の燃料タンクを射抜き、火炎が床からどっと吹きあげて、顔をなめる。風防をあけ、左手で顔をおおって機外にそむけた。操縦席内は炎につつまれ、とても前方を見ることができない。

「もはやこれまでだ。俺はやるだけのことはやったのだ」と思い、自爆を決意して右手で操縦桿を力まかせに前方へ一杯に突き出し、われを愛機ともどもフィリピン沖の海上に叩きつけたのであった。

戦火をくぐりぬけた艦攻隊搭乗員の航跡

九七艦攻で空母と共に転戦後、天山でマリアナ沖海戦、そして流星へ

元「蒼龍」艦攻隊・海軍少尉　鈴木四郎

鈴木四郎少尉

空母蒼龍(そうりゅう)の艦上——。わが第二航空戦隊は飛龍を従えて、太平洋上を一路北上していた。佐伯湾を出航したのが十一月十八日、行く先は全く知らされなかった。十五ノットの速力で、黒ずんだ洋上をまっしぐらに日本列島を島づたいにさかのぼる。

なんとなく緊迫の気がみなぎりはじめた二十四日、南雲忠一機動部隊指揮官からハワイ奇襲の示達をうけた。「いまや君国の大事に直面す。それ身命は軽く責務は重し……」訓示を待つまでもなく、全搭乗員の胸をよぎる烈々の闘志は、蒼龍艦上にみなぎりあふれた。

搭乗員室に集合したわれわれは、直ちに九七式艦上攻撃機班の編成を受ける。蒼龍艦攻隊を二個分隊に分けて、一個分隊は九機、そのうち四機は雷撃、五機は水平爆撃という編成な

のである。私は第二分隊に属して、同乗するペアに藤波貫二、大多和達也両飛曹のベテランを迎えた。一撃必殺の術策をこらして、われわれはまだ見ぬハワイ湾内に遠く思いをはせ、血潮をもやしたのである。

――かくして昭和十六年十二月八日、午前一時三十分、「総員起こし、総員起こし」の号令がとどろいた。超低空に舞いおりて必殺の魚雷をぶちこみ、さらに五千の高度から水平爆撃の殴り込みをかけるその瞬間は、もう目捷に迫ったのだ。

その日――うねりは高く、波濤は艦首に砕け不気味なローリングを続けていた。「全機発艦に注意のうえ、定時出撃せよ」見送る者、見送られる者、ひとしく赤城艦上にひるがえるZ旗をふりあおいで、発進の刹那を待った。

艦は大ゆれに揺れる。そのなかで、まず零戦隊九機が先発することになった。山口多聞少将以下が帽振るなかを、一機また一機――ところが、何機目かの零戦が片手をふって訣別の挨拶を送りながら甲板上を進んだとき、発進に失敗して海中へ激突してしまった。この波である。それに余りにも緊張し過ぎていたのも、不成功の原因だったかも知れない。

あとを追うようにして、こんどはわが水平爆撃隊十機が舞い上がり、最後に雷撃隊の発艦だった。

水煙りの中に消えたメリーランド型戦艦

轟々たる爆音が東太平洋の薄闇を圧し、わが攻撃隊は整々と進撃の途上にあった。信号灯の点滅する指揮官機に寄りそい、黎明の近い洋上をひたむきに南進していく。赤城と加賀から二十四機、蒼龍と飛龍が各八機の編隊は、暗雲を衝いて二時間、進撃高度四千メートルのままハワイを目指す。

――三時間がすぎるころ、ふと前方の水平線上にポツリと黒い点が眼に入り、しだいにワイアナの山がかすかに見えはじめた。

山が見え出したころ目指すオアフ上空はくっきりと冴えて、紺碧の青空がその周囲に鮮やかにぬけていた。最上のコンディションである。

「トトトトト」突如、全機突撃せよの命令が下った。軍港をめざして、西北端より高度を下げていく。爆撃高度は、三七五〇――。「よし、いくぞッ」しかし、第一降下は失敗、目標を捕捉できないのだ。下からはまだ射ち上げてこない。

二降下――ボッ、ボッと黒い弾幕がひらいて、搭乗席にきなくさい臭いがただよいはじめた。見ると、すでにわが戦闘機隊がホイラー陸軍飛行場に猛烈な銃撃を浴びせかけている。

われわれの唯一の目標は、工廠付近の岸壁に繋留してある敵戦艦だった。しかし二降下目も不成功となったとき、はげしい対空砲火が機をつつんだ。反転して最後の降下に移ったとき、「あれだッ」八〇〇キロの爆弾がスーッとメリーランド型戦艦に吸い込まれた。とたんに物凄い水煙りが洋上に吹きあがって、メリーランド型は姿を消してしまった。

そのころすでに、西側ホイラー飛行場の上空には黒煙がすきまのないほど覆いかぶさって、その間から閃光のひらめきが見えた。わが艦爆隊の急襲に、地上の敵機は総なめにやられたのだろう。ヒッカム飛行場も修羅場のようだった。

水平爆撃をおわったわが機は、高度を下げながら北へ針路を向けたのである。

ピカ一の名手を失う

わが機動部隊は、祖国を目ざして西へ西へと凱旋の白波をけたてていた。蒼龍隊は、わずかに零戦一機を失っただけで、カリフォルニア、メリーランド撃沈その他の大戦果を挙げ、艦内はわれるような歓喜につつまれていたのだが、「第二航空戦隊はウェーク島攻略戦に協力すべし」という命令が伝えられてきたのである。

開戦へき頭、相呼応してウェークに上陸作戦をかけた味方艦艇は、意外に頑強な敵の防砲火にさえぎられて、重大な危機に直面していた。これを救援するには、空よりする肉薄攻撃が唯一の頼みだったのだ。艦隊主力とわかれた蒼龍と飛龍の二艦は、南に変針してウェークに接近した。開戦の日より二週間たった十二月二十二日のことである。

その日の午後、戦爆連合の大攻撃をくりひろげた。わが水平爆撃隊は九機、急降下爆撃に呼応して敵陣に攻撃をこころみたが、制空権を完全にわが手ににぎっての攻撃であったのに、爆撃嚮導機であった佐藤機が、グラマンに喰いつかれて火だるまとなり、海中に壮烈な自爆をとげてしまったのである。

佐藤機は操縦佐藤治尾兵曹長、爆撃は金井昇一飛曹という、当時、人も知る名うての名コンビで、蒼龍攻撃隊員中ピカ一の名手だった。水平爆撃にかけては、山本長官から日本海空

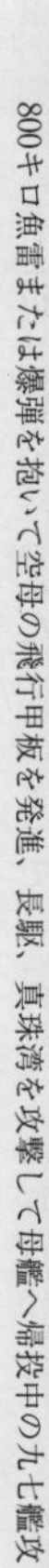
800キロ魚雷または爆弾を抱いて空母の飛行甲板を発進、長駆、真珠湾を攻撃して母艦へ帰投中の九七艦攻

軍の第一人者と折り紙をつけられたほどの至宝で、この第一回攻撃行にこの二人を失ったことは全く致命傷であった。

しかし、この猛攻撃の前に、ウェークの地上砲火陣は鳴りをひそめ、こえて翌朝には、上陸作戦を成功裡に終了したのである。佐藤機を撃墜したグラマンは、飛龍の零戦隊三機に喰いつかれ、みごと仇を討たれてしまった。

かくしてわが第二航空戦隊は、ぶじ内地に帰投し九州宇佐航空隊へ移動した。

宇佐へ到着したとき、われわれを待っていたのは霞ヶ浦へ新鋭機を受領にいけという仕事だった。同行十名、なかには雷撃のベテラン森拾三パイロットもいたが、大晦日も押しつまったその日の夜、霞ヶ浦の町に着いた。ちょうど正月にかち合ってしまったせいか、三日間を棒にふって九七艦攻を受領し、宇佐へもどってきた。

インド洋を制圧す

昭和十七年二月十九日、ポートダーウィンを空襲した第一航空艦隊は、二十五日ジャワ南方海面作戦のため出撃した。兵力は赤城、加賀、蒼龍、飛龍が中核で、ジャワ南岸チラチャップから脱出してきた敵艦船を、ジャワ南方海域で捕捉し、商船十三隻と駆逐艦三隻を撃沈せしめた。途中に通ったアラフラ海が油を流したように静まりかえり、強いコバルト色に輝いて、何ともうす気味わるかったのが目によみがえってくる。

さて、この作戦をおわったわが機動部隊は、三月二十六日セレベス島のスターリング湾を出撃してインド洋に進撃を開始した。空母五隻をつらねた第一航空艦隊、第三戦隊、第一水雷戦隊が基幹である。四月五日、機動部隊はセイロン島南方に到着、午前九時を期してコロンボ一斉攻撃の時機をむかえたのである。

艦攻五十三機、艦爆三十八機、艦戦三十六機の編成で、迎えうつ敵戦闘機の猛攻を排除して急襲を敢行、港内に仮泊中の船舶十隻以上を撃沈せしめた。敵機およそ五十機は、わが攻撃隊に叩きおとされた。

トリンコマリに攻撃をかけるのは、その翌日のことである。このときのわが艦爆隊の戦果は、まことにめざましかった。英空母ハーミスを撃沈したのも艦爆隊の手柄であった。攻撃は、およそ一時間つづいたが、この間、巡洋艦一、商船三を撃沈してさらに軍港、飛行場に相当な損害を与えることに成功したのである。

けれども、このときの攻撃で飛龍攻撃隊は、敵ハリケーンの邀撃にくいつかれ、手痛い消耗を受けてしまった。敵機撃墜数は四十機ぐらいだったろうか。

この攻撃でインド洋作戦は勝利におわり、東インド洋は当面の間、わが海上兵力のまえに手も足も出ない体制ができたのである。

内地へ帰投の途中、母艦上でホーネットによる敵の東京初空襲のニュースを受けた。脳天をなぐられたような気持につつまれたが、われわれは直ちに追尾し得る体制をととのえながら、一路波濤をついて東へむかっていた。

蒼龍ついに昇天す

昭和十七年五月二十七日、海軍記念日を期して南雲中将麾下の機動部隊は、進撃を開始した。そのころ、ミッドウェーの敵状は全く判然としておらず、二十四ノットの高速で疾走する機動部隊は、異常な緊張感につつまれていた。

六月五日午前一時半——飛龍飛行隊長の友永丈市大尉が指揮するわが第一次攻撃隊は、戦闘機三十六機、攻撃機三十六機および爆撃機三十六機の編隊で発艦、攻撃に向かった。私のペアは偵察員の山本分隊士、操縦士は新谷上飛曹である。

出発して間もなく、敵大型飛行艇の接触をうけたが、ミッドウェーを去る三十浬付近に近づいたとき、突然この飛行艇はわが攻撃隊の上空に曳光弾を投下して、敵グラマン戦闘機の誘導にあたっているではないか。「こしゃくな」とばかり、零戦隊は猛然と急追したが、薄暮で見失ってしまったらしい。

が、そのまま強引に突っ込んだとき、雲霞のごとく舞いあがってきた敵戦闘機群と猛烈な空中戦がくりひろげられた。高度は洋上四千ぐらいのところ、敵群は五、六千のところで手ぐすねひいて待ち構えていたのである。しかし、味方機の方が優勢だった。相当な被弾を受けながら、みごと敵を圧倒して、目ざす目標上空に進入して、飛行場の爆撃を敢行した。

かくして第一次攻撃を終え、第二次攻撃の準備をしていると、とつぜん敵の艦上爆撃機およそ三十機が、急降下爆撃を加えてきた。折りも折りとて、飛行甲板には発進直前の艦上機がぎっしりと並んでおり、防禦には最悪の状態となっていた。蒼龍だけでなく、赤城と加賀も同じ運命にさらされていたのである。

耳をつんざく爆発音がつづけざまに起こった。飛行甲板の艦尾と艦橋の前面に直撃弾を喰らったのだ。そして、みるみるうちに誘爆をひき起こして、たちまち大火災となってしまった。ちょうど、握り飯にたくあんの戦闘配食をむさぼり食っているときだった。

轟然たる炸烈音といっしょに、飛行甲板がめりめりッと、大音響をあげて四散していく。格納庫に入っていた艦爆の積んでいる二五〇キロ爆弾がつぎつぎと爆発しているのだ。ドドーンッ、ドカーンッ、大爆発はひとしきり続けざまに起こる。消火ホースをかかえた兵員が右往左往して、猛火の中をくぐりぬけての大奮闘も、全く焼石に水のわざに過ぎなかった。

機銃弾をえぐりとる

「総員退避」の命令が下った。柳本柳作艦長は、そのとき艦橋で指揮をとっていたのだが、燃えさかる火炎になめられて全身に火傷を負っていた。たまたま、傍らにいたペアの山本飛行士は、「総員退避」を号令したまま微動だにしない艦長に向かって、

「艦長、退避して下さい」「おう、君も早くいけ」「いや艦長、早くして下さい。危険です」

押問答をしたが、血まみれた顔をひきつらせながら、羅針盤にしがみついた艦長は、どうしても離れようとはしなかったという。艦長を口説く山本飛行士も、頭に火傷を負って、これまた血にまみれていた。

「艦長は蒼龍とともに行動する。それがワシのつとめなのだ」

もう退避する余裕は、あとわずかしか残されていなかった。私は身をひるがえして艦橋から、二十メートル真下の海面めがけて飛びこんだ。フッと気がつくと、おびただしい重油の中にポッカリと浮かんでいたのだ。幸い、ライフジャケットを着けていたおかげで、漂いつづけた。

——やがて二時間以上もたっただろうか。あちこちに浮かんでいる戦友たちのほとんどは、爆風と高熱で申し合わせたように火傷を負っている身体で、茫然と浮かんでいた。なかには、精神錯乱を起こして拳銃自殺した艦爆パイロットもいた。その周囲の海面二間四方が、朱をながしたような血潮でおおわれていたのを、いまもまざまざと思い出す。

そのうち全身が何となくだるくなり、意識がかすんでくるのが分かった。もう、これで駄目か、と思ったことも覚えている。うすれていく意識のなかで、母艦蒼龍が沈みかかっていたこと、夕日がキラキラと輝いていたこと、突然大爆発を起こして艦尾から沈みはじめたこと……そんなことが私の頭にかすかに残っている。

——気がついたときは駆逐艦巻雲の艦上に拾いあげられていた。手も足も白くふくれあがって、まるで感覚がなくなっていた。

この日のミッドウェー空中戦で、私の機はグラマンにそうとう叩かれた。私が足を負傷したのはこの時だった。後尾座席で、後上方から襲撃してきたグラマンに機銃を浴びせていたときだが、「ザザーアッ」とすごい音がして、後ろの銃座と尾翼の間に、大きな穴があけられてしまった。

そのときは気がつかなかったのだが、飛び散った機銃弾が足の皿の下につきささったらしい。ただ幸いなことに、ズボンに穴があいていたのを二、三日前に厚い布でつぎを当てていたのと、ポケットにボロ布が詰めてあったので、弾丸の速度がだいぶ鈍ったらしかった。

駆逐艦に拾いあげられるまでは、痛くもかゆくもなかったこの傷が、二日ばかりすると猛烈に腫れあがり、痛みがひどくなった。けれども軍医官は、足に弾丸がささったくらいの傷兵は目にもくれないほど忙がしかった。なにしろ、傷ついていない者は一人もいないといった方がよいくらいのものだった。

仕方ないのでメスを借りてきて、皿の下をえぐって小指の先ぐらいのヤツを抜きとってしまった。そこへヨーチンをなすりこんで、治療はおわりというわけだ。それきり、なおってしまった。この空戦では、飛行帽をもぎとられ頭と腕にも負傷した。

実戦さながらの訓練

内地へ帰還してしばらくすると、私は横須賀で特爆（特修科爆撃術練習生）の訓練を受けることになった。偵察二十名、パイロット二十名がそれぞれペアとなって、水平爆撃の訓練をおこなうわけだが、参集してきたパイロットは艦攻・艦爆・一式陸攻等から、偵察には水上機・一式陸攻等あらゆるセクションからやってきた。

いずれも千軍万馬のつわもので、ずいぶん無邪気ないたずらをしたものである。酒保は元来、夕方にならなければ開かないのだが、そこの娘をくどきおとして昼間から入りびたったり、デタラメといえばデタラメだった。しかし、とにかく精鋭ばかりで、猛訓練に実を挙げたのは確かだった。

連日、高度三千、四千の上空からボイコー照準器で狙いをさだめながら、水平爆撃をおこなうのである。それには爆撃手が巧妙であるだけでは駄目で、ペアの操縦手と一心一体にならねばならなかった。「一度、二度ヨーソロ、ヨーソロ」という具合だ。こんな訓練を一日に七回も八回もくり返すわけである。ほとんど実戦さながらだった。防空演習に仙台へ出張したり、木更津、横須賀間を夜間飛行で訓練したりの生活が六ヵ月つづいた。

所期の訓練を終えて、いよいよ本式のペアが決まり、一組ずつ部隊編成の指導機となった。そして岩国で編成をおわると、龍鳳、隼鷹の二航戦へ配属ときまった。

水平爆撃訓練に関連して思い出すことだが、昭和十九年二月トラックからラバウルに転進したときのことだ。

ここでは同様の演習を、標的艦摂津(せっつ)を目標におこなったのだが、たまたま私の投下したヤツが初弾命中ときた。おかげで、初弾命中賞なるものを頂戴したわけだが、この目標艦になる摂津の役割というのが、なかなか大変なのである。

もちろん、投下する爆弾は本物ではなく、爆弾の先にゴムをつけてあって、これが命中すると火薬のなかに化学作用を起こす仕掛けがしてあり、当たるとものすごい爆発音と煙が出るようになっている。ふつう一キロ爆弾を使用するのだが、ときには三〇キロを落とすこともあり、いちど摂津を見学にいったときに、あまりの爆発音のすさまじさに腰をぬかしたこ

母艦航空隊の主力653空の天山一二型。瑞鶴の飛行甲板から発艦中

とがある。

この訓練は、天山艦攻でおこなった。

あ号作戦は二航戦に属して

あ号作戦が開始された。われわれは、そのころボルネオ東北端沖のタウイタウイ泊地に集結を完了していたが、ここではほとんど訓練をすることができなかった。この泊地の周辺には敵潜水艦がむらがっているので、港外出動訓練が許されないのである。

しかし、およそ三六〇機のパイロットの練度は、必ずしも上達の域には達していなかったのだから、不安なこと、おびただしかった。しかも、くる日もくる日も待機してジリジリ苛立つだけで、かえって練度が低下する一方だった。

こえて昭和十九年六月十九日の夜明け

——。索敵機は四群の機動部隊を発見、ただちに第一航空戦隊一二九機、第二航空戦隊四十九機、第三航空戦隊七十八機をもって第一次攻撃隊が発進した。

私は午前十時ごろより攻撃発進した第二次攻撃隊に参加、第一航空戦隊十八機、第二航空戦隊六十四機の編成であった。われわれは、およそ三百浬の洋上を進撃していったが、二五〇浬前進したところで、敵機の大群と遭遇、戦闘機隊はただちに空戦に入った。おそらくサイパン、テニアン方面から来たものにちがいないが、突然の出会いに進むことも退くこともできない混乱が起こった。

私はそのとき、戦闘機特攻隊を誘導せよの電話をうけ、ただちに反転したが、この交戦で六十四機中の四十七機を失ってしまったのであった。

攻撃は午後三時ごろ中止されたが、この間、旗艦大鳳は第一次攻撃隊の発進後、敵潜水艦の雷撃をうけて六時間後に大爆発を起こして沈没し、翔鶴もまた大鳳の被雷後三時間あまりで敵潜水艦に雷撃されて火災を起こし、旗艦と相前後して沈没した。

つぎの日、旗艦は瑞鶴に移って、いぜん攻撃を続行することになった。機動部隊は燃料補給を急遽おこないながら、索敵警戒をつづけて攻撃の機会を待ちかまえていたが、午後になって、敵機およそ三百機が飛来し、そのためにわずかに残った戦闘機の大半を失ってしまったのである。

この攻撃で、旗艦は直撃弾をくらい、飛鷹は雷撃機の魚雷が命中、さらに敵潜の雷撃をうけてあえなく沈没した。

私の隊にいた隼鷹も直撃弾をうけ、被害はきわめて甚大だった。それにもかかわらず、小沢治三郎長官は全部隊をあげて夜間突入を敢行する計画をたてていたが、支援機が欠乏してついに断念せざるを得なくなった。かくして、戦場より離脱したわれわれは、沖縄の中城湾に帰投し、内地へ再編成のため帰還したのであった。

ガラあきの搭乗員室

話はちがうが、天山艦攻で思い出がある。ラバウルの基地にいたときのことだが、グリーン島に敵上陸の情報が伝わってきた。折りから、すみを流したような暗夜であったが、私は八〇〇キロ爆弾をかかえて、単機攻撃をかけた。

目標上空にさしかかって高度を下げ一挙に投下したのだが、ふしぎなことに爆弾は破裂しないのである。目をこらして、じっと見下ろしたが、なんの反応もなかった。

私はカッと頭に血がのぼって、帰投してから思うさま整備員にくいついたものだ。上陸早々の敵にひとあわ吹かせてやろうと思ったのを無惨にぶち破られ、憤りの持っていきようがなかったのだ。いま考えても、あんなに口惜しかったことはない。

ともあれ、夜間出撃は文字どおりカンによる攻撃だった。

やはりラバウルにいたとき、三機で夜間攻撃をかけたことがあるが、肝心の照準器をつかえず盲目爆撃一点ばりだった。敵は夜間戦闘機を邀撃に出動させてくるのだが、うすいクリーム色の尾灯を点滅させているのでよく分かった。けれども、連中は視力が日本人パイロットにくらべて弱いので、こちらを容易に発見できなかったらしい。万一発見されて発砲されても、こちらは容易に体をかわすことができたものである。

ところで、爆弾を発射する瞬間だが、あの心理は、変なたとえで恐縮だが、ちょうどパチンコをはねるときの感覚に通じているものがある。入るか入らないか、命中するか命中しないか、狙いさだめて放った後のわずかな空間――期待の一瞬と、みごと当たった触覚は、何ともたとえようのないほど痛快なものである。爆撃の心理は、ちょっと口では説明できないものだ。あの瞬間は、なにかに憑かれたような感じ、というべきかもしれない。

それにしても、攻撃行を終わって母艦に帰ってきてから、搭乗員室に入る気持はまことに複雑であった。

ひと戦さを終わるごとに、搭乗員室はガラッと減ってしまうのである。食卓に配膳されるのは、朝出撃時の定員どおりの分が並べられるのだが、ところどころ、ポツンと誰も腰かけない食卓のスキマがあいているのは、本当に身をちぎられる思いがする。戦闘をおわって、戦果を語りながらむしゃむしゃと腹ごしらえするという話などあるものではない。胸がいっぱいで、食欲もなにもなくなってしまうのが、あのときの空気であった。

流星と共に戦争最後の日々

さて、制空制海権を圧せられて、私の特爆任務もほとんど不可能な状況に直面したので、解任されて宇佐空へ転出を命ぜられた。ここでは、主としてフィリピン前線へ輸送する戦闘機を、天山艦攻で誘導するのがわれわれの任務であった。練習部隊で、大した仕事もないまま三ヵ月経ち、さらに新しい任務につくことになった。

終戦まぎわ、私は横空へ転任して流星の実験に参加した。この機は複座で、降爆、雷撃、水平爆撃もできる兼用機であるが、胴体のなかへ爆弾がすっぽり入り、シコルスキーのように翼がはねあがっているのが特徴だった。九七艦攻より操縦性が優れており空戦性能もよかったようである。

もちろん、実戦にも参加した機だが、とくに流星特攻は数度となくかけられたのである。神風特別攻撃隊流星隊として三宅島西方に進出していた敵機動部隊に、尾翼のついていない特攻用爆弾を抱いて体当たり攻撃をかけた。

七月十八日だったと記憶するが、三宅島南西二百キロの地点に雷撃攻撃をかけたことがある。夕方の六時ごろ発進し、私の機は誘導機として先頭にあった。胴体に抱えているのは一トン爆弾で、目指す敵艦隊に必殺の雷撃をかけようというものだった。

艦爆流星十八機、雷撃流星五機の編隊で索敵行に出たものの、なかなか目標を捕捉できず、私の機はゲージがなくなるまで飛びまわり、帰ってきたのは明け方四時ごろだった。

列機の佐藤一飛曹機は燃料が乏しくなって、三重の飛行場へ着陸しようとしたが、降下姿勢のとき電線にひっかかって重傷を負ってしまった。また分隊長は、索敵に出たまま行方不明となった。このころは、優秀なパイロットがほとんどいなくなっていたし、完全に制空権を敵ににぎられていたのだから、労多くして功少なしというところだったのである。

――やがて終戦の悲報を、私は木更津で聞いた。二日目だったたか、一機の一式陸攻を整備したうえ白く塗りかえる作業があった。あとで分かったことだが、これは進駐の打合わせにマッカーサーを訪れる某高官の乗機に供するためだった。

やがて故郷へ帰されたが、九月十日ごろ呼び出し命令をうけたので出頭してみると、流星を米側に引き渡すために整備をやってほしいというのである。

可動機数二十五、六機ぐらいだったろうか。私は、無性(むしょう)に腹が立ってやり切れなかった。二日ばかりいて、一人で逃げて帰った。むしむしと暑い日射しが私をやりきれなくさせたのかも知れない。

心血をそそいだ天山艦攻の実用実験

蒼龍、隼鷹から横空へ。天城、大鳳、信濃への天山着艦実験や反跳爆撃

当時 横空三飛行隊付・海軍中尉　大多和達也

天山艦攻と私の出会いは、昭和十七年も押しつまった十二月の中旬であった。この年の六月五日、ミッドウェー沖で母艦の蒼龍を失った私は、生命（いのち）からがら鹿児島県の鹿屋基地に引き上げ、七月十五日付で商船改造の新型空母隼鷹乗組（じゅんよう）を命ぜられ、九七式三号艦上攻撃機十二機を急遽かきあつめて新人の養成訓練を急ぎ、九月早々、ふたたび南太平洋方面に進出した。

大多和達也中尉

新編成の第二航空戦隊（隼鷹、飛鷹）は、数次にわたるソロモン海戦、南太平洋海戦およびガダルカナル島の血戦に参加して多大の戦果を挙げたのだが、ある日のガ島攻撃でクランクチャムバーの亀裂による油洩れのために引き返した私を除き、進撃した八機の隼鷹艦攻隊は全滅してしまった。そこで、十一月十四日付で横須賀海軍航空隊勤務が発令され、呉軍港

に帰港するためトラック島を抜錨した飛鷹に便乗し、一ヵ月後の十二月十二日、久し振りに呉の大地を踏んだのだった。

横須賀航空隊に着任してみると、私の配置は第三飛行隊付兼教官ということであったが、要はテストパイロットであった。すなわち、隣接する海軍航空技術廠とタイアップし、新機材や新兵器の実用実験を行なうのが主任務であった。そこで私は、天山の威容に接したのである。

十一年三ヵ月余りの海軍生活をふり返ってみると、艦上攻撃機操縦員としては誠にラッキーな道を歩いてきた、ということが言える。八九式、九二式および九六式の複葉機による館山海軍航空隊の実用機課程を卒業した昭和十三年八月、実施部隊に配属される直前の最新鋭機九七式一号艦上攻撃機の訓練をうけ、そのまま中支派遣の第十二航空隊付を命ぜられ、中国大陸の南京基地にむけ故国を後にした。

そして、昭和十四年に帰国した私は、横須賀海軍航空隊に着任し、昭和十五年十月に空母蒼龍（そうりゅう）乗組を命ぜられるまでの一年数ヵ月、機動部隊（空母艦隊）の爆撃嚮導機（きょうどうき）（水平爆撃のリーダー機）爆撃手の養成（特修科練習生課程）にたずさわった。

この二年間は主として九七式一号艦攻であったが、蒼龍に乗り組んでからは、もっぱら九七式三号だった。そして、再度、横須賀航空隊に帰任してからの二年十ヵ月間は、主として天山の操縦桿を握っていた。

ただし、昭和十九年にはいってからは、世紀の傑作機とも言うべき流星の実用実験に明け暮れる日々がつづいたが、横須賀航空隊の格納庫前で天山に初対面したときは、いささかもってタジタジとし、人知れず武者ぶるいしたのをおぼえている。なんといっても離昇一千馬力の栄（さかえ）一一型を積んだ重量三八〇〇キロの九七式三号と、離昇一八七〇馬力の護（まもり）一一型を搭載した五二〇〇キロの天山一一型とでは、その大きさがちがった。見ただけでも重そうだった。

その性能も、巡航速度一四二ノット、着速六十一ノット、実用上昇限度七六四〇メートル、航続距離一〇七六浬（かいり）（過荷）、航続時間八時間の九七式三号にくらべ、天山一一型のそれは巡航一八〇ノット、着速七十二ノット、実用上昇限度八六五〇メートル、航続距離一八六一浬（過荷）、航続時間九時間というように向上されていた。

空母の飛行甲板にあるリフト（エレベーター）の面積に制限があるため、それぞれの全長、全幅、全高および主翼折畳時の全高寸法はほとんど変わりないのだが、主輪間隔三・八メートルの九七艦攻に対し、五メートルもある天山の主輪間隔がいかにも力強く感ぜられたし、四枚ペラも頼もしく眼をひいた。

また、機体全体のデザインがいかにも流麗な九七艦攻にくらべ、天山の姿態は力強くはあったが、どことなくゴツイ感じに受けとれた。

三点姿勢における方向舵後縁が垂直に立っている点、主翼下面からほぼ垂直下方にのびている九七艦攻の主脚に対し、天山の主脚は前方にせり出している。エンジンの直径もだいぶ大きいうえに、パイロットの前方視界を邪魔するような空気取入口のカバーがカウリングの上になだらかな山形を形成しており、油冷却器は左斜め下方に取り付けられている。

もちろん主輪は引き上げられたときには完全にカバーされるし、尾輪も引込式で、フラップはスライド式のファウラー型が採用され、後部座席の胴体下面には引込式の銃座までついていた。取り上げただけでも大変な変革であり進歩であった。

だが、操縦席についてみて、本当の違いがわかった。軍用機のコックピットというのは、人間工学的に見てその居住性は二の次であったから覚悟はしていたものの、まさに〝キュウクツ〟そのものであった。九七艦攻のコックピットを前後水平型とすれば、天山の座席は、まさに上下垂直型であって、底の見えない古井戸にでも入るような気がした。

空冷星型九気筒七七〇馬力の光(ひかり)三型を積んだ九七式一号艦攻の前方視界も悪かったが、空冷星型十四気筒（複列）の栄一一型一千馬力に積みかえた九七式三号艦攻はグンと前方視界がよくなって、着艦のときの最終進入がずいぶん楽であったものだ。

だが、この天山は九七式一号同様、着艦時の前方視界が狭そうだ。これを解決するための苦肉の策であろうが、風防ガラスの前部上部（十五センチ×二十センチくらい）が前方（四十五度↓六十度）にわずかながら起こせるように設計されていた。

私みたいに座高の低い、一六四センチの小柄な男には全く苦手な相談だった。飛行中ロックしてあるシートをわざわざ一段上げ、発着艦用の前記風防ガラスを起こし、さらに首をいっぱい延ばすようにしなければ、着艦コースで指導灯も見えない。もう一段シートを上げるとスティックもはなれ、ラダーペダルも遠ざかってしまう。厄介なことである。

天山一二型。魚雷を搭載、胴体と主翼に電探アンテナを装備する

九七式艦上攻撃機の成功により「艦攻の三菱」といわれた伝統が中島にうつり、この後継機として十四試艦攻の試作が中島一社特命として海軍から指示されたという。社運を賭けた中島では、三菱の火星エンジンを推奨する海軍側のアドバイスを強引にしりぞけ、自社製護エンジンの装備を決定して製作に入ったが、海軍に引き渡されるまでに二年が経過したのだった。

だから、私が初めて天山に出会ってからでも一年八ヵ月もかかったのである。その間、護は火星に積み換えられ、垂直尾翼の取付角が左に二度あまりヒネられたり、発艦用ロケット「RATO」が装備されたうえに、電波探知機（レーダー）まで装備されるにいたったのである。

新造空母着艦実験

同じ十四試（昭和十四年度試作指示）であったアメリカ海軍の艦上雷撃機TBM（アベンジャ

ー）は、昭和十七年六月五日のミッドウェー沖海戦でわれわれの眼前にその姿を現わしていた。この敗戦で九七艦攻の多くを失ったばかりか、第一線の精鋭空母四隻を失ったわが海軍は、商船を多数徴用してこれを空母に改造した。そして次々と進水させて実用実験に入ったのである。いよいよ小生の出番である。もちろん、使用機は艦上機としては最大の天山であった。

天山の着艦性能実験は、公称二万九八〇〇トンの瑞鶴と一万五三〇〇トンの龍鳳で行なわれたが、私がたずさわったのは新造された空母の実用実験であった。

なかでも記憶に残っているのは、二万四〇〇〇トンの天城、三万四二〇〇トンの大鳳および六万八千トンの超大型空母信濃（しなの）の実験であった。

とくに大和クラスの戦艦を改造した信濃の場合は、飛行甲板の長さ二五六メートル、幅四十メートルという馬鹿デッカイものだった。私の乗り組んだ蒼龍が一八五メートル×二十三メートル、隼鷹が二一〇メートル×二十七メートルとくらべれば親と子の相違であった。だから、発着艦そのものは極めて楽ではあったが、十本もある制動索（制止用ワイヤー）一本一本に三回ずつ着艦フックを掛けなくてはならないのだ。すなわち、三十回も発着艦をせねばならない。いい加減に嫌気がさしてしまうものだ。

護一一型を搭載した天山一一型をつかっていた初めのころは、六〜七回発着艦をつづけると油温が過昇して続行が不可能になったり、母艦の制動索が天山の重量と着艦速度に堪えきれずに千切れてしまったり、機体の着艦フックが破損する事故が相次いだ。

これらの改修に手間どっているうちに、護を火星二五型に積み換えた天山一二型が採用され、着艦実験も順調に進められたのである。

トン数こそ半分しかないが、正規空母の大鳳は飛行甲板の広さも搭載機数も信濃を上まわっていたし、その速度も二十七ノットに対し、三十四ノットという優速であった。だから、操艦も安定しており着艦しやすかった。最後には、例の風防ガラスを押し立てなくても進入できるぐらいだった。

またあるとき、一部改修工事のためドック入りした信濃の飛行甲板から、RATOなしの発艦も行なって空中に浮かび上がったときは、思わず「バンザイ」を叫んだものであった。

私の血と汗がしみこんだ大鳳は、昭和十九年六月十九日のマリアナ沖海戦で敵潜水艦の魚雷を受けて沈没。一方の信濃は同年十一月二十九日、潮岬沖合で敵潜水艦に捕捉され、戦わずして海底の藻屑と化してしまった。痛恨の極みである。

このほか、いつ、どこで、なんという新造空母の実験をやったのか記憶していないが、スリリングな発艦の瞬間と、なんとも言えないあの着艦時のショックは、いまだこの五体に焼きついて離れないのが誠に不思議である。

魚雷発射実験

九七式三号艦攻の最大速度二〇四ノットに対し、天山一二型の最大速度は二六〇ノットと三〇パーセントアップされ、機体に搭載される航空魚雷も、これに応じてつぎつぎと改造が加えられたのはいうまでもない。

航空機による魚雷発射の価値に着目したわが海軍は、英国海軍につづいて試作研究をかさね、一九三一年(昭和六)に成功してこれを採用した。これが九一式(皇紀二五九一年)航空魚雷であった。直径四五センチ、長さ約七メートル、重量八〇〇キロ、有効射程距離二千メートル、速力四十二ノット。その頭部に装塡されている炸薬量はなんと二三五キロであった。

横須賀市大津海岸の沖に浮かぶ猿島の近くに碇泊繫留された標的艦(日露戦争の日本海海戦で捕獲したロシア海軍の巡洋艦)に向かい、連日のように天山による魚雷発射実験が強行された。私は空技廠の時田技手とチームを組み、標的艦の東方一千メートルに射点をしめす赤旗がブイに立てられ、その正横には空技廠差しまわしの高速艇がカメラマンを乗せて碇泊していた。

富津岬の上空から進入したわれわれは、愛機のスロットルを全開にして突っ込み、射点の手前約一千メートルで水平飛行にうつり、電波高度計の目盛十五メートルを維持して射点に接近、魚雷を投下する。

後席の時田技手はアイモ(撮影機)をかまえ、この間の計器の動きを克明にとらえ、発射後は魚雷の航跡を追うという大変なノルマを与えられていたのである。

分厚いロイド眼鏡のレンズの奥に光る彼の細い眼は、優しくはあるが東北人特有の粘り強さを物語っていた。しゃべる言葉もとつとつとして時にはドモリ気味であったが、意志の強さがその言葉のはしばしに受け止められた。

一～二回の模擬発射運動（リハーサル）を行ない、三回目には自信をもって投下し、予定したとおりの空中雷道をえがいて射点に落下、と思いきや、魚雷は空中で頭部をふり、落下すると間もなくハネ上がり、再度着水すると針路がまがったり、クルクルとまわり始めたり、海底に突っ込むという事故が連発した。

高速艇上のカメラがとらえたスローモーションの映像を検討し、空中雷道と水面への射入角を調査研究した結果、大型化した魚雷頭部と天山のプロペラとの間隔が大きく近寄ったためとわかり、魚雷の懸吊架を改修して魚雷の軸線を二度ダウンとし、さらに空中雷道を安定させるための筐板（きょうばん）（魚雷の尾翼部分を包むように装着されたベニヤ板の箱）を考案して、この問題を解決した。

発射高度は十五メートル、三十メートル、五十メートルの三段階を選び、発射時の機速も最高の二六〇ノットのほか、二四〇ノット、二二〇ノットに分けて実験がつづけられ、文字どおりの〝月月火水木金金〟で所期の目的が達せられたのである。

反跳爆弾

昭和十八年から十九年にかけて「スキップボム」という言葉を耳にするようになった。東條英機内閣によって敵国語である英語の使用が禁ぜられていた当時であったが、英国海軍を手本として育てられてきたわが海軍は、そのような道理の通らぬご託宣には従わなかった。

とはいえ、予科練三年間だけの英語能力では、いちいち字引きを引かなければその意味がわからなかった。そのような程度の低い輩のために、海軍はこれを「反跳爆弾」と名付けたのである。

聞くところによると、南方の島影に碇泊している味方艦船が、とつぜん超低空で襲いかかってきた中型機（B25、B24等）の胴体から離れた二五〇キロ爆弾で被害を受けた、という。しかも、投下されたその爆弾は海面で一度二度、跳ね上がってから直撃したという。

信管には遅動がかけられているらしく、海面では爆発せずに、目標に直撃してから炸裂する。そして目標からはずれたときは、三度目の海面との衝撃で爆発している。投下高度は十メートル以下、射距離はおよそ五百メートル。たとえば発射時の機速を二百ノットとすれば、秒速約一〇三メートルだから、目標上空までわずか五秒ということになる。

海面に当たってスキップすることにより、弾速は多少落ちるだろうが、なんといってもわずか数秒間のことだから、爆弾が目標に直撃して爆発するとき、どの程度避退できるか、ということである。

もちろん、爆弾そのものも改造する必要がある。弾体そのものは対艦船用の徹甲弾ですぐ間に合うが、その尾翼が弱い。最初のスキップで尾翼がへし折れたり曲がったりすれば、つぎの空中弾道は乱れてスキップは望めない。

ヨーロッパ戦線のイギリス空軍は、深い入江の断崖絶壁に構築されたドイツ軍の秘密兵器工場に対し、特殊なボール爆弾を放り込んでこれを壊滅したという。

800キロ航空魚雷を懸吊する天山一二型。火星二五型エンジンを装備

戦線が混乱するにつれ、敵味方ともに新しい戦法をあみ出し、無謀な大量殺戮の集結を急いだのであるが、人真似といわれようとも、これを放っておくことはできない。さっそく私たちも反跳爆弾の実験にとりかかった。

中型陸上爆撃機として開発された双発の銀河は海兵六十九期の余田享大尉（戦後、八戸沖でＰ２Ｖ７の訓練中殉職）、そして天山による実験は私が担当した。

横須賀航空隊の北方三浬に標的艦を置き、試作された何種類かの反跳爆弾の実験が連日おこなわれたが、そうは簡単に結論は出なかった。

電波高度計をつかっての超低空十メートルの発射高度では、海面で反跳したダミー（模擬爆弾）が、いつ機体に打ち当たってくるかわからない。よしんば、予想どおりにうまく反跳しても、目標にちょうど落下、直撃するような射点でなければならない。

また、投下後は力一杯に急上昇して避退しなければ、爆風を直接うける羽目になる。それを五秒以内の短時間でやってのけようというのだから、まさに五条大橋の牛若丸である。目も眩むようなGをかけながら避退しないと、敵の艦橋をかわすこともできない。

爆弾をうまく反跳させるためには、できるだけ低空で、しかも、できるだけ高速でなくてはならない。

何回となく爆弾の尾翼が飛び、その破片が愛機の胴体にくいこんだか知れない。そして、毎回のように海水のしぶきを浴びて帰ってきた。

二ヵ月余りもつづいた連日の実験はついに成功した。そして新型の反跳爆弾は前線に送られ、発射実験を撮影した十六ミリフィルムが何本かコピーされ、軍極秘の書類とともに第一線から馳せ参じた各航空隊参謀に、直接、手渡された。

心血をそそいで、この実験を成功させた私としては、反跳爆弾による戦果報告を一日千秋の想いで待ち望んでいた。

だが、なぜかただの一回も、朗報を耳にすることなく終戦を迎えてしまったことは、今日の今日まで、私の胸のうちに大きな謎として残っている。

電探実験

昼間の雷撃実験が成功すると間もなく、夜間雷撃における照明隊と攻撃隊の連係訓練のため、第三飛行隊の天山艦攻は大挙して宇佐航空隊に移動し、標的艦摂津をつかって連夜の実験をかさねた。

数日後、隼鷹以来ペアを組んでいる偵察員の向畑飛行兵曹長（一期後輩）とともに、急遽、帰隊を命ぜられた。そして、隊長室に呼び寄せられた。

「これから貴様ら二名に是非やってもらいたい実験飛行があるんだが、これにはある程度の犠牲がしいられるんだな……実は、飛行機搭載用の電探の実用実験なんだ」

「ああ、電探ですか。私たちは戦地で敵さんのレーダーにさんざん悩まされてきました。あれには、恨み骨髄なんです。一日も早く実用化できるように頑張りますから、是非われわれにお委せ下さい」

「うん、そう言ってくれることは判っとったが……実はだな、これには特に強力な高周波が使われるので、当分、子宝にめぐまれない心配がある。事によると子種が死んじまうかも知れんのだ。どうかな？　それでも承知してくれるか？」

「はい勿論です！　向畑飛曹長お前もいいな、ようし」「隊長ご心配なく。妻には納得させます。ご安心下さい」

いまなら、小学生でも知っていることなのだが、五十年以上も前の当時としては、この程度の知識しなかったのである。とはいえ、このときの隊長の親心には頭のさがる思いがしたし、至極もっともなことだったのである。

このほか、高度六千メートルにおける夜間照明弾の実験中、とつぜん酸素が切れて失神し、無意識のうちに高度を下げて命拾いをしたこともあるし、B29攻撃用の「三式弾」の実験を、捕獲したB17を飛ばして行なったこともあった。

懐かしい九七式艦攻では戦闘につぐ戦闘で矢弾の中をかいくぐり、この天山では、夜を日についでの実験また実験。いずれにしても、今日こうして生命永らえているのが不思議なくらいの毎日であった。

艦上攻撃機としての流星の実験飛行もまことに印象的だったが、「予備役編入」の命令をうけた昭和二十年九月二日の当日まで握っていたのは、ほとんど天山の操縦桿であった。

私の愛機はジャジャ馬 彗星艦爆だった

整備員泣かせの発動機ながら高速、大航続力の彗星で南方を転戦

当時五〇三空搭乗員・海軍上飛曹　富樫春義

富樫春義上飛曹

第二十九期飛行術練習生操縦艦爆専修として宇佐空を卒業し、開隊間もない千葉県の茂原にある五〇二空に私が転勤したのは、昭和十八年九月下旬であった。

海軍では四十五度以上の降下角を急降下といい、爆撃は十五度前方に目標をとらえて接敵し、目標に向かって追い風を受けて突入する。走行中の艦船には艦首側より攻撃するので降下角度は深くなり、実戦において投弾時は七十度以上となって体が浮き、頭がこつこつと風防にぶつかる。これは敵側より見た場合、己れの姿勢が最小限となる効果もある。

艦爆の偵察員は一人で何役もこなす。つまり敵機追撃への警戒、無電の送受信、風向、風速、機位の保持、降下中も照準角の修正を瞬間的に計算して前席につたえ、速度と高度を読みとり、じつに忙しい職務である。

艦爆の主任務は急降下爆撃だが、五〇二空へ転勤してからは超低空爆撃と敵編隊群への爆撃を猛烈に訓練した。宇佐空時代には敵機の襲撃を予想して射撃訓練をしたが、戦闘機乗りから見れば技量は幼稚で、爆撃後は三十六計逃げるにしかず、ましてや格闘戦はとても自信がない。しかし例外として、艦爆が敵戦闘機と空戦をおこない撃墜した話も多い。なかでも昭和十七年のインド洋作戦で、イギリス戦闘機スピットファイア九機と九九艦爆九機が空戦をおこない、敵を全機撃墜した話は有名で、五〇二空へ転勤した私も、この空戦に参加した山崎兵曹から搭乗員としての心技について直接指導を受け、心服したものである。

私たちは三五〇時間ていど（離陸後着陸までの滞空時間）のチンピラ搭乗員（私たちをからかって言う山崎兵曹の言葉）なので、すぐには実戦に使えないので、錬成教育といって実用機訓練を受けるわけである。日本の劣勢は日増しに逼迫し、正規の訓練では間に合わず、私のクラスで正式な期間の教程は終わり、あとは速成訓練をしたようであるが、正規といっても先輩から見れば速成の感がないわけではない。

五〇二空開隊当初の搭乗員として着任した操縦九名と甲飛九期の偵察員六名は仲良く、江間保大尉をはじめ深堀直治中尉、吉川啓次郎少尉、山崎兵曹、森本兵曹、淡井兵曹、小川兵曹の諸先輩より教育を受けた。

五〇二空での忘れ得ない思い出は、初めて九九艦爆を操縦したときの感激。下士官教育で総員がカンニングしたこと。丸子一郎が警察官と柔道の試合をし、四、五段の猛者を全員投げとばしたことと、彼が先輩のビールを飲み、自分の小便を空ビンに詰めて格納したのがばれたこと。達筆である山崎兵曹から「俺の履歴書を書いてくれ」と言われ、尻ごみした私がやむなく書いて提出したものの、「おい富樫、お前はこれを手で書いたか足で書いたのか」といわれ、馬鹿正直な私は、からかわれているとは知らず「はい、手で書きました」と答えると、山崎兵曹は「そうか、俺は足で書いたのかと思った」とニコニコ笑いながら私の顔を見ていたことなどである。

この先輩の義弟と同期であった私たちは大変可愛いがられ、彗星という艦爆があることや、別名を十三試艦爆ともいうことなどをこの先輩から聞かされた。後日、この人が横空から彗星を空輸し、目をまるくしている私たちの前にきて、ニコニコ笑っていた顔が忘れられない。今度は彗星を操縦してみたい欲望にかられてきた。

旧式化した九九艦爆に代わる艦爆として登場することも知らされ、初陣は昭和十七年六月、ミッドウェー海戦に試作機のまま（二式艦偵）二機が登場したことも知った。

彗星による訓練開始

彗星艦爆は小型機としては考えられない大航続力と、敵戦闘機をふりきる高速をもって先制攻撃をなし、敵を制圧するのが狙いであり、インド洋作戦後、横空飛行実験部で彗星を扱った山崎兵曹の話によっても素晴らしい艦爆であることがわかり、吉川少尉の訓練計画にもとづいて各種の訓練をおこなった。

自信がつきかけた昭和十八年十二月七日付をもって、われわれチンピラ搭乗員は全員五〇三空へ転勤となり、前線へ飛び立つ基地と知っているだけに、私たちは緊張した。

引率者は甲飛九期の森村浩一兵曹（予科練首席）である。着任の挨拶はむずかしい。よほど気をつけないと、たちどころに罵声を浴び、制裁がくる。

誰でも最初はへりくだって言う「何もわかりませんが」の一言は絶対言ってはいけない。「お前たちは教育されてきた搭乗員である。何もわからない者は当隊では必要としない。ただちに衣嚢をかついで元の隊に帰れ」とくるのはわかっているので、相談の結果、「未熟である私たちですが、精一杯努力します。今後よろしくお願い致します」となって第一関門を通過したが、ここにいる同期の顔も鬼のように見えた。

さっそく分隊長朝枝（あさえだ）国臣大尉の第二分隊に編入、翌日から新入隊の操縦員全員が彗星の性能や特性の講義を受け、はやくも地上滑走と全速滑走を二、三回おこない冷や汗のかわく暇もなく、いやおうなしに離着陸訓練をおこなった。

全身汗ぐっしょりになった。速力は滅法に速く、心理的に恐れたのは脚の極めてきゃしゃなことで、離着陸するたびブルブルと振動するので着陸が多少心配だ。

ある日、連続発進の訓練中、高度五十メートルで前続機の後流に巻きこまれ、速力のつかない上昇姿勢のまま機体がはげしくゆれ、青くなった。ペアの山本兵曹は、「おいッ、トンガ（富樫）頭を押さえろ」と後席でどなっており、私自身、操縦桿を押さえているのだが舵はぜんぜん利かず、彗星は私の意のごとく動いてくれない。

全開されたエンジンはうなり、懸命に操縦したのが功を奏したのか頭を下げた彗星は、やっと後流からのがれることができた。が、高度は二十メートルを割っていた。

このような状態を飛行機乗りは前続機の屁をくらうといい、こんな恐ろしい操縦状態になったのは後にも先にもない。航空事故のいちばん発生しやすいのは離着陸時であり、最もむずかしい操縦術である。

最新鋭である彗星の取扱いはむずかしく、航空廠に派遣されて講習をうけた各整備科の連中が懸命に整備しても、噴射ポンプ、電気系統、脚、フラップの故障が続出し、整備科、飛行科をてんてこまいさせた。

木更津基地の彗星艦爆と503空分隊長・朝枝国臣大尉

愛知県挙母(ころも)飛行場へ彗星を受領にいき、先輩がテストを行なうのだが、テスト中にエンジンが停止し、危うく飛行場に滑り込みセーフ。調べてみると、油送管にウエスの屑がつまり油圧が降下したためだった。

なかには製造過程で発生する金属粉が溜まっているものさえあった。再整備した彗星数機が編隊を組み、青空にそびえる富士山を左に見ながら中腹をかすめて帰隊した光景が思い出される。

わが国の飛行機エンジンに燃料噴射式を採用したのは彗星が最初で、ドイツのダイムラーベンツのライセンス製造（熱田一二型）を使用しており、この取扱いにも整備科では手を焼いていた。

彗星は翼面荷重が大きいため、エンジンに故障が起きると失速しやすい。特徴のある機首は長く、前方視界は良好とはいえない。背のびして前方を確認する始末だ。重心点は操縦席の真下、翼付け根付近にあり、初めて操縦したとき頭が重いのではないかと思ったほどである。

排気管は集合排気でなく、一個ずつ後方に向けられた単排気管で、私たちはロケット排気と呼び、速力増進の一助でもあった。

夜間編隊では一番機のロケット排気は力づよく短く、青白く連続的に見え、どんな暗夜でも、無灯火でもこの排気が目安となり、ピタリと編隊が組めた。

彗星は高馬力のためか、右回りするペラの反動だろうか、機首を左に向けるくせがあり、防止策として方向舵の修正タブを七度左に修正すると、方向舵は右方向に修正されて機は直進するが、うっかりすると彗星は思わぬ方向に滑走し、冷や汗をかきながら離陸操作をするはめとなる。ペラは恒速可変ピッチプロペラで、離着陸時には低ピッチとして回転数を早め、巡航時や急降下の際は高ピッチとする。

海軍機はすべて母艦での発着を基本にしており、狭い場所から発着する操縦が要求されている。エンジンを全開にすれば飛行機は機尾を持ち上げるもので、地上で全開運転する場合、機尾に二、三人の人が垂直尾翼にしがみつき、操縦桿を一杯引き、チョーク（車輪止め）をかけておく。そのとき機尾に人は立ってはいられない。

離陸時に機尾の持ち上がりを利用するわけで、全開させるレバーに合わせ、操縦桿をゆるめると機は水平となって加速され、七十五ノット（約一三九キロ／時）に達すると彗星は舞い上がり、しだいに高度を増すので操作は急激におこなわない。

終戦まで小型機で三千回の発着をおこなった私は、発着で機を損傷したことはないが、会心の離着陸は一度もおこなえなかった。

着陸は第三旋回点でエンジンを絞り降下、第四旋回で降下旋回して滑走路に直進するが、着陸左側には点灯可能な赤白のパス板が置かれ、当日の風速によって角度を変えた赤白の板を、平行にかさなって見えるように飛行機の姿勢を修正し、エンジンの出方を増減させながら若干機首を上げぎみで降下する。

うまくパスに乗っていっても風向きによって機は流されるので、風上に機を傾け流れを止め、速力を七十ノットにするが、この時がいちばん不安定の状態である。

高度七メートルの地点でパス板を通過したとき、偵察員は「艦尾かわった」または「七メートル」と大声を出す。前席もわかっているが、確認のため叫ぶわけで、ただちにスロットル全閉、いままでの機の姿勢を一瞬のうちに修正し、水平線を目標にして静かに力いっぱい操縦桿を引くと失速状態になり、三点着陸となる。

大型機も同じ方法がとられるが、陸軍機とは操縦法がちがうと聞いている。

前線ではパス板はなく、夜は離陸目標灯と艦尾灯と滑走路の両側に数個のカンテラが置かれるが、訓練の積みかさねで不安もなく離着陸がおこなえる。

つぎに彗星の脚についていえば、収納十一秒、脚下げ十秒と記憶にあるが、どちらも十秒だそうで脚の故障には整備、搭乗員ともに頭をかかえる。原因は脚収納時、ストップの位置で電源が切れず、モーターは回転しつづけ、オームギヤが故障するためで、その対策として操縦席の右側にある手動の脚下げ装置を使用する。それでも脚が出ないときは搭乗員の心痛は大変である。

今度は高度を充分にとり急降下して引き起こしをおこなう。また急激な横滑りをなすか、特殊飛行をおこなって脚を出す操作を何回もおこなうが、搭乗員は自機の脚が見えぬため地上すれすれに舞い降り、地上員に確認してもらう。ときには脚が出ているにもかかわらず、表示灯がそれを示さぬこともあり、どうしても出ないときは片脚着陸をおこなう。私は幸いにして脚の出ない場面に出会ったことはなかったが、いつも確認のため手動にきりかえて操作、着陸したものである。

前線において小林飛長（丙十三期）の脚が出ず、私たちがかたずをのんで見守るなか、見事な片脚着陸をおこない、地上滑走で速力が遅くなったとき、脚上げスイッチＯＮにしたのか、その片脚は静かに折り畳まれ、ペラは内側に曲げたまま静止、胴体をわずかにこすっただけで、小林飛長の見事な操縦法と、確実な判断によって貴重な彗星は助かった。

ただちに搭乗員総員整列の声がかかり「小林飛長一歩前へ」「小林飛長の操縦法じつに見事なり」と武田新太郎隊長の賞詞があって、操縦員として面目をほどこしたが、惜しくも戦死してしまった。おなじ一歩前でも、宇佐空時代「富樫一歩前」と声をかけられ、分隊長より特大のゲンコツ一発を喰い、目から火花を飛ばした私とは天と地の違い、とても比較にならない。

あこがれの前線へ羽ばたく

下手をすれば、すぐひねくれる彗星をいかに手なずけるかは、整備兵や搭乗員の技量次第だと私たちは考えていたので、「くそッ、このジャジャ馬に負けてたまるか」と故障追放に頑張り、敵戦闘機の追撃を振りきれる彗星をこよなく愛した。

ちなみに私たちの最も強敵だったのはP38とF4Uコルセアくらいで、グラマンやカーチスは速力において眼中になかった。

しからば、なぜ彗星が期待どおりの威力を発揮できなかったのであろうか。日本軍全般についても言えるが、私なりにまとめてみると、①電探兵器発達の違いと運用による迎撃態勢優劣の差、②防禦砲火にVT信管の出現、③航空燃料の質の差、④無線連絡法の違い、⑤情報洩れによる被害であろう。

まず、電探と迎撃態勢についてである。

昭和十九年二月二十二日に木更津を発進した五〇三空の目的地は、搭乗員の墓場といわれたラバウルのココポ基地である。だが、戦況が不利になったため、トラック諸島楓島基地に目的地が変更された。このトラック基地ではじめて爆撃をくらった。その日は雲が厚く、どうせ盲爆撃だろうとタカをくっていたが、重要施設がつぎつぎと被害をうける始末であった。

当時アメリカには電探爆撃法が開発されているという情報があったが、事実だと思う。百浬（かいり）以上もはなれたところから接近する日本攻撃隊の有無を知る電探を持つアメリカ軍に対し、日本軍の電探はせいぜい二十〜三十浬、よくて六十浬以内の能力しかなかった。

だから、空襲警報が発令されたときには、すでに敵機が頭上に出現するという有様であった。電探兵器開発のいきさつは戦地において聞いており、日本軍上層部の昔ながらの考え方、つまり石頭的考えが日本軍の悲惨を招いたのではないだろうか。

防禦砲火についてはサイパン駐留時、五〇三空搭乗員の間で議論が湧いたのだが、VT信管つきの爆弾一発はどれだけの威力があるのだろうか。高度五十メートルで炸裂した二十五番爆弾は、どれだけの範囲の敵に被害を与えられるだろうかと真剣に語りあった。

時期は昭和十九年三月上旬、日本軍でもVT信管を開発中との言葉を信じ、早急に配備されることを望んでいたのだが敵に先を越され、しかも防禦砲火に利用され、確実に目標近くで炸裂する砲火は電探使用によるのとあいまって、その効果は増大し、いかに歯をくいしば

暖機運転中の木更津基地503空の彗星艦爆一二型。液冷エンジン熱田を搭載

って突撃しても、その餌食になることは必然、戦死した搭乗員の無念さがわかる。

あまりにも精神面を強調しつづけ、技術面の改善をおこたった石頭上層部の責任であろうと残念でならない。

航空燃料については、当時、私たちはたしか九三オクタン価燃料を使用していたと思うが、次第に九〇、八七という低オクタン価の燃料となり、エンジン出力の低下はまぬがれなかった。敵は一〇〇オクタン価の燃料を使用していたことを、私たちは羨ましく思っていた。

無線についいは、彗星には空三号という優秀な送受信機が積まれており、垂下空中線を出せば南太平洋から日本本土に送信できた。私たちの連絡は常時暗号にもとづき、作戦緊急信、緊急信は偵察員が前もって予想されることを暗号書によって組み立てて送信するが、

費となる。予想外の出来事は飛行中に暗号書を引っぱり出して暗号を組み立て打電するので、時間の浪

アメリカでは緊急信は平文で打つ例も多く、無線電話で連絡しあっていた。一刻を争うときこそ、また場合によって平文発信が許されてもよかったのではないかと思ったことがある。尊い人命消耗のかげに無線連絡法の拙劣さもあると感じている。

五〇三空で四月ごろ隊内無電といって、到達距離五十浬程度の長波を使用したことがあり、各搭乗員はノドの両側に取りつけたマイクを通じ、各機との連絡をおこなったが、性能が悪く、雑音が入りすぎ、いつのまにか取り止めとなった。もし改良を加えフルに使用できたならばと惜しまれてならない。

最後は情報洩れについてである。

トラック島の各重要基地周辺には敵潜水艦が配置され、私たちはたえず監視されていたようで、春島山上では夜間爆撃にくる敵編隊を誘導する灯火が見られ、憲兵が捜索したが不明であった。

昭和十九年四月一日、グアム方面の索敵攻撃のさい私は単機残留したが、さっそく翌日、B24の二十機程度の来襲をうけ、装備していた三号二十五番爆弾を抱いて迎撃した。偵察員は吉川宏一飛曹であり、まぐれ当たりで撃墜一、不確実一（地上員の望見）、撃破炎上二、の結果を出した。

四月二十六日、西部ニューギニア南緯二度三〇分近くのバボ基地（ベラウ湾東南岸）に作

戦のために進出した翌日、B24の空襲をうけ肝を冷やした。幸いに一機の損傷もなかったが、これも敵スパイの通報によるものと私たちは憤慨したものだ。各航空隊でも、このような例が数多いと思う。

ニューギニアのビアク島で激闘する日本軍が西洞窟より東洞窟の友軍に渡す暗号書を、途中で米軍にうばわれた事件があったが、このような玉砕地は数多くあると思われ、日本軍の暗号は容易に解読されたと思う。

ともあれ、彗星の射爆照準器は自動になっていたが、故障が多く私は実戦では固定しての ぞんだ。ついでに固定銃七・七ミリの弾丸は徹甲、焼夷、曳光等の各弾を交互につめた各銃弾帯は五百発、偵察の旋回銃は九十発弾倉六個で、二十五番投下には電気雷管を使用した。

整備員を泣かせたものに、増槽がある。両翼に吊るされた三三〇リットル増槽二個の取付口で空気が吸入され、エアロックを起こして燃料供給がとぎれることが再三あって、いまでも苦労話のタネだ。切り離しは順調、燃料供給はスムーズにという両面は難事であったろう。

不時着・漂流・生還

昭和十九年六月三日、ビアク島敵艦隊攻撃のさい、突撃命令で各機一斉に増槽を切りはなしたが、六千メートル上空から全速緩降下する朝枝国臣大尉機の右増槽は四千メートルの急降下直前まではなれず、私の機の左増槽も切り離し不能となったが、投弾した二十五番爆弾は巡洋艦の左舷後部に命中した。しかし、被弾のため海上に不時着したのだ。このときになってやっと機体より増槽がはなれたいきさつがある。

いままで五〇三空で海上に不時着して助かった搭乗員は私たち二人以外にはない。一週間後に激戦中の西洞窟にたどりつき、そこで八日の攻撃で被弾不時着した西森機のペアと奇蹟的に出会った。

最高指揮官千田（せんだ）貞敏海軍少将の温情ある脱出命令をうけ、激戦地を脱出したが、まもなくビアク島の勇士は玉砕してしまった。弾薬、水、食料などの不足に耐えながら激闘をつづけていた勇士たちの姿も忘れられないし、別れのさいに握手を求められ千田少将の手を握ったが、大きく温かい手の感触は今も忘れられない。

彗星の操縦席と偵察員席にはそれぞれ羅針儀があるが、これらは多少の誤差があっても、何百浬の洋上を飛び、ドンピシャリ目的地に着くことはできないので磁差修正をおこなう。

まず、各搭乗員は座席につき、他の搭乗員は機を水平になるように持ち上げ、機首を〇度に向けて支柱で支える。一人が修正用羅針儀をかまえ真後ろから狙って方位を読み、座席にいる者は修正用の小さい磁石を差しこんで角度を合わせ、右回り九〇度、一八〇度、二七〇度と同じことを繰り返し、つぎは四五度から九〇度ずつ右回り、第三回目は二二度三〇分から九〇度ずつつくりかえして修正を終わる。

このさい不要な鉄製品は搭載しない。座席にあるのは身につけた拳銃、後席の機銃、その他の装備品と、所持する短刀ぐらいで、日本刀は無用の長物といい持参しない。出撃前に留守家族に送り返したほどで、ときたま搭乗員がかっこよく日本刀をもって乗り込む写真を見るが、私には不思議でならない。

不時着用糧食が兵器とは

また、後席にはサントリーウィスキーのポケット瓶（気つけ薬として用いた）、梅干し、鰹節、ビスケット、ドロップ、チョコレート、コンビーフ等が入った不時着用糧食が搭載されている。

私たちは前線へ発進前、この中身に興味をもち、開封したついでに全部食べてしまったが、これは兵器に属し不時着以外に開封してはならぬことになっていたので、適当な理由をつけて主計科に出むき、もらってきたことがある。同期生でこの中身を知っている者も意外に多く、悪事を働いたのは私ばかりでないようだ。

トラック環礁楓島において「俺たちの不時着は即死につながる。こんなものが兵器とはチャンチャラおかしい、生きているうちにうまい不時着用糧食を食ってしまえ」と勝手な理屈をつけて空にし、同重量の石を詰めハンダ付けしてしまった。それがばれ、一番機操縦の板橋泰夫兵曹から待機所でこっぴどく叱られる羽目となったが、誰もが勝手に処分し、備えている者はいなかったようだ。

彗星という名機を私たち隊員は技量を向上させて手なずけ、南方各地を転戦した。

昭和十九年二月、木更津を発進した五〇三空約六百名はトラック島に進出。ついで五月十五日、サイパン島に移動し、第二飛行場に展開していた。同時に派遣された少数の彗星とともに七月六日、江口忠夫大尉（整備長）指揮のもと死闘をつづけ、ついに玉砕してしまった。

十四機の飛行隊はビアク島に来襲した敵艦船にたいし有効な攻撃をくわえ、撃沈四、撃破九（足立原機の分を含まず）。六月十七日にはヤップ島を発進した五〇三空の彗星二機は中型空母一に直撃弾をあたえ、石井樹中尉機は壮烈な戦死をとげたが、奥内文雄、浅尾弘のペアはグアム基地に帰着する戦果をあげた。

しかし生存した搭乗員もその後、逼迫した戦局にともない特攻作戦に出撃して戦死。現在、生存が判明しているのは操縦一、偵察三、整備十九だけである。

私たちの思い出の地である木更津において、これまた忘れられないヤップ島より懐かしい彗星が帰還し、関係各位の努力によって復元され、靖国神社に展示された。この彗星の部品のなかには五〇三空の彗星もふくまれているものと思い、これらの部品に乗って懐かしいわが部隊員の霊も、懐かしい祖国に帰還されたものと信じている。

遅れてきた名機「流星」最後の奮戦

艦攻と艦爆の特性を合わせもつ名機で編成された唯一の部隊

当時七五二空攻撃第五飛行隊・海軍大尉　冨士栄一

私と流星の最初の出合いは、昭和十九年の末だった。

この年十月ごろ、私は台南航空隊の教官として台湾にいた。ある日、全搭乗員が一室に集められ、司令から神風特別攻撃隊の趣旨および希望をつのる旨の示達があり、希望者はおのおの上司へ申し出るようにいわれた。

この示達の前に、妻帯者および一人息子は退場するようにいわれたが、退席した者は一人もいなかった。もちろん私も、さっそく飛行長に特攻の希望を申し出た。このとき、飛行長室の前で出会ったのが、神風特別攻撃隊の第一号となった関行男大尉であった。

関大尉は一ヵ月くらい前、霞ヶ浦の教官から転任され、以来われわれは台南の町をよく二人で飲んで歩いた仲だったが、このときニヤリと笑った顔を、私はいまでもハッキリおぼえている。その後の十月二十五日、関大尉は神風特攻の先駆けとして散華し、軍神として二階級特進した。

逆ガル翼の試製流星。艦攻と艦爆の機能を合わせもち、戦闘機なみの速力

そのころ、私はまだ台南で毎日を送っていたが、突然、横須賀海軍航空隊勤務を命ぜられた。そして着任して早々、飛行長に挨拶にいったところ、「君には特別の任務をやってもらうから、横空の大分分遣隊へ行き、高橋定隊長の指揮下に入れ」との命を受け、私はすぐさま大分に飛んだ。

大分空に着陸すると、彗星や銀河などの新鋭機のほかに、見なれない逆ガル型のオレンジ色に塗られた飛行機が、目についた。横須賀航空隊、通称「横空」は天下に名高い実験航空隊なので、新型機があるのは当然だが、このとき初めて「ああ、これが噂の十六試雷兼爆だな」と思った。

高橋隊長に面会すると、「よくきたね。君には流星に乗ってもらう。十五人の優秀な部下をつけるから、八機の流星隊を編成して、試験飛行と訓練が終わりしだい、ラバウルへ行って南太平洋の敵輸送船団の撃滅にあたってくれ」といわれ、私は身体が引きしまる思いになった。

もっとも二十七年も前の話なので、最近でも生き残りの仲間たちが集まって昔話をすると、このときの任務は、前述のラバウルへの進出であったり、空母信濃の基幹搭乗員の養成とか、パナマ運河を潜水艦を利用して爆撃するとか、まちまちである。ともかく特殊任務（私はいまだにラバウル行きを信じているが）であったことは確かである。

任務は任務として、その日以来、私は流星にほれこんでしまった。性能については、ここでもう一度確認しておこう。

全幅十四・四〇〇メートル、全長十一・四九〇メートル、全高四・〇七〇メートル、全備荷重六・〇七五トン、発動機は誉改（ほまれ）一八五〇馬力、十八気筒空冷式、四翅ペラ、最高時速五六〇キロ（六千メートル）、巡航三六〇キロ（四千メートル）、航続距離一六〇〇キロ、兵装二〇ミリ固定機銃二門、一三ミリ旋回機銃一門、自動爆撃照準装置ＯＰＬを備えている。

とくに当機の特徴である雷撃兼爆撃についてのべると、急降下爆撃は、当時の単発機では世界にも類のなかったものと思われる。

一トン爆弾を胴体内に収納することができ、雷撃のときは八〇〇キロ魚雷を体外につるし、戦況に応じて両面の攻撃をすることができた。ミッドウェー海戦のころにこの飛行機があったら、どんなにか役に立ったことだろう。

初の流星部隊誕生す

私の着任と相前後して、大分へきた流星搭乗員たちの顔ぶれは、またまた私を驚喜させた。まさに歴戦の勇士の生き残りが、南から北からこの大分へ集まってきたのだ。われわれは、弱冠二十歳のパイロットを長として、生死を共にすることになった。

そしてこの日から、流星の性能をフルに利用すべく、テストや猛訓練が昼夜の別なくはじまった。流星の製作は、愛知航空機の挙母(ころも)工場（愛知県）でおこなわれたが、初春の瀬戸内海を、大分から挙母まで新機を受け取りにいくのにも、胸をおどらせた若き日の私だった。

戦局はしだいに悪化し、前述の諸計画は不可能になり、わが流星隊もいよいよ内地防衛の任務につくことになった。

昭和二十年四月、私は攻撃第五飛行隊に入り、流星によるわが国初の戦闘部隊として千葉県香取基地に赴任することになった。攻撃第五飛行隊、略称K5の隊長は、私の艦爆飛行学生時代の教官で、横空でもなにかと指導してもらっていた薬師寺一男少佐であり、私は高橋定少佐とともに大変おせわになった。

こうして流星は、正式に実戦機として、以後、八月十五日午前まで猛訓練をかさね、わが海軍航空隊最後の攻撃機および特攻機としての新しい一歩をふみ出すことになった。この間、流星は試作機いらい一一一機が生産され、約八十機がK5に配属された。そのうち私が受け取り、飛行ならびに試験飛行をしたのは、六十四機にのぼると記憶している。

流星がたどった数々の勇ましい、あるいは悲惨なエピソードを、順を追って話してみよう。偉大な人物には、時として大きな欠陥があるといわれる。

流星はたしかにすばらしい飛行機だった。離着陸時の視野の広さ、米戦闘機にもおとらぬ速力、また艦爆と艦攻の特性を同時に生かした特異な性能、戦闘機なみの重武装など、他の飛行機にはないすばらしい点がたくさんあった。

私も海軍の種々の機種、九六、九九、彗星の各艦爆、零戦、月光など幾多の機種に乗ったが、たしかに艦爆の操縦は一般に重く、そのために艦爆野郎どもは体格にすぐれ、腕力もある、瞬間的な反射神経を持った者だけが選ばれた。

P51の追撃をかわす

流星はすぐれた飛行機であったが、なかには妙なクセのあるものが何機かあった。

急降下爆撃は、普通三〜四千メートルくらいから四十五度くらいで降下し、六百メートルくらいで爆弾を投下して、ただちに引き起こし回避するのであるが、この瞬間、三G〜五G(Gは物体が地球に引っぱられる重力)くらいの重力がかかる。流星のなかには、このとき右に「トーク」がかかり、反転してそのまま地面に激突する、防ぎようのない事故の要素を持った何機かがあった。

降爆の普通訓練は、指揮所のかたわらに白いT字形の板を置き、それに向かって急降下をし、高度六百メートルくらいで引き起こす。

香取航空隊のある日、私が指揮所にいると、とつぜん物すごい破裂音がした。飛び出して見ると、前述の事故である。地下十メートルぐらいの大穴があき、機体はメチャメチャになっている。ふしぎにも火災の発生はなかったが、星型のエンジンにのめり込んだ二人のパイロットの姿は、見るにしのびなかった。

その後も、この種の事故が二つ三つと重なり、安心して降爆訓練ができなくなった。われわれは根本的な対策を検討しなければならなくなった。

元来、急降下して急激に引き起こす作業は、ガソリンの流通に影響する。降爆の投下訓練はふつう飛行場の近くにあるコンクリートの仮設標的に、一キロ発煙練習弾を落として引き起こし、成果を見たうえで飛行場に帰る。

だが、古い練習機で行なうとエンジンストップが多く、プロペラのとまった飛行機をグライドでだましだまし着陸させたことが、私だけでも十四回もあった。それでも、私は飛行機をこわしたことはない。飛行生活中、一度も機体を壊さなかったのは、いまでも誇りに思っている。

流星の欠陥をなおすために、空技廠の山名正夫技術中佐（戦後、東大教授になり、B727型ジェット機の羽田沖墜落事故のさい、原因の究明にあたった）に後席へ乗っていただき、私が操縦して、あらゆる降下角度と速力で、テストをくりかえした。そして、ついにエルロンの改造によって欠陥所をなおし、全機の不安をなくすことができた。

山名中佐は平然として苛酷な条件をつぎつぎと出したが、一番クセの強い機を使ったので、操縦する方は馬鹿力によるフル回転の連続で命がけだった。

こうして唯一の欠陥も解決し、われわれは敵がいつ攻撃してきてもいいように態勢をととのえて、敵を待つことになった。

また、こんなこともあった。B29による空襲のほかに、米艦上機が帝都の上空までやって来た昭和二十年六月のことである。

編隊降爆訓練に出て間もなく空襲になったため、いそいで木更津基地に帰投することになったが、その途中、P51ムスタングの編隊と出くわしてしまった。艦爆と戦闘機ではまず勝目はない。バンクをふって列機はすぐに逃げたが、隊長機の私は、そうとう執拗に追いかけられた。

映画やテレビでは、どこから射っても飛行機は撃墜されるが、対単発機では、敵の後上方からせまり、軸線の合った瞬間がいちばん命中率がよい。二人乗りの艦爆の場合、後部搭乗者の使命の一つはこの一瞬を前席の操縦者につたえることである。

戦闘機は、右に左にバンクを切り換えながら軸線に入る。このときが発射のチャンスだ。追われる方としては、「ヨーイ、テッ！」の合図で、操縦桿を右にたおしてフットバーの左を蹴飛ばすと、機は左右に大きくすべる。後追いの機は海面に突っ込むので、大きく右または左に急反転をする。

このとき、敵機がこっちを向いてニヤリとし、こっちもニヤリと笑い、おたがいにそのまま別れるという信じられない一場面もあった。

いずれにしても、自分の生まれ故郷である。関東平野を逃げまわる気持は、まことに情けないのだが、戦争中の愛嬌とでもいおうか、いまになると「あの野郎、いまごろ何をしているんだろう」とおたがいに思ったり、思われたりしているかもしれない。

月明かりの機動部隊攻撃

ここで攻撃第五飛行隊（K５）の最後の奮戦を、ぜひ書きとめておきたいと思う。K５は、終戦時には木更津にいた。紀伊半島沖から房総半島沖の敵機動部隊に対して、夜間、昼間の別なく攻撃をかけ、太平洋戦争の最終日である八月十五日まで戦いつづけた。

態勢をととのえて待っていた七月二十五日、米機動部隊が悠々と紀伊半島の南六十浬(かいり)を北上しているとの情報が入った。

わがK５に攻撃命令が下ったが、攻撃は二隊に分かれ、一隊は隊長森大尉以下四機、もう一隊は私以下三機である。ともに基地を夕方の五時に発進し、攻撃に向かった。

このときは普通攻撃で、帰還したのは三機だった。その後、五機が雷撃に出たが、接敵できず一機の不時着をのぞき四機が帰還した。

途中、私は敵機の攻撃をかわしながら飛んでいるうちに、味方機とはぐれてしまい、月明かりの中で敵の機動部隊を発見したのは、午後の八時ごろだった。

米機動部隊は原則として、中央に空母四隻、前後に戦艦二隻、周囲に巡洋艦八隻、駆逐艦三十二隻をもって輪形陣を構成している。私が降爆に入ると、射ってくるわくるわ、そのす

魚雷を抱いて飛翔する流星改。752空攻撃第5飛行隊の所属機

さまじいことといったらなかった。

　私はふと子供のとき、戦前の国技館で夕刻になると豆電球が一斉についた瞬間を思い出した。

　銀紙を幅三センチ、長さ三十センチくらいに切った束（チャフ）を、まき散らしながら、右に左に機体をすべらして電探射撃をさけながら降下する。

　この方法は、敵さんから学んだものである。米機が日本の飛行場を攻撃するさい、なぜかゆらりゆらりと進入してきて攻撃をする。米機の帰った後には、大量の銀紙が残っていた。

　考えてみると、敵さんは日本が電探射撃をしていると思ったらしい。しかしわれわれは、電探射撃などしてはいなかった。おかげで、この方法を逆につかえばアメリカの電探射撃がさけられるということがわかった。

　私は降下中、爆弾を落とすまでは敵弾に当たらないようにと必死に祈った。ふつう爆弾は六百メートルくらいで落とすのだが、私は命中率をよくするため、三五〇メートルまで降下して投弾した。相手は大型空母だ。私はそのまま敵艦の真上を通過した。

数秒後、強烈な爆発音とともに機体がガタガタと揺れた。海面スレスレの超低空で避退したので、敵も射ってこない。私はただちに攻撃の完了と、敵の位置を本隊に知らせ、夜の海を一路木更津へと帰った。

私は午前一時ごろ、基地にたどりついた。残りの燃料を調べると、わずか十リットル（約三分しか飛べない量）だった。

いま考えても、なぜあの弾幕に当たらなかったのかふしぎに思う。幸か不幸か生きながらえて、私が流星の手記を書くようになるとは夢にも思わなかった。

その後、われわれは七月二十五日の夜間と八月九日、十三日、それに十五日の午前と攻撃をくり返し、敵の大型空母一、巡洋艦二隻を炎上させた。

その功績は、昭和二十年八月十五日、すなわち終戦の日付をもって、連合艦隊司令長官・小沢治三郎中将の名により布告されたのだった。

艦爆から銀河へ〝双発急降下爆撃隊〟始末

急降下による爆撃と雷撃可能で護衛機を必要としない銀河の戦闘史

元攻撃五〇一飛行隊長・海軍大尉　鈴木瞭五郎

昭和十六年春の土佐沖では、大東亜戦争を前に、緊迫した空気のなかで連合艦隊が空海連合の猛訓練にはげんでいた。全力で疾走する戦艦群に対して、急降下爆撃機や雷撃機の群れが間断なく上空から、あるいは海上すれすれに肉薄攻撃する。

味方主力部隊は、敵主力部隊に遭遇する前に甚大な痛手を受ける。戦艦群と行動を共にしている標的艦摂津には、艦爆隊の落とす演習爆弾が甲板に炸裂して白煙を上げるのが、戦艦の甲板から望遠鏡で眺める私の眼には手にとるようにわかる。また、次からつぎへと襲ってきて落とす雷撃隊の魚雷は、生きもののように頭部の電灯を光らせながら波立つ黒潮をくぐって、海豚のように戦艦の艦底を通過して行く。これら甲板に炸裂する白煙や、艦底を通過する光の航跡は、爆弾や魚雷の命中を意味するものだ。

鈴木瞭五郎大尉

このように絶え間ない上方、四周からの空中攻撃には、戦艦に積まれた多くの高角砲や高角機銃も指揮が混乱して応接にいとまがなく、彼ら〝空の暴れ者〟のなすがままと言ってもよいほどである。私たち、まだ海軍少尉に任官したばかりの者にとって、これら海軍航空隊母艦部隊のこのような活躍と威力は、想像以上の驚異であり、貴重な体験となった。

激しかった戦技演習を終わって母港に帰る道すがら、私たちは艦長に呼ばれ、海軍航空に身を投ずるよう奨められた。また私たち自身も、この眼で見た事実によって深く心を動かされ、まもなく多くの級友とともに連合艦隊をはなれて、勇躍、桜の花が美しく咲ききそう霞ヶ浦海軍航空隊の門をくぐった。そして、これと同じように艦に乗り組んでいた若い水兵さんたちの中からも、予科練に入るべく一人、二人と姿を消す者が出ていった。

艦上爆撃機パイロットへ

初めて練習機（俗に赤とんぼ）に乗ったときの感想は、いまでもはっきりと思い出される。飛行機が離陸しはじめると、大地がめまぐるしく後方に流れ、間もなく、ふんわりと浮きあがる。（こんなスピードをうまく操縦できるのか）と一抹の不安を感じたものである。また、教官から操縦を命ぜられて操縦桿をにぎっても、なかなかまっすぐに飛行機が飛んでくれず、飛行目標である筑波山が上にいったり、下にもぐったり、左の方と思えば右といった具合で、がっかりさせられたものだ。

このような失望や失敗もはじめのうちで、間もなく操縦も手になれた。そして宙返りや錐揉み、横転などの特殊飛行から編隊飛行、座席の上から幌をかぶって行なう計器飛行と、パイロットとしての空中歩行訓練や機械体操がうまくなって、パイロットの幼稚園と小学校を卒業することになった。これからどの機種を選んで空の任務につくか、空の高校生活に入って行くため、霞ヶ浦の学生舎では級友同士、希望機種の話でもちきりである。戦闘機を希望する者の多いのは、その華やかな戦闘場面を想像すれば当然である。

私ももちろん、第一に戦闘機を希望したが、私の受持教官（いまは故人、当時優秀な海軍中尉であり艦爆の名パイロット）は、艦上爆撃機（艦爆）は戦闘機のように華やかではないが、敵戦艦などと一対一で対抗し、その死命を制することができ、艦攻（雷撃機）とともに敵海上戦力撃破の主力であり、陸上攻撃でもあらゆるものをその爆撃目標におさめ得る、使用範囲の広い任務があることをよく説明され、艦爆に行くよう奨められた。

そこで心機一転、僚友五名とともに艦爆パイロットの道に進むことになった。艦爆パイロットの訓練道場は、九州大分県の和気清麻呂の古史で名高い宇佐神宮に近い宇佐海軍航空隊である。

ここでも、最初の艦爆練習機（九六式艦上爆撃機）の初飛行は、空の生活中で第二番目の驚きの体験だった。教官が前席、私は後席に乗り、三千メートルの高度をとってから急降下爆撃訓練の体験飛行を行なうのだが、この高度からは町並みも山も、野も河も箱庭のように小さく見える。

旋回して急降下に入るとぐんぐんスピードが増し、降下角度が増えて、みるみるうちに爆撃目標は大きくなり、地面がまるで私どもに覆いかぶさるように迫り、爆弾を投下する高度六百メートルではもう地面に突きささるのではないかと度肝を抜かれる。

急に機が引き起こされ、上昇に移ると、からだ全体に大きな重力がかかるので、いくら力を入れてがんばっても、頭が座席のなかに潜り込み、眼はくらんで何も見えず、大変な苦行である。ようやく常態をとり戻したころには、機はすでに二千メートル付近を、爆音高く上昇をつづけていた。

(こんな物すごい運動が私にもできるのか?)と霞ヶ浦卒業時の自慢の鼻は苦もなくへし折られ、前途に不安を持ったものだった。しかし、これもしばらく覚悟をきめて訓練を行なううち、かえって爽快味や興味におきかえられ、一発必中の功名心と闘志にあふれて毎日はげしい降爆訓練をつづけた。

海岸のわずか沖に浮かぶ直径二十五メートルの白い浮標の的に、小型演習爆弾が直撃して上がる白煙に胸を躍らせたものだった。このころの戦局は、まだわが方に有利であり、真珠湾やマレー沖の海軍航空部隊の輝かしい勝報から、各地に進撃してあげる先輩の戦果を羨望と尊敬の念をもって聞いていた。そのたびに、一日も早くその戦列に参加したいという気持でいっぱいだった。

したがって連日、訓練にはげむ私たちは、操縦桿をにぎる腕にいよいよ力を加え、爆撃目標を見つめる眼は真剣そのものだった。教官や僚友と編隊をくんで飛ぶ九州の夜空は、また格別の味だった。

空母翔鶴の飛行甲板を発進してゆく九九艦爆一一型。胴体下に250キロ爆弾

初めての空母着艦訓練

昭和十七年七月末、私は級友五名とともに無事に宇佐を卒業した。六名の同期生、それは私たちの一人一人が敵機動部隊がいつも擁している五、六隻の空母、敵空母一隻ずつを引き受けるべき責任を暗示している。私たちは、かたく今後の活躍を約して、それぞれの任地に向かっていった。私は級友のT中尉とともにただちに着艦訓練を受けるため、連合艦隊の航空訓練基地・富高（宮崎県にあり現在は日向市）に機動部隊乗組を夢見つつ、勇躍着任した。

瀬戸内海の宇部沖を疾走する空母翔鶴にたいして、酷暑の八月の一ヵ月間、休みなく九九式艦上爆撃機（九九艦爆）による着艦訓練が行なわれた。予科練出身の元気にあふれる部下八機を初めて指揮しながら、指揮官先頭となって第一番目に着艦を行なうのだ。

これに合格しなければ、いくら爆撃が上手でも、機動部隊のパイロットにはなれない。また、指揮官がへたな着艦や着艦の失敗をすれば、これがただちに部下の心理に影響して、どのパイロットもうまく行かないものだ。責任は重大だが、学生卒業直後に着艦訓練を行なうことは、私たちにとって初めての試みというハンディキャップもあるので、不安も避けられない。

飛行場で何回となくおこなった模擬(もぎ)着艦訓練の腕を頼りにして、歯をくいしばって母艦上空に九機編隊で飛来し、私たちの前に訓練している戦闘機隊の着艦の終了を待つ。上空から見る母艦はまるで木の葉のように小さく、その後に曳いている太く長い真っ白の航跡は、ちょうど海龍が全速で海上を走っているように無気味だ。いくつかの戦闘機が母艦に吸い込まれ、また発艦していった後、いよいよ私たちの番がまわってきた。

戦闘機隊に負けないよう私は母艦上空で景気よくバンクを振って散開を命じ、先頭を切って誘導コースに入った。部下の各機は行儀よく一列になり、適当の間隔をとってあとにつづく。

(最初の着艦だ。うまく行くだろうか。いや部下が見ている、つづいてくる。絶対にうまく着艦しなければならぬ) 不安と発奮の交錯(こうさく)もわずかの間で、第三旋回を終わって母艦を斜めにとらえつつ、脚を下げ母艦甲板のロープに引っ掛けるフックを卸(おろ)し、着艦準備をととのえて最終の着艦コースに入る。グロテスクな魔物の背中というか、母艦の甲板は飛行場の着陸地帯に比し、猫のひたいほどに小さく感じられる。懸命にパスを修正しながら降下接近していく。

パスの角度を示す赤青の標示灯がはっきり見えてきた。一線に並んでいる。パスはよろしい。気速（スピード）は？　気速もよし。着艦指導員が旗をふって艦上から指導する。甲板の後縁はもう目前にせまった。最後の頑張りである。

気速と姿勢をととのえる。後席から艦尾を通過したと声がどなった。エンジンをしぼって静かに（実際は静かではなかったが）操縦桿を引いて機首を起こす。機は甲板に吸い込まれるように沈む。突然、車輪を通じて着艦のショックが感じられたと思った瞬間、激しいブレーキが機にかかる。フックがロープにかかって、制動を開始したのだ。

気がついたときには、機は停止していた。そのとき、口の中がちょっとぬらぬらするので、手をあてて見たら血だ。夢中でわからなかったが、フックがかかった直後、座席が一杯に上がっているので頭部が前のめりして、風防の上縁に上唇を打ったのだった。

「うまかったぞ！」母艦副長のにこやかな労（ねぎら）いに、安心と喜びをかくし切れず、にっこりする。

甲板作業員の行動はきびきびして、迅速そのものだ。そのはず、後続機が刻々と母艦に接近して来つつあるからだ。この間、寸秒のうちにロープは外され、甲板誘導員の指示に従い、エンジンを入れて甲板上を前進する。三十ノットで走る母艦の上は、強風の見舞った飛行場と同じだ。作業員の服は風になびき、帽子は風に飛ばされぬよう固く顎紐（あごひも）でとめられている。離艦の位置まで前進し、間髪を入れずエンジンを全速にする。

機は突進を開始する。甲板の前縁が眼前にせまる。大丈夫、浮きあがるだろうか。自然に操縦桿に力が入って後ろに引くと、機は素直に浮かんですれすれに艦首を通過する。上昇姿勢に入って機をわずかにひねり、母艦を振り返る。すでに二番機が甲板で静かに翼を休め、誘導コースには行儀よく三番機以下がつづいている。秒を刻み、秒をゆるがせにできない着艦訓練、それは人と機械の織りなすチームワークの至高の結晶だ。一人の過誤、一つの機械の故障もただちに重大な事故につながり、全体の作業を一瞬混乱に陥れてしまう。

その雰囲気のなかを、いま夢中で不安を払いのけつつ通り過ぎてきた感慨——。人間の叡智がつくり上げた文明の先端は、このように厳粛に、しかも苛烈に、人間によって運営され、また人間を運営しているのだ。

母艦の側方一千メートルで旋回しつつ、僚機を待つ。数分の間に部下の一機一機が元気に翼を振って集まり、機上のパイロットはニコニコしてこちらに笑いかける。成功の喜びを隠し切れず……。初めての指揮官として、この感慨はまたひとしおだ。

教官から銀河部隊へ

昭和十七年九月、母艦着艦訓練に自信を持ちはじめたころ、私にあたえられた辞令は霞ヶ浦空教官だった。自分が僚友の先頭を切って母艦に乗り組むことに誇りを持っていたさいであり、ちょっと悲観させられた。が、より多くの後輩パイロットを育成するのもまた大切なことと割り切って、霞ヶ浦航空隊に赴任し、昭和十八年十一月まで海軍兵学校出身学生三クラスの教官をつとめ、終わってさらに学生を追って、宇佐海軍航空隊の教官となった。同じく教官であった僚友の三名の第一線出陣をうらやみ見送りつつ、道を分かって艦爆の教育指導に当たったが、昭和十九年三月にいたって、やっとの思いで第一線勤務に出られることになった。それは、単発低翼の艦爆機ではなく、海軍がその航続力、スピード、攻撃力において世界水準をねらってつくり上げた陸上爆撃機銀河(ぎんが)の部隊(七五二空)だった。

この部隊は、海軍が最大最強の航空部隊として編成しつつあった第二航空艦隊の一翼をになっていた。ダイヤモンド型に海をうめ立ててきずいた豊橋海軍航空基地では、単発機から双発機への操縦訓練、急降下爆撃機としての降爆訓練を連日続行して、新陸上降爆飛行部隊の実力を高めることが何よりの急務だった。

戦局は急速に祖国に不利となり、ラバウルは孤立し、太平洋の南方海域は米機動部隊の制空権下に帰し、じりじりと戦線は比島、サイパンの線に向かって北上していた。三分の一がベテラン、三分の一が学徒出身の中少尉、残り三分の一が若い予科練出身という、搭乗員の構成である。

飛行場内、未完成の滑走路の側の盛土に突進して飛行機を擱坐(かくざ)させる者。スピードをもてあまし、滑走路先端までで飛行機を停めえず海中に飛び込む者。複雑な燃料切換装置の取扱いを誤ってエンジンを空中停止し、不時着する者など、時の余裕をあたえられない高性能機の急速訓練に、惜しまれる人命と機材の損失が続出した。

それでも大部分のパイロットは技量も急速に上達し、降爆訓練もどうやら実戦向きとなったので、別府湾に行動している空母鳳翔(ほうしょう)にたいし、実目標訓練を行なうことになった。

前方から偵察員、パイロット、通信員と座席があり、それぞれ偵察席前方、通信席後方に二〇ミリの旋回機銃があり、三五〇ノットの降下スピードにもびくともしない強靱な機体、八〇〇キロの爆弾または魚雷をらくらくと携行できる一八五〇馬力の強力な二つのエンジン、電気式に自動投下のできる爆撃管制器、索敵レーダーを搭載して約十時間、巡航二百ノットの飛行ができる優れた行動力など、銀河はたしかにその当時、駿馬(しゅんめ)といえる飛行機だった。

　別府湾上空、風防を切る三百ノットの空気音を耳にしながら、雲間をついて隠密接敵し、目標艦鳳翔(ほうしょう)の甲板が目の前いっぱいにひろがる六百メートルの高度まで肉薄して爆弾を投下し、引き起こす。大鷲のような急襲攻撃法は、銀河ならではの期待の持味だ。

豊橋から鹿児島「出水基地」進出

　ちょうどその秋、台湾沖に敵機動部隊が来襲し、台湾や沖縄を攻撃しはじめた。もちろん私たちの部隊にも、急きょ攻撃命令が下った。ただちに豊橋基地に一部を残して、技量の高いパイロットを集めて出水基地（鹿児島県出水市）に進出した。

　厚木飛行場で新しい銀河十一機を受けとり、爆撃隊指揮官（攻撃四〇五飛行隊第一分隊長）として部下を連れて、初めての戦場に出陣する。美しい富士の嶺を真近に眺めながら、これが私の最後となるかも知れない懐かしい祖国の山河を、飛びなれた広い本州の空を、名残りを惜しみつつ、思い出をたぐりつつ、苛烈な未知の戦場に急ぐ十一機の銀河隊は、黙々と感懐にひたりながら祖国の空に別れを告げた。

　わずかに二日ほど本隊に遅れて到着した私を驚かしたのは、私たちの部隊が高性能を買われて敵機動部隊の索敵を命ぜられていること、そして二日前にすでに六機の未帰還機を出していることであった。戦場がいかに苛烈であるか、ひしひしと身に緊迫したものを感ずる。

今日のためにいままで腕を磨いてきた急降下爆撃隊が、敵とさし違えることなく索敵で敵の餌食となった。その僚友の心中を想いやると、無念でならなかった。

この不慮の多数未帰還に憤激した私は、ただちに索敵計画の内容を調べた。部下も心配そうに私の行動を真剣な眼で見守っている。台湾の東南方海上、敵機動部隊の推定位置を中心として扇形に張られた七本の索敵線のうち、ちょうど真ん中の三本が二日間にわたって未帰還となっている。

明日もすでに同様の索敵命令が出ているのだ。私は三本の死の索敵線の真ん中の一本を自分でとり、残りを今日、私とともに到着したばかりの部下に割り当てた。みな満足そうにそれぞれ明日の準備のために散っていった。

初陣の台湾沖航空戦

朝の冷たい空気のなか人々はまだ寝静まり、東の空がほんのり明るいだけの暗闇を愛機に近づく。整備員が自信に満ちた顔で機の完備を知らせる。

迅速に出発準備を終わる。老巧な偵察員の少尉、電信員のこれまた戦場経験豊富な兵曹長。三人のトリオで機上の人となる。始動したエンジンは快調だ。手を振って送ってくれる整備員の顔は、戦果と生還を祈っている。滑走路に進みながら指揮所の方をふり返れば、航空隊司令もこちらに帽子を振って見送っておられる。

滑走路に入って全速運転を行なう。愛機はベストコンディションだ。疾走を開始する。スーッと車輪が地面を切って機が浮かぶ。いままでの地上の雑念――母、妻のこと、昨日までに死んだ部下のこと、初陣の危惧（きぐ）――がこの瞬間、頭の中からすっと消え去って、パイロットとしての敵愾心だけが全身にみなぎり、不思議に透徹（とうてつ）した落ち着いた気分になる。命をかけたスポーツが空戦である。

気分的に上がったり、平素の技量が落ちるのは敗者の通弊（つうへい）だ。予定地点まで二千メートルの高度で飛ぶべく上昇をつづける。まだ朝のとばりはひらかず、夜間飛行だ。エンジンは青白い炎を引いて逸（はや）りにはやる。弾倉には六〇キロ爆弾が、いざ自爆のときのために眠っている。

索敵線の先端到着はちょうど正午ごろである。どの付近から敵が現われるか、一瞬の見張りもゆるがせにできない。ベテランの偵察員はこつこつ機位を確かめるのに余念がない。戦場には一千メートル付近にちぎれ雲がぽつぽつ浮かんでいるだけだ。予定地点（敵行動範囲）に入ったので、海面二百メートルまで高度を下げ、敵の視覚、レーダーを避けつつ、一路先端に飛行をつづける。

緊張の索敵行も十一時半、先端到達でひとまずほっとする。敵は視界内に入らない。他に移動してしまったのか。とにかく怪しい。左旋回をして十五分、側程を横に飛んでみる。水平線の彼方まで洋々たる水と波頭、それに点々と雲が水面に映す雲影の縞模様ばかりで、鳥

銀河一一型。陸攻と同じ構想で開発された陸爆だが、特徴は急降下爆撃ができた。全幅20m、全長15mの三座

の姿ひとつ見えない。

側程を飛び終わって帰途につく。昨日までたしかにこの付近は、索敵進入者の誰をも還さない敵の本拠のはずだった。しばらく飛んでいると、急にわれにかえって空腹が意識された。自動操縦装置に入れて他のトリオに連絡し、機上弁当の包みをひらく。心のこもった料理がうまい。

ちょうどそのとき、前方水平線上に艦影を二つ三つ認めた。急いで食事を終え、〝自操〟をはずして操縦桿をにぎる。瞳をこらせば駆逐艦のようである。昨日、呉軍港を出撃した水雷戦隊の情報が頭をかすめる。ひょっとすると味方かも知れない。敵の縄張りの中でこんな初陣の間違った判断も、不思議に浮かぶものだ。

ぐんぐん接近する駆逐隊をよく見ると、さかんに爆雷攻撃を行なっている。付近に潜水艦が一隻浮上している。このとり合わせに私の判断は間違った。駆逐隊は味方、潜水艦は敵と……。急きょ索敵任務を忘れ、降爆準備をして上昇をはじめ、潜水艦の上空にせまる。驚いた潜水艦は私が上空に到達寸前に、垂直に急速潜航してしまった。

(こやつは、やはり敵潜だ)と思ったが、時機を失して攻撃を断念する。その瞬間、急に対空砲火が私のまわりに炸裂しはじめた。はじめて潜水艦への視線を駆逐隊の方に移す。私たちの前進方向である。

驚いたのは、この瞬間である。味方と思い定めた駆逐隊は、敵機動部隊の輪形陣の外枠であったのだ。私の現在位置、駆逐隊の上空から帰還針路の方向水平線上に、はじめてこの眼で見る敵機動部隊の全貌――大型空母五隻、戦艦五隻を中核とした堂々の大輪形陣が海を圧して、私たちの行く手全体に立ちふさがり、大きな壁となってしまった。

　このショックは、剣道で奇襲を受けてお面をとられ、きなくさい臭いを感ずるときのあの痛烈さに似ている。これでは僚機が還れなかったはずである。

　潜水艦に注意を奪われた、わずかのすきが、真っ昼間、敵機動部隊の中へおめおめと突っ込んでしまった不覚の原因である。愛機は瞬時にして、敵の猛烈な電探射撃と弾幕におおわれてしまった。激しく揺れる機体は、いつ敵弾に砕かれるかも知れない。

　瞬時、私は覚悟をきめた。翼下の増槽タンクを投下し、可能全速をもって、ともかく輪形陣の外に退避すること、万難を排して敵機動部隊の位置を無電で報告するまでは死ねない、たとえ落とされようとも。

　電気管制器で増槽を落とそうとして器の蓋に手をかけたが、運悪く蓋がどうしても開かない。全速で飛ぶ銀河では、機動部隊の中心に近づくのは瞬時である。敵の空母が大きく前にせまる。敵は私たちを特攻機とでも思ったのか、四周の全艦から狂気のごとく撃ち出し、その対空砲火のどす黒い煙に視界も思うようにならない。一艦が真っ赤に見えるのは、電探による一斉射撃だ。

　これを見た瞬間、全力で機を横にすべらせる。前の位置に猛烈な弾幕が炸裂する。これが左右前後とつるべ撃ちだ。大きく左旋回した。左斜め前方の巡洋艦と駆逐艦との間が、他よりちょっと間合いの大きいのに眼をつけた。まだ愛機は故障した様子はない。洋上二十メートルほど海面すれすれまで全速で下り、血路に入る。
ふと上空を見ると、数機の観測機が弾幕を通してのろのろと飛び、その上空には邀撃戦闘機の群れが三十機以上も乱舞して、つぎの攻撃段階を待ち構えている。やむことなく弾幕が前後左右に水煙を上げて執拗に追跡してくる。巡洋艦と駆逐艦の間まででやっと到達した。敵主力の砲火は熄んだようだ。この二艦が機銃まであわせて猛烈に撃ち込んでくる。あと一分の頑張りだ。まぢかの二艦を交互に睨みつける。やっとこの二艦も後方に消えた。

ほっとする間もなく、後ろの電信員が、「後方、敵戦闘機」と怒鳴った。第二の地獄門である。このとき、不思議に敵愾心が燃え上がった。敵もパイロットなら、こちらもパイロットだ。人と人の腕くらべなら負けられない。不思議にいままでの必死の脱出行の試練から落ち着きが生まれた。

瞬時の間にバンドをはずして、足で自動投下器の蓋を蹴破り、油槽タンクのハンドルを引いた。爆弾も惜しいが、この際、スピードを増すため、つづいて投げ捨てる。

身軽になった銀河は目に見えるようにスピードを加えた。二三五ノット、海面全速である。ほっとして敵戦闘機を背後に待つ。背中の方がむずむずする。通信員が敵戦闘機の射撃開始を怒鳴る。飛行機を右や左へ滑らせる。敵の曳痕弾がきらきらと愛機の左右を流れ落ちる。一機また一機、かぞえ切れない襲撃と回避のくり返しである。十数分間の死闘は、数時間の長さにも思われたが、この間は夢中であった。

第一次の攻撃が終わったとき、敵戦闘機群ははるか後方に遅れてしまった。敵味方の全速力にはほとんど差違がないので、第二次攻撃のための敵の切り返し運動は、後落して駄目に終わった。愛機の優秀性をこれほど感謝したことはない。パイロットの技量やファイトも大切だが、飛行機が劣っていては、敵と互角に勝負はできない。とくに受け身の爆撃機において然りである。

執拗（しつよう）な戦闘機の追跡がこれから三十分もつづいたであろうか。私たちは九州への進路をはばまれて台湾に向かって飛行していた。敵があきらめて姿を消した後、私たちは高度を二千メートルに上げた。

水鳥の低姿勢からふたたび鷲の地位にもどった。この目で見た敵機動部隊の情況を、緊急電波で司令部に打電する。燃料も全速長時間使用のため、出水基地帰着には不安がある。ひとまず、沖縄に向かって飛ぶ。すでに敵影は完全に視界になく、一時間前の死闘が夢のようである。

いろいろ戦況を思い浮かべていると、偵察員が「前方敵潜水艦」と怒鳴った。なるほど敵潜が一隻、前方はるかに浮上しているのが雲間に見える。急いで爆撃準備をととのえ、千メートル付近のちぎれ雲を利用して隠密接敵する。敵はまだ気づいていない。急降下に入ったとき、爆弾をすでに捨ててしまっていることに気がついた。偵察席に機銃掃射を命ずる。二〇ミリが命中すれば、敵は潜航不能になるはずだ。

ぐんぐん敵潜が迫ってくる。敵はまだ気づかない。高度六百メートル。射撃を命じた。一瞬はげしい銃火の音が急にとまった。「機銃故障」と偵察員が怒鳴った。残念至極！

敵潜すれすれに威嚇飛行して上昇しつつ振り返ると、ちょうど敵は大あわてに急速潜航するところである。あのとき爆弾を捨てなかったら、また機銃が故障しなかったら、と痛恨やるかたない。あとでわかったことだが、通信席の後方機銃も敵戦闘機と交戦したとき、数発撃ったら故障していた。日本製の急造機銃は形だけのもので、性能は役に立たないものが大部分であった。その後、誰もこれを頼りにしない邪魔物となってしまった。

ようやくの思いで出水基地の着陸コースに入ったときは、燃料計はゼロを指していた。着陸した愛機が三点姿勢になった瞬間、エンジンは疲れ切ったように、しかし、立派に任務を果たして安らかに停止してしまった。完全に燃料ゼロの索敵行は、ぶじ滑走路の上でタイムリーに終わってくれた。

未帰還機あいつぐ総攻撃

私たちの詳細な索敵報告により、翌日から、味方航空部隊の総攻撃が開始された。昼間強襲を決行するため、零戦隊、彗星艦爆隊、艦攻隊、一式陸攻隊が大挙して南九州や台湾の基地から翼をそろえて発進していったが、立派な戦果をこの世に残して、そのほとんどが還って来なかった。

私たちの航空隊も、銀河を駆って飛行隊長N大尉自ら雷撃機九機をもって攻撃したが、全機未帰還となってしまった。

敵はレーダーにより、三重におよぶ縦深の戦闘機邀撃帯をつくって、待ちかまえていたのだ。この防壁に突き当たり、敵に到達せずして自爆したもの、敵艦と刺しちがえたもの、敵艦を攻撃したが帰途ふたたび戦闘機の防壁が打ち破れず、敵戦闘機の銃火に屈したもの――いずれも味方戦闘機の掩護方式が計画どおり進まず、この防壁に単独で突き当たっていったのが、犠牲の最大原因であろう。

戦爆連合の戦術の可否と制空権の確保いかんが、戦場の勝敗を明確に審判するのである。初陣にはじまって数日間の苛烈な索敵攻撃が終わったとき、私たちの飛行隊は、隊長をはじめとして出陣した半数以上のパイロットと飛行機を失っていた。

雷撃隊を除けば、腕をみがいた急降下爆撃をこころみることもできず、索敵の第一線部隊として、緒戦の苛酷な洗礼を痛いほど飛行隊全般に、そしてパイロットの一人一人が身にしみて体験させられたのである。

比島クラークフィールドに戦機熟して

敵機動部隊の南方避退によって、台湾沖航空戦は終わったが、それは敵の比島攻略の牽制（けんせい）作戦であった。間髪を入れず、敵機動部隊はルソン島の日本軍各基地を攻撃し、上陸部隊はレイテ島に上陸を開始した。

私たちの攻撃四〇五飛行隊は、受けた損害の建て直しをおこなう暇もなく、そのまま比島に向け進発を命ぜられた。先任分隊長として爆撃隊を受け持つ私は、部下と共にふたたび関東の厚木に行き、新しい銀河十三機を受けとり、九州をへて直路、比島クラークフィールドに飛んだ。

先着の雷撃隊は、飛行隊長指揮のもとですでに機動部隊とまっこうから対戦していた。予想以上に暑い熱帯の太陽のもと、椰子(やし)やジャングルのかげに隠れた飛行機に群らがって、懸命に愛機を整備する整備員。波状攻撃の間をぬって進発する戦闘機隊。そして艦爆隊や陸攻隊の機影がよく茂った熱帯樹の上に飛びかう。

発進するのはこのクラークフィールドを中心とした、一群の航空基地からである。敵の全力侵攻に対抗して、わが方も集めうる全力がこのルソン島に集結しつつあるのだ。敵の波状攻撃の絶える夕暮れ時には、ぞくぞくと内地から陸海軍のあらゆる機種が飛来して、これらの航空基地に吸い込まれる。戦機は次第に熟してきた。

レイテ湾敵艦船への殴り込み

昭和十九年十一月三日を期して、陸海軍の総力を挙げてのレイテ湾敵艦船およびレイテ島タクロバン飛行場の総攻撃が開始された。朝九時が戦場到達、攻撃開始時刻だ。私がひきいる八〇〇キロ爆装四機、雷装五機の銀河隊は、早朝のクラークフィールドを勇躍発進した。

離陸直後、指揮官機である私の機は突然、左エンジンが不調となり、急きょ飛行場に引き返し予備機に乗りかえた。部下の八機はそのまま進撃をつづけている。大急ぎの追跡がはじまった。進撃針路も終わろうとするレイテ島上空で、ようやく味方編隊を捕捉できた。南国特有の入道雲がレイテ島上空を覆い、これを超えればレイテ湾上空である。

九時五分過ぎ、レイテ湾上空三五〇〇メートルに達した。湾上に浮かぶ敵艦船は幾百か、とうてい数えきれる数ではない。湾内いっぱいに、大小さまざまの艦影が眼にうつる。湾上空各所に激しく対空砲火が炸裂しているのは、すでに味方先着部隊の攻撃が開始されているからであろう。

小さい機影が遠く低く、点々と降下したり、斜めに疾走したりしている。ようやく日ごろの腕試しをする時がきたのだ。右上空に群らがって格闘する敵味方戦闘機の大軍を避けつつ、大きな餌物をと欲張ってさがす。タクロバン飛行場沖に行儀よく碇泊する大型艦は、たしかに巡洋艦の一群だ。ちょうど具合よく海岸に平行に艦体が流れている。

翼をふって攻撃開始を下令する。まず雷撃機から一機また一機と目標に向かって湾上を海岸へ、矢のように急降下していく。一番機が小さく海面上を、いちばん右翼の重巡に向かって突進する。その左をさらに次の一機が同じように次の目標に突進するのが、上空から見まもる私の眼にくっきりと映る。攻撃の成功を祈る。

私の眼にちょうど艦を横切る瞬間、一番機が発火し、艦の向こう側に自爆したのが見えた。じーんと身にこたえる悲憤。先刻まで顔を見合わせていた部下の散華した事実が、信じられないほど痛く私の心をしめつける。

つぎの瞬間、彼らの落とした魚雷が、生き物のように白い航跡を曳いて艦に突きささった。重巡の中央に突如、大水柱が立ちのぼった。

「やったぞ!」三名の死は敵の数百の死をもって報復したのだ。急速にもり上がった水柱が徐々に消え去るとき、敵巡は中央から真っ二つに折れて沈みつつあった。

嘘のような現実の戦果だ。つぎの機はこのときすでに左隣りの重巡を通過していたが、撃墜されず、しかし左翼から白煙をひいてレイテ島上空に消えていった。そして彼の置土産も一番機と同様、重巡に炸裂して、見事これをも海底に葬った。

まことに痛快、しばしこの戦果に夢中になっていると、急に左後上方から曳痕弾のシャワーが襲った。ハッとして敵戦闘機の襲来に気づき、近くの小型入道雲に飛び込む。飛び込む寸前、戦闘機の追跡をたしかめると、まだ二機が執拗に追ってくる。

入道雲に入ってから大きく上昇反転をおこない、もとの位置に引き返そうとするが、前の戦闘機にふたたび発見され、また雲に逃げ込む。こうなると根くらべだ。数回の繰り返しに根負けして、私は味方攻撃戦果の確認を断念し、新たな目標をさがす。

遠望すれば、味方攻撃目標の重巡五隻のうち四隻が見えず、その左方の大型輸送船も二隻炎上している。これは降爆隊三機の戦果であろう。

スリガオ海峡のレイテ湾入口に、大型巡洋艦が静かに遊弋しているのを発見した。下層雲をうまく利用して隠密降下、接敵に入る。急に上方から敵戦闘機が襲ってきたが、遠く弾丸ははずれている。ぐんぐん敵巡に降下肉薄する。爆撃準備は終わった。偵察員が緊張した声で刻々と高度を知らせる。照準器の映像の中にとらえた敵巡の影は見る間に拡大し、映像内は一番煙突でいっぱいになった。爆撃諸元は規定通りに合っている。

（よし、煙突の中に爆弾を撃ち込んで轟沈してやろう）私の目は最後の照準にやきつけられた。

「高度六百」と偵察員がどなった瞬間、爆弾の電気投下ハンドルをぐいと引く。この瞬間、いつも爆弾が離れるさい身軽になる飛行機の変化が感じられない。変だと思ったが、さらに照準をつづけ、高度五百でふたたび投下ハンドルを引いた。残念なことに爆弾の離れる手応えが感じられない。

この降下角度のスピードでは、高度五百が引き起こしの最低高度だ。あきらめて懸命に機を引き起こす。これより数秒前から敵艦は私の攻撃に気づいて、猛烈に砲火を撃ち上げてきた。海面すれすれ危うく海面衝突かと思われたが、機はようやく水平にもどり上昇にうつった。対空砲火はまだ執拗に追ってくる。

スリガオ海峡からレイテ島上空に入った。敵の施設上空を選んでふたたび投下試験をしたが、やはり駄目である。命がけの攻撃がこんな結果になろうとは、まことに泣くにも泣けない。このとき、大型四発機が肉薄してきた。大型機のくせに、生意気なくらいの闘志だ。その猛烈な機銃砲火を敬遠し、基地に針路をとって雲中飛行に入る。飛行場に帰着して投下装置を調べたら、爆弾の懸吊過度が原因であった。

雷撃機五機は全部還らず、爆撃機は二機が未帰還となり、生還はわずか私をふくめて二機というはげしい昼間強襲の被害であった。しかし、その犠牲のうえに巡洋艦四隻撃沈、大型輸送船二隻撃破の立派な緒戦の戦果が、生還の他の一機の証言をもって確認できた。

レイテ島には陸軍落下傘部隊が降下し、死闘をつづけている。これを支援するための援軍のオルモック強行敵前上陸も、上陸寸前に敵魚雷艇の奇襲にあって瓦解(がかい)した。

レイテ湾、タクロバン飛行場に対する味方航空部隊の攻撃は、一日もゆるめられない。敵機動部隊はラモン湾から執拗にルソン航空基地群の側面をたたく。一日の休養もない二十四時の連続の戦闘。弾下に眠り、弾下を敵攻撃に明け暮れる。まったく硝煙弾雨のなかの灰色の戦場生活だ。

しだいに消耗する味方部隊の戦力。これに内地からの味方補給路にたいする敵の妨害遮断(しゃだん)が拍車をかけた。このとき、在比海空軍最高司令部で最後の攻撃法について決断が下された。特別攻撃隊の編成がこれである。

特攻機との月の夜の涙の別れ

一機一艦の必死必殺戦法で、若年搭乗員に死所を与えるという。私は比島に集まった三つの傷ついた銀河飛行隊をまとめて再編成した飛行隊（新編の攻撃四〇五飛行隊）の隊長となっていた。もちろん隊をあげて特別攻撃隊となり、草薙(くさなぎ)隊と命名された。たとえこの戦法に成功しても、この決定的消耗戦法のあとを誰が引き受けるのだろうか。敗戦を認めたような、将来性のない暗い戦術にたいする不安が解明されないまま、頭にこびりついた。

翌朝早く、敵機動部隊の第一波が立ち上がる前を奇襲するため、若い夜間攻撃のまだできない部下から決死隊をつのると、部下の三分の二が手をあげて志願した。

出撃にそなえる銀河の列線。昭和19年初期から量産され中島で1002機が完成

私の心ははり裂けるばかりだ。二十歳に手のとどかない紅顔の少年たちが、眦（まなじり）を決して死途につこうとするのだ。美しい満月が無情に輝く前夜、これらのかわいい部下を草深い飛行場の一隅に集めて、遺言を聞く。母を憶い、母に別れる悲しみを涙で語る若い搭乗員。

それを聞かされる私の心は、狂った方が仕合わせだった。このような無情をいったい誰がさせるのであろう。戦争の破局がまねいた狂燥によって、戦争の規制が見失われ、すでにこれを逸脱して正しい戦闘手段を見失ってしまったのだ。人間の平和のためにある戦争が、その人間を必殺するための邪道に踏み込んでしまっている。やむを得ない犠牲が、必然の犠牲を強要する。勝者の戦法が敗者の戦法に置きかえられる。

圧し潰されるような重苦しい、早朝の別盃（べっぱい）の雰囲気のなかで、それでも彼らは悟りきった顔面に微笑をたたえつつ、元気に機上の人となる。祖国愛と命令の絶対性の前に自暴自棄をおさえ、生還のない戦場へ友より一日早く死地におもむくだけだ。

五機の特攻隊が大きな爆音を残して豆粒ほどに小さく消えるまで、だれひとり飛行場を立ち去る者はいない。彼らに随伴した戦闘機が、体当たり成功、空母轟沈を伝えたとき、ふたたび私の胸はかきむしられた。

通常攻撃での未帰還とは比較にならないほど物悲しく、しかも戦果を心から喜べないのはどうしたことであろう。月の夜の涙の別れが、いつまでも私の心にやきつけられていた。

タクロバン飛行場への夜襲

特攻隊の朝の出撃に引きつづいて、夜間攻撃隊はタクロバン飛行場の夜襲にそなえて攻撃準備に忙殺される。敵機が落としていく焼夷弾は、隠蔽中の愛機の周囲を焼きつくす。身のたけほどの雑草を軍刀で薙ぎ倒しつつ、愛機を猛火からくい止める。草薙隊の名のごとく、昼間はこのように日本武尊の草薙剣（くさなぎのつるぎ）の伝説を毎日再現するのだ。

攻撃準備が終わって食事をとり、八〇〇キロの爆弾を抱いて可能全力の編成で出発準備にかかる。若い搭乗員で特別志願をする者が多い。特攻で死ぬより通常攻撃で何回も役に立ち、手柄を内地まで届けたいのだ。情に負けて二機ずつ訓練をかねて編隊に入れる。もちろん、途中から追い返すのが私の最初からの腹案だ。十機の編隊が一機一機離陸して、私の後方にきれいな編隊を組む。これらの何機かが今日も還らないのだ。みな元気に笑いかける顔を一つ一つしっかりと眼に焼きつける。

マニラを過ぎたころから薄闇が編隊をつつみはじめる。と、若い二羽の雛鳥に技量の限界がくる。ふらりふらりと編隊の正位置から足を踏みはずす。ただちに帰還命令を出す。しかし、彼らは去らない。必死にわれわれと行を共にしようとして、どうしてもついてくるのだ。その心情はまことに悲壮かつ哀愁に尽きる。

ようやくレイテ島上空に差しかかる。前方の入道雲の向こう側にタクロバン飛行場があるのだ。このころ、すでに前方には、美しくも悽愴な対空砲火の火花が絶え間なく輝いて見える。だれか先攻部隊が攻撃中であろう。入道雲をすれすれに超えた。飛行場は真近だ。対空砲火はいよいよ大きく、激しくわれわれの行く手に歓迎の宴を張る。

攻撃開始を命じて、各機が散っていくのを確認してから、まっ先に攻撃針路に入る。緩降下で飛行場近くまで接近し、急降下に入る。タクロバン飛行場は明るく照明されて、滑走路も浮き上がって見える。滑走路の交叉点に爆弾の大穴をあけて使用不能にするのが私の任務だ。探照灯が激しくゆらいで私たちを追う。正確な電探対空砲火が、如露（じょうろ）の水を逆さにしたように私をとらえて撃ち上げる。

曳痕弾の光の洪水のなかを、真一文字に機は爆撃コースを降下する。滑走路の交叉点が大きく照準器に入り、滑走路側面に並んだ無数の敵機も、薄黒く数えられる。爆弾の投下把柄をひいて、機がふわーっと軽くなる。急いで引き起こしながら、レイテ湾上に飛行機を低く突進させる。激しく追跡する対空砲火の流れ。二番機以下は私の後につづいているはずだ。暗い海上を横切るとき、多くの敵艦艇に遭遇する。これらはわずかの間、対空砲火を見舞ってくるだけだ。

後席の電信員から、滑走路の予定地点に火柱が上がったのを報告してくる。ほっとして、機を帰還方向に向ける。帰途は単機の淋しい飛行である。ときどき近寄る黒い機影は、僚機ではなく敵の夜間戦闘機だ。大あわてに回避運動をして、敵を引き放す。戦場を離れて五十浬(かいり)はこのお客様のために、一瞬の油断も許されないのだ。

夜も深更、人機ともに疲れ果てて、飛行場に到着する。敵機動部隊から毎夜訪れる基地上空の夜間戦闘機で、着陸も安心してできない。厳重な見張りのもと、滑走路前方の唯一の灯を頼りに、文字どおりの盲目着陸で不敵な訪問者の眼を避ける。

僚機の帰りを指揮所で待つ。何機帰ってくるのか、一機二機と数を追う。今日も若い雛鳥の二機をふくみ五機未帰還だ。飛行場に自爆したのか、夜間戦闘機の餌食になったのか。攻撃を終わって出される夜食も、砂をかむように味気ない。

このような全力攻撃が半月もつづいて、僚機はすでにほとんど不帰の客となり、隊長機一機が独り淋しく爆撃行をおこなった日も数日つづいた。一方、特攻隊はつぎつぎと船団攻撃、機動部隊攻撃に狩り出されていった。

ミンダナオ島も力尽きて

昭和十九年も十二月に入って、私は飛行隊の半兵力をもってミンダナオ島に進出し、レイテ湾外東方海域の索敵攻撃を命ぜられた。半兵力といっても、わずか七機に減っていた。

パラオ諸島からレイテ島に通ずる線は、当時、敵の海上補給主力線である。ミンダナオ島デゴス基地（ダバオ南方）から毎日、この補給線の索敵に銀河が一機ずつ飛び出したが、なぜか索敵機の未帰還がつづいた。真剣な検討の結果、それはレイテ湾口を基点とするわれわれの索敵コースと、この基点に到達する索敵機の時刻が問題であった。すなわち敵のレーダーに捕らえられ、朝の敵哨戒戦闘機の好餌食となっていたのである。それとミンダナオ島東岸一帯に突発する猛烈なスコールの壁に、帰路を遮断されることもあった。

昭和二十年一月二日、私は甲飛予科練の若い搭乗員二名をそれぞれ偵察、電信席に乗せて、所定の索敵に進発した。海上はところどころ、ちぎれ雲が浮かぶ視界のよい好天気だ。索敵針路に入り、パラオ諸島に向けて索敵を開始して数分後、前方に戦艦二隻を認めた。情況が少し怪しいなと思いつつ、これを通過してさらに前進をつづける。

間もなく駆逐艦の一隊が現われた。さらに前進をつづけてペリリュー島の手前五十浬にさしかかったとき、突如、前方水平線上におびただしい船影を発見した。刻々と近づくにつれ、この群れは大船団に拡大した。堂々の陣をもって比島に向け航進する大規模な艦船団。一万二千トン級五十隻、一万トン級リバティ型上陸用舟艇五十隻、七千トン級貨物船五十隻、これが十列の縦陣で整々と隊伍を組み、これを取り巻いて四隻の戦艦が四周をおさえ、さらに巡洋艦、駆逐艦をもって大輪形陣をつくっている。

　これに接近すれば、前衛の駆逐隊が白波を蹴立ててわが方に迫り、猛烈な弾幕を張った。突如、「敵戦闘機来襲」と電信員がどなった。右後上方からＦ４Ｕ戦闘機二機が襲ってくるのが目に入った。急いでエンジンを全速にし、海面すれすれに降下する。敵戦闘機は有効な射撃を行なわず、切り返して後方を追躡してくる。全力航行でこの船団を通過し、さらに数分進撃をつづけると、また同一規模の第二の大船団に遭遇した。これは大変な上陸部隊だ、と直感する。

　執拗な戦闘機の追跡で、帰途に向けて反転することができない。しばらく太平洋の真ん中に向かって飛行する。行動半径の先端をすでにはみ出している。ちらりと燃料の不安が私の頭を走る。

　運よく、敵戦闘機が根負けして姿を消した。針路を反転して逆コースをふたたび走る。二つの大船団は、猛烈な砲火をあびせて近寄せない。完全な情報を偵察員にメモさせる。電信員は敵発見報告でうろたえている。

　苛烈な索敵行を終わり、ミンダナオ島の島影を水平線上にとらえて、ほっとする。若い電信員に、打電の様子を確かめた。彼はこの三百隻の大群に興奮して、電文がまとまっていないのだ。急いで電文を口述して暗号化し、打電させる。打電終了まで約三十分を要する大がかりな索敵報告となった。

　翌日からミンダナオ島在駐の海軍航空兵力の全力を挙げて、この船団攻撃が開始された。

雷装、爆装と思い思いの攻撃機、戦闘機が椰子の葉をゆるがせて飛び立った。船団がレイテ湾からスリガオ海峡、スル海を通り、ルソン島に向けて北上する三日間、この攻撃は昼夜の別なく、熾烈に繰り返された。

雲をぬって船団上空に到達すれば、目標は無数にある。いずれかの船に爆弾や魚雷が突きささる。敵は航行をやめない。炎上沈没する敵船は、人員のみを救助して見捨てられた。

怖るべき敵物量の威力的な航進だ。必死の攻撃も味方航空機の消耗によって、擦り傷としかならない。徹底的打撃を与えるには、あまりにも航空機が少なすぎた。在ミンダナオ島の攻撃部隊が力尽きたとき、敵船団は針路を北に、スル海をルソン島に向かっていた。私の隊も最後の一機までこの攻撃にあたり、ついに全滅の悲運に泣いたのだった。

内地に帰還してみれば戦死処分

昭和二十年一月二十七日、壊れた一式陸攻機を組み合わせて完成させた。そして簡単な操縦訓練ののち、残存の搭乗員をこれに乗せ、飛行機の補給を待ちあぐむ整備員を残して内地に向け、台湾経由の飛行計画でデゴスの基地を飛び立った。

ルソン島クラークフィールドに残した部下のその後の安否を気遣いつつ、レイテ島、ルソン島の上空をかすめて飛ぶ。苦しく激しかったこの三月間の死闘が夢のようであり、そして、いまもなお続けられているのだ。早く飛行機を、と心は内地の空に飛ぶ。

台湾の台南基地に悪天候をおかして着陸した。比島海軍航空隊総司令部は、すでにクラー

笠ノ原基地に待機する761空401飛行隊の銀河。翼下に落下増槽を装備している

クフィールドから移駐しており、その尻の軽さにいささか義憤をおぼえた。私たちの航空隊は、まだクラークフィールドとミンダナオ島を死守しているのだ。

九州鹿屋をへて木更津基地にようやくたどり着いた。見れば十数機の銀河が、しかも私の飛行隊の名をつけて飛行場に並んでいる。大いに喜び、ただちにこれを領収して戦場に帰ろうと所在の司令部に交渉をはじめた。驚いたことに、私はすでに戦死処分がおこなわれ、別の隊長が着任して部隊の再建をはかっていた。

司令部にたいして交渉を繰り返したが、既定の事実は、ついに私たちに戦場帰還を許さなかった。かくして、ミンダナオ島に鶴首(かくしゅ)して私たちの帰着を待つ飛行隊員の期待を裏切るという悲運に終わってしまった。

ふたたび銀河で沖縄第一線に立つ

それから一ヵ月半、昭和二十年三月も末、当時、横須賀海軍航空隊の銀河隊に勤務していた私に、ふたたび第一線の銀河飛行隊長の辞令がとどいた。敵が沖縄に上陸を開始したのだ。攻撃第五〇一飛行隊、これが私の飛行隊で、銀河一隊は夜間攻撃隊、他の一隊は特攻隊で編成されていた。名前だけのいまわしい特攻隊は何とかして解消し、全部通常攻撃による反復攻撃の戦果を期待したいのが、私の着任早々の念願であった。

沖縄を失えば祖国がどうなるかは、誰の胸にもはっきり理解できる。上司の理解ある決心により特攻隊は解消された。全員命脈がつきるまで爆弾、魚雷を敵機動部隊に見舞うことに徹すればよろしい。六十機を擁する銀河隊、これに協力する陸軍雷撃隊の二個戦隊の機数を加えれば、百機を超える大勢力だ。夜間攻撃部隊として唯一の頼みであり、主力である。

沖縄上陸開始後の補給線確保のため、北飛行場沖に蝟集（いしゅう）する敵の補給船団、そして、これを掩護して沖縄南方洋上を遊弋（ゆうよく）する敵機動部隊がわれわれの攻撃目標だ。優秀な偵察機彩雲（さいうん）の昼間強行写真偵察により、これらの目標の日々の情況が手にとるように入ってくる。それぞれ攻撃準備が各搭乗員により進められる。

夕暮れの鹿屋基地を一機また一機と、銀河が魚雷や大型爆弾を抱いて発進し、空中集合する。最初のころは百機の攻撃隊が隊伍を組んで発進するのに、一時間以上を要するという大がかりな攻撃だ。

銀河隊が先発し敵の火付役を果たせば、つづいて陸軍の飛龍部隊が、この狼火（のろし）を追って戦て繰り返された。

果の拡大をはかる。文字どおり暗夜をついて、沖縄周辺洋上では徹宵（てっしょう）の死闘が連日にわたっ

「われ敵戦艦を発見、攻撃を開始する」「攻撃終了、敵艦に魚雷命中大火災」

「われ空母を発見、攻撃する」「攻撃終了、敵空母に爆弾命中、火災沈没の模様」といった

華々しい戦果報告が、電波に乗って送られてくる。

何回出撃しても、必ず敵大物を捕捉攻撃し、大戦果を上げて生還する不死身の搭乗員の数

組のトリオを除いては、一日一日と未帰還の数が増加していった。

初夏の黎明、宵の明星がまだ消え去らぬ空を、爆音をひびかせて帰還してくる銀河の機影

から、固有識別符号が発光信号で基地指揮所に投げかけられる。そのつど、隊長の心配は一

つ一つ剝（は）がされていくが、数多く進撃したなかの数機は必らず未帰還となって、ふたたび基

地に車輪をおろすことがないのだ。

四月初頭から五月も中旬となったころ、さしも数をほこった夜間攻撃部隊も陸、海各隊そ

れぞれ十機を割る稼働機に減耗し、再建をはかる暇もあたえられない。それでも厳選してま

とめた総合戦果で、すでに百隻を超える敵艦船に打撃をあたえた事実から、敵側の苦悶や焦

燥も想像される。

しかし、ついに軍配は上がった。ついに沖縄守備隊は玉砕して、ゲリラ化の道をたどりは

じめたのだ。戦勢は急速に敵に有利にかたむきはじめた。B29が苦しまぎれに鹿屋、宮崎な

どの航空基地を、東京空襲をひかえて叩きはじめたのもこのころである。

滑走路への命中弾の被害は、攻撃隊の行動に重大な支障となった。それはわれわれが鹿屋基地をあきらめて宮崎に基地を移転し、再挙をはかったあともつづいた。さらに運悪く、この手薄に乗じて敵機動部隊は九州に接近し、南九州の航空基地群を攻撃しはじめた。攻撃準備のため、宮崎の滑走路上に銀河八機を並べ、燃料補給、雷爆装を実施中、敵機動部隊の奇襲をうけ、虎の子の銀河全機が被弾炎上するという悲運に泣いたのも、このときであった。

飛行隊にたいする人員機材の補給訓練は、島根県の出雲市に近い大社基地で行なわれていた。沖縄戦を戦いはじめてからわずか三ヵ月間に、搭乗員定員の約二倍が私の飛行隊に投入され、飛行機もまた百機を超える数におよんだ。

銀河六十機を有するも万事休す

七月に入ってついに攻撃の矢も尽きた。飛行隊は再建を期して、後方基地・大社に移動した。最後の本土決戦を戦うための配置につき、急速に戦備をととのえるためである。島根県を流れる斐伊川が宍道湖（しんじこ）に流れこむ河原を舗装して急造されたこの秘密基地は、素佐男尊の叢雲剣（むらくものつるぎ）の伝説の跡である。

私の戦場は何かこの伝説の剣、日本守護の御剣にゆかりが深い。最後に狩り集められてきた搭乗員は、学徒出身の若い青年士官をはじめ新旧とりまぜた艦爆出身、艦攻出身の生存者のすべてである。逐次、人も銀河もその数を増した。一発で戦艦を撃沈できる新型魚雷も、基地に送り込まれた。迅雷と称する特攻兵器も姿を現わした。

戦備なかほどにして敵機動部隊が九州、四国、中国に猛威をふるいはじめた。急きょ飛行隊はこれに対し、執拗な夜間攻撃をかける。敵潜水艦の電探妨害に悩まされながら、夜を徹して銀河隊は潮岬南方洋上の敵を電探索敵によりかきまわす。敵も三日目には疲労困憊(こんぱい)し、南方に避退した。

終戦まで数回、このような激闘が繰り返され、本土西部太平洋地区は敵機動部隊の接近を許さず、彼らの熾烈な陸上要地にたいする艦砲射撃を排除した。

昭和二十年八月十五日、ついに終戦の詔勅によって、苦しい戦争の幕は降ろされた。このころ、私の飛行隊はふたたび銀河六十機を有する夜間攻撃隊として、その勢力を盛り返していたのだが、戦運時を藉(か)さずして万事休すであった。

陸上爆撃機「銀河」の長所と欠点

最後に、愛機銀河について触れておこう。この銀河は試作機をY20と呼び、海軍航空技術廠の設計によるものであるが、設計そのものはいまでも、見事なものであったと信じている。エンジンは公称出力一八五〇馬力。当時、最小径をもって最高性能をだす誇り高い誉(ほまれ)を装備し、機体は中翼・単葉金属製であった。

とくに急降下性能をつけくわえるために、主翼の強度は三百ノットの高速と、高重力引き起こしに耐えるように頑丈そのものに設計されていた。このため飛行機の重量はその図体に比較して、重すぎるほどに感じた。しかし、スピードは海面上で水平全速二二五ノットをだすことができ、米海軍の当時の新鋭戦闘機グラマンF6Fにおとらぬものを持っていた。飛行機の操縦性、安定性も良好で、とくに高速急降下時の飛行安定と舵の利きは、よくまとめてあったと思う。

それに航続時間は八時間以上もあり、パイロットの疲労どめと航法の精度をよくするため、オートパイロットが装着されていたのはよかった。搭乗員の座席は前席が偵察、中席が操縦、後席が通信となっており、三者の連係も良好で、各座席からの視界も申し分ないものであった。

特殊な搭載機器としては、索敵用の電探が装備されていたが、電波妨害や欺瞞をうけやすく、全作戦を通じほとんど役に立たなかったと記憶している。攻撃兵器としては、魚雷と八〇〇キロ以下の各種爆弾があったが、魚雷は弾倉に収納できず、外面に懸吊し、爆弾は弾倉内に効率よく収納するようになっていた。これらはいずれも電気式投下管制装置により連続して、あるいは同時に投下できるようになっていた。

このほか、二〇ミリ旋回機銃が、前席前方と後席後上方にむけて装備されていた。これは操作がちょっと重かったほか、とくに豊川海軍工廠製のこの機銃は故障が多く、機上での修復が不可能であった。私の経験からしても一度も役に立ったことがなく、まったく無用の重量物であった。それにくわえて前方機銃は風防枠にとりつけてあり、風防ガラスが良質のファイバー製でないので、射撃と同時にショックで飛散し、その後はまともに風にふきさらされての航法を、着陸するまでつづけなければならないという有様だった。

射撃即自滅とはまことに笑えない事実であった。そのほか、設計はよいが材質または製作の悪さで苦労させられたものに、エンジンと燃料タンクがあった。エンジンは材質不良で、よくシリンダーがごっそりふっ飛んだり、製作が悪いので油漏れがひどく、規定馬力がなかなか出せないということがあって、航空機の可動率をさげた。

燃料タンクにいたっては、受領時は胴体タンクの燃料で飛行するので問題はないものの、さて戦地に直接長距離空輸しようとして、翼内タンクに燃料を満載すると、全機いずれのタンクもがダラダラ漏れるのであった。これを部隊で整備するとなると、少なくとも一ヵ月はかかり、飛行機はそろったが戦闘に使えないといった銃後の情けない支援状況であった。

もうひとつ、さらに悪かったのは航空燃料の悪さであった。誉エンジンには、九三オクタン以上のものを使えば性能が充分に発揮できるのに、供給されるのは品質もあやしい八七オクタンであり、これでは千二百馬力もあぶなかったのではないかと思われた。

以上のような状況で、新鋭機銀河に期待される性能は、人間どもが八方から足をひっぱって駄目にしてしまったといえる。銀河に設計された誇り高き高性能は、あえなくも製造と運用の段階でまったく奪われ、麻痺させられてしまった。

このような状態にしか航空機を造って動かせない、当時の日本の産業経済情勢は、すでに日本の仮死状態の兆候を示していたわけである。それに厳正な診断をくわえず、戦闘に同胞をかりたてていった戦争指導者たちの狭さ、暗さ、冷たさ、哀れさがいまさらながら虚しいものに思いだされる。

思いもよらぬ運命の道

銀河は本来、急降下爆撃機（水平爆撃は不能）であり、艦爆隊の後継機種としてその出現を待望されていた。しかし、試作機が姿をあらわすころには、中攻隊、艦攻隊からもその優秀性に目をつけられ、さらには戦闘機隊からも所望されるほか、終盤には高価な特攻機として、およそ所期の目的とは思いもよらぬ運命の道をたどっていった。

そして艦爆、中攻、艦攻各部隊の要求は大同統一され、その結果、大きな勢力としてうまれたのが急降下爆撃と雷撃をともにこなすところの、陸上基地から機動する銀河部隊であった。

戦闘機隊に採用されたのは月光で、これは夜間戦闘機となって活躍したが、戦闘機としては機体がいささか重すぎた。特攻機としての銀河は、最後の高速体当たりの場面で操縦がむずかしく、また敵の防禦砲火に対して大きな目標となったので、攻撃の成果はあまり期待できなかった。

さて、わが銀河部隊の戦闘能力については、まず航法、通信能力では昼夜間を問わず、いつも八時間にわたる洋上航法も長距離通信も、正確かつ容易に実施することができた。これは半径七百浬の戦闘行動を意味するものであった。そして、これはオートパイロットを使ったことのない艦爆、艦攻出身パイロットにも快適なものであった。

つぎは急降下爆撃法であるが、ふつう高々度接敵→急降下進入→攻撃→低高度高速避退を基本のパターンとしていたが、爆撃照準器の性能がよかったので、錬成訓練は容易であった。また、雷撃法についても銀河の特性と戦況から、急降下爆撃と同一のものを基本パターンとする戦法を採用して、訓練をすすめたが、なれない中攻、艦攻出身者もこれを重宝がるようになった。この戦技は攻撃前に敵の行動を高々度から観察しやすく、攻撃も高速のため短時間におこなえるので、自衛上も、また敵に回避運動の余裕をあたえない考慮からも有利であり、効果的だった。

しかし、沖縄作戦においては、夜間の艦船攻撃なので、接敵→進入→攻撃のフェーズはいずれも目標を捕捉、保持する必要上、低高度をとらざるをえなかった。この場合、銀河の急降下性能は役に立たず、そのために設計上生じた機の重みは、デッドウエイトとしてマイナスになった。

そして、急降下爆撃も雷撃も本質的には短距離攻撃戦法であり、爆弾や魚雷を命中させるには、これらを敵の数百メートルまで肉薄して投下し、その後も敵の直上すれすれを通過して、避退しなければならない。したがって、敵の対空砲火の威力が増すにつれて、文字どおり決死的なものとなっていった。

レイテ作戦におけるわが部隊の夜間強襲では、四機に三機は攻撃に成功したものの、そのうちの四機に三機が未帰還となった。これは特攻の損害に匹敵するものだ。成功率は特攻攻撃よりも高いことをしめしている。これによっても、特攻攻撃が決して好ましい戦法ではなかったといえるだろう。

つぎに銀河の対戦闘機戦闘能力だが、敵の一流戦闘機に匹敵する高速性能により、見張りと適切な回避機動をおこなえば安全で、所期の任務行動を完遂することができた。台湾沖航空戦における敵発見、追跡の場合も、リンガエン上陸部隊を捕捉した場合も、多数の敵戦闘機の攻撃妨害をうけたが、難なく任務をまっとうして帰還することができた。

要は人と人との戦い、航空機の性能と性能の優劣において、そのいずれにも負けないことが成功のカギであると、実戦を通じて感じた。

最後に強調したいことは、部隊の運用にあたっては、後方支援をしっかり確保すること、情報を適切に収集利用すること、および戦いの原則をまもった用兵を行なうことが、とくに大切であるといえる。

航空機、燃料、弾薬の生産、調達、補給および整備支援面に戦力発揮のマイナスをつくること、敵の位置や戦場の天候も確認しないで困難な攻撃を敢行させること、絶対的な航空優勢を保有している敵に対して、戦闘機の掩護もなく単独攻撃を命ずることなどは、勝利の女神の怒りを買い、最後の勝利への道を踏みはずす所業といえた。

また、戦争末期に戦場で得た私の体験のなかには、あまりにも、あってはならないこと、してはならないことが絶望的なほど多かったような気がしてならないのである。

奇策の戦爆「銀河隊」燃えつきたり

小園司令のもと斜銃装備の夜戦として本土防空戦を戦った銀河の日々

当時三〇二空第二飛行隊・海軍中尉　吉田健一

第三〇二海軍航空隊は、昭和十九年四月、勇将小園安名司令のもと厚木基地（神奈川県大和市）に雷電、零戦、彗星、月光、銀河、さらに昭和二十年六月ごろには彩雲も参加して精鋭機を多数擁し、本土防衛部隊として編成された。

昭和十九年の十一月一日、米軍初めての本土上空への侵入がちょうど秋の進級告達式の真っ最中で、B29の関東地方への偵察飛行であった。これ以後は、海軍唯一の帝都防衛隊局地夜戦隊として勇戦奮闘、昼夜をわかたず来襲する米空軍機をむかえ撃ってB29やP51、F6F等を多数撃墜破する戦果をあげ、小園部隊の雷名をとどろかせた。

また、終戦時には北に南に各方面に徹底抗戦をさけび、世に

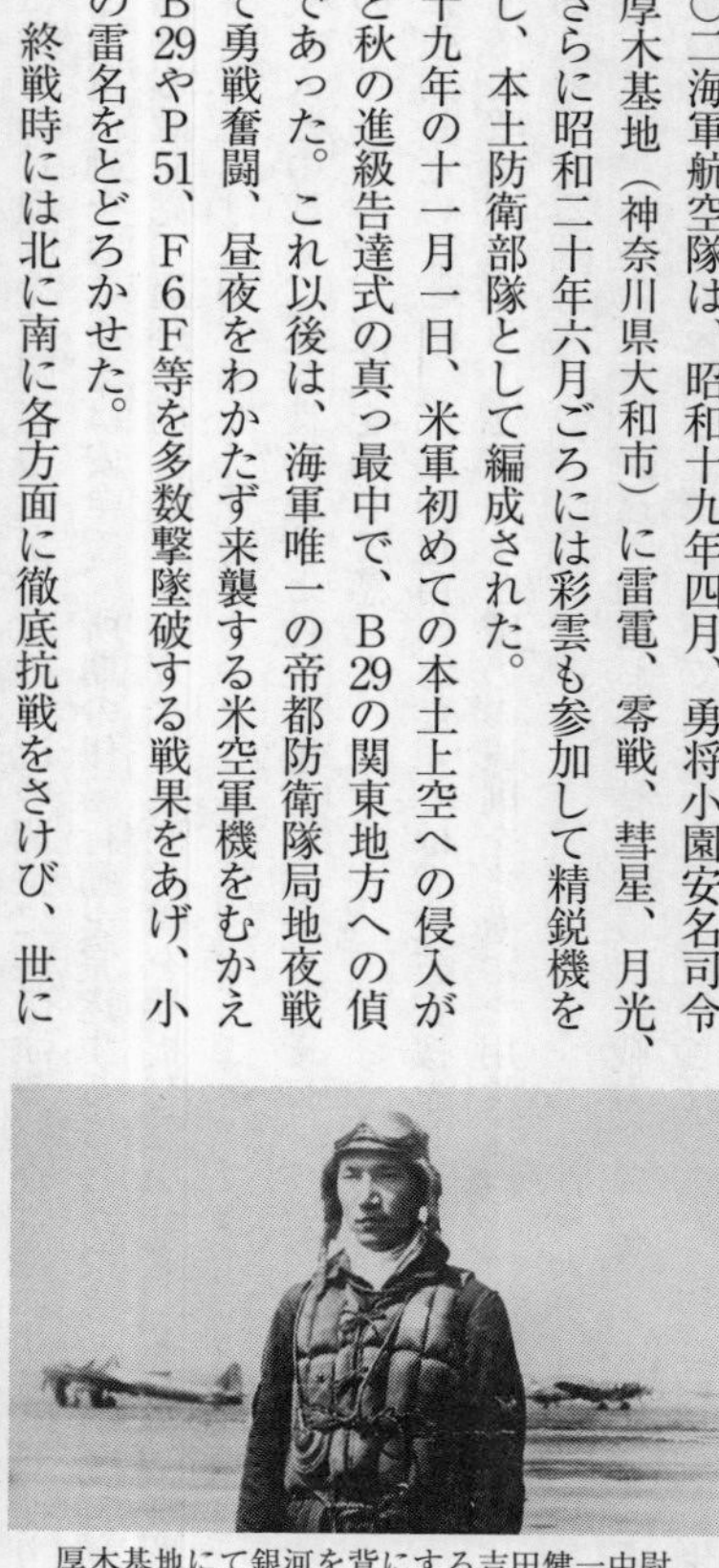

厚木基地にて銀河を背にする吉田健一中尉

いう厚木事件をおこした部隊としても知られているが、その直属系統の編成は、横須賀鎮守府所属第三〇二航空隊である。第一飛行隊は零戦と雷電、第二飛行隊は月光と銀河、第三飛行隊は彗星夜間戦闘機と彩雲で編成されていた。

数多い帝国海軍航空隊のなかでも、わが三〇二空の特徴は、なんといっても斜め固定銃（二〇ミリ）である。この斜銃（ななめじゅう）は、小園司令がラバウルの防空戦において、昼間は敵の数が多くて出撃できないし、夜間に来襲するB17を攻撃するため考案されたものである。これを昭和十九年六月下旬、司令が帝都防衛のため三〇二空を開隊すると同時に零戦部隊といっしょに彗星と月光の夜戦隊を編成し、迎撃態勢をつくられたのである。

最大速度五〇〇キロ／時の月光よりはやい五八〇キロ／時の艦爆彗星にも斜銃を装備し、山田正治大尉が飛行長となって厚木に着任し実戦採用となった。そして同年九月、藤田秀忠大尉（ヒゲをあごにたくわえ「ヒゲ田大尉」の愛称で呼ばれてた）が彗星隊長に着任したのである。

もうひとつの新型夜戦である陸上爆撃機「銀河」一一型にも斜銃が装備された。この爆撃機は急降下ができるので機動力もあり、機体も頑健にできており、最大速度も中高度で五四六キロ／時とはやかった。

銀河は、昭和十五年末ごろより十五試陸上爆撃機（Y20）として海軍航空技術廠で開発がスタートされ、昭和十九年十月に量産態勢にはいったもので、これより終戦近くまで千機以上にものぼるほど生産された。発動機も銀河一一型（P1Y1）当時は誉（ほまれ）で、尾輪も固定式となり、ついで一一乙型となった昭和二十年以降は発動機も誉から三菱の火星になった。もともと極光（P1Y2-S）として生産されたもので、極光は銀河の機体に発動機を火星に変えて二〇ミリ銃を搭載し、夜戦型にして川西で一〇〇機以上生産された。さらにこれを陸爆としてもどしたのが銀河一六型である。

銀河は双発三座の中型機としてたいへんスマートな機体と高性能の急降下爆撃機で、その機体強度も五・五Gにたえる頑丈さであった。一八五〇馬力の誉エンジン二基とハミルトン恒速三翅プロペラによって、最大速度は米海軍戦闘機F6Fに匹敵するものであった。航続力も燃料五七〇〇リットルを搭載して、八時間以上を飛行できる能力をもっている。

ともあれ、敵機B29は大型機であるため前上方および前下方より攻撃するか、または後方上部よりと後方下部より攻撃することを考えて三〇二空の彗星、月光、銀河の全機それぞれの機体の上部と下部に斜め固定銃が装備された。

高々度のB29にうつ手なし

当時ラバウルいらいの小園司令の部下であり、また良きパートナーであった浜野喜作大尉がトラック島からもどり、銀河の高性能をいかして斜銃を装備、夜戦に採用し、厚木の銀河隊長となった。銀河は昼間は爆弾倉をもっているので、多数の三号爆弾を搭載して敵編隊の上空から投下すると、威力を発揮するものと考えられていた。

昭和十九年六月、米軍のほこる超重爆B29の本格的な攻撃は、米軍のサイパン上陸と相呼応して、中国大陸を発進する北九州・八幡製鉄所の爆撃で火ぶたがきられた。ついで七月八日には佐世保、長崎に来襲。八月十日グアム島、八月十一日テニアン島とあいついで玉砕。ついでマリアナ諸島が陥落して敵の手にわたり、とうぜんB29の基地となり、日本本土の大都市への空襲がはじまるのである。

昭和十九年十一月一日、三〇二空の夜戦隊は、零戦二十七機、雷電十機、彗星二十機、月光二十四機、銀河四機の戦力であった。

十一月二十四日の早朝、B29約一〇〇機の以上の大編隊が東京を目標に来襲した。これはサイパン島より発進したもので、現在の三鷹にあった中島飛行機工場爆撃のため、われわれの想像以上の高々度一万メートル以上で飛来した。さらにこれらの米空軍機は、昼間にもかかわらず電探による精密な爆撃であった。このため三〇二空は、午前十一時五十八分、三浦半島上空へ空襲警報発令と同時に発進し、迎撃態勢にはいった。当日の出撃機数は、延べ零戦三十機、雷電四十機、彗星五機、月光十八機、銀河一機であった。

このおり銀河は洋上を追撃し、八丈島に不時着した。遠洋よりの空襲は、この日からくりかえし実施された。敵戦闘機の随行援護はないが一万メートル前後の高々度なので、日本機は上昇限度ぎりぎりで精一杯であった。また地上の高射砲も射程が高々度までとどくのは数少なく、雲上爆撃には手を焼いた。

ついで十一月二十七日、B29のサイパンからの空襲があったが、当日も厚い層雲上よりレーダー爆撃をおこなったため、わが方は手も出せず苦戦の迎撃であった。この日、銀河が一機、丹沢方面で消息をたち篠崎中尉機が未帰還となる。

三〇二空の迎撃は、このころのB29はサイパン島からの出撃なので、ほとんど小笠原諸島の対空監視からの報告および伊豆諸島付近にいる海軍の監視艇からの情報をもとに、司令および横須賀鎮守府が出撃命令をだしていた。このため敵が銚子沖より侵入し、富士山を目標に三浦半島への針路か、または逆に富士山を目標に三浦半島方面より侵入したのち銚子沖へぬけたので、この両方の上空で警戒待機して迎撃態勢にはいっていた。

ついで十一月二十九日の夜から三十日にかけて初の東京夜間空襲がおこなわれ、わが方は探照灯の光に捕捉されたB29を夜戦隊が迎撃する活躍となったが、高度七千メートルの厚い雲のため光がとどかず、八王子方面より火の手があがった。

つづく十二月三日、B29はサイパンより再三、三鷹の中島工場へ高々度の昼間爆撃を実施した。このため銀河は、伊豆半島と勝浦上空に配備して迎撃したが、多大の撃墜破の戦果をあげた。

昭和二十年一月十四日、東海軍管区名古屋方面にも初の空襲がはじまった。この方面には三菱重工や中島飛行機工場の分工場があって、わが国の航空工業の中心地であった。そこで三〇二空の月光隊も零戦や雷電、彗星隊とともに迎撃にむかったが、銀河は当日は昼間のため出撃せずに待機していた。この一月十四日、月光の遠藤幸男分隊長と西尾上飛曹は渥美半島上空にて被弾戦死した（その夕刻、遠藤大尉は撃墜の殊勲によって恩賜の軍刀を授与された）。

ベテランが集う精強部隊

このように激化する東京空襲がはじまった昭和十九年末より二十年の初めにかけて、外地のとくにフィリピン方面の艦隊および基地の壊滅のため、飛行機をなくしたベテラン搭乗員たちが小園司令の手で三〇二空にあつめられ、艦載機の水偵などの搭乗員もふくむ数十名が着任した。そして十二月中旬より銀河隊を編成し、分隊長には浜野大尉がなり、隊員には南方での歴戦の腕達者の内山忠吉飛曹長、山本正幸飛曹長、久保未喜上飛曹、草深睦郎上飛曹などが基幹搭乗員として顔をそろえていた。私もそれまでの月光隊より先任分隊士として転入したのである。

二月十日、敵の攻撃目標とされた群馬県の中島太田工場が爆撃され、このときは彗星隊で三機のB29を撃墜している。そして二月十六日の午前七時すぎ、米機動部隊が本土南方洋上に出現し、艦上機の初来襲となった。これはサイパン島と東京の中間にある硫黄島を奪取し、マリアナ諸島よりの中継地とするためであった。

この米機動部隊は硫黄島攻略の支援のため北上し、関東地方の航空基地の制圧にでてきた。とくにグラマンとの空戦のため零戦、雷電が出撃したが、荒木俊士大尉と十三期予備学生出身の杉原基司少尉は戦死、東二飛曹と金田一飛曹は戦傷となった。なおこの昼間戦闘機の攻撃は機銃掃射であったため彗星、月光、銀河は前橋や甲府方面に退避のやむなきにいたった。

その後、昼間はP51やP38などの地上銃撃、夜間はB29の執拗な爆撃が連日連夜くりかえされた。そして二月十七日いらい、敵艦上機の来襲により藤沢、江ノ島上空で零戦と雷電が

銀河隊は斜銃装備の夜戦としてＢ29迎撃に出撃した。右は深山と一式陸攻

Ｆ６Ｆを迎撃し、多数の敵戦闘機を撃墜破して戦果をあげた。

しかし三月九日と十日の両日、東京は大空襲をうけた。米軍は焼夷弾を雨あられと投下して火の海とした。このとき月光のみが発進し、銀河は待機していた。これはＢ29が初めて高度二千メートルの超低空飛行で進入してきたため、銀河のような大型機がでて味方同士の混乱があってはと、出撃しなかったものとおもわれる。

ついで三月十一日は名古屋方面、十三日は大阪方面、十六、十七日は神戸と、それぞれ三〇〇機前後のＢ29の夜間爆撃をうけた。三月下旬以後は敵の機動部隊が本土に接近してきたため、銀河隊は爆装してそれにそなえた。四月一日における三〇二空は、月光十五機、銀河十六機、彗星二十機、零戦三十機、彩雲三機が、夜間対戦装備をし

戦い敗れエンジンカバーや風防などをはずされた厚木基地の銀河。厚木302空の

ていた。

しかし四月十二日に出撃した銀河隊の今野飛曹長、岩渕上飛曹、増渕上飛曹の三名が搭乗した銀河が未帰還戦死。十五日には藤沢市の長後に銀河が墜落し、島津飛曹長、及川上飛曹、荒井二飛曹が戦死した。なお当日、もう一機の銀河が横浜空襲迎撃のため出撃したが、六角橋付近に不時着し、乗員は負傷した。

これより前の四月一日、米機動部隊は、沖縄本島に上陸したあと南方洋上の制空権を確保した。ついで四月中旬よりマリアナ諸島から飛来した米第二一爆撃兵団は、随時、東京方面への大空襲を敢行し、連夜、三〇〇機前後のB29が赤羽の兵器廠および川崎方面の市街地に焼夷弾を投下した。その間の迎撃はほとんど零戦、雷電、彗星、月光の夜戦隊である。

なお四月十九日ごろからは、Ｂ29に誘導されてＰ51とＰ38が航空施設の銃撃をおこなったが、これにそなえ大型機である彗星、彩雲、月光、銀河は前橋方面へ適時退避のやむなきにいたった。

五月にドイツが降伏したのち、東京をはじめ神戸の工業地帯に大焼夷弾攻撃をかけてきた。なにしろ五月二十三日より二十四日の明方にいたるマリアナ基地からの五〇〇機におよぶＢ29の空襲は、かつてない大規模なもので、三〇二空からも零夜戦、月光夜戦八機、銀河三機、彗星七機が出撃した。

つづいて二十五日は、昼間は硫黄島からの第七航空隊のＰ51が一〇〇機飛来して関東の各地の飛行場を銃撃した。こうして日本の戦闘機を制圧しておいて、ついで夕刻よりサイパン、テニアン、グアムからＢ29五〇〇機の群団が東京空襲にはいった。

眼下に敵機動部隊を発見

六月に入ると、この横須賀鎮守府麾下の三〇二空は、日本本土決戦の決号作戦にはいるため横鎮よりはずれ第七十一航戦となり、六月二十五日、決号作戦の準備にかかった。大型夜戦はもとより銀河隊も八〇〇キロ爆弾を装備して、出撃にそなえた。

八月十三日早朝、南太平洋上の米機動部隊より艦上機のべ八〇〇機が飛来し、夕刻までくりかえし各軍の施設、市街地に攻撃をくわえた。この日の夕方五時、三〇二空は房総沖の敵機動部隊への攻撃命令が第三航艦よりくだった。出撃機は月光八機、銀河六機、彗星七機で、各機はすべて爆装で、午後六時に基地を発進し、起点地である犬吠崎上空の北方面より月光隊、銀河隊、彗星隊の各機は単独の索敵をおこない、薄暮攻撃を実施するのである。

銀河はとくに攻撃力のある機材なので、その中央部で敵機動部隊のいる可能性のある海面をうけもった。ときに銀河隊は八〇〇キロの爆弾を腹部の爆弾倉にだき、基地戦闘指揮所にはZ旗が高々とあがり、滑走路にむかう両側の誘導路には残りの三〇二空の全隊員が整列して「帽振レ」(海軍の壮行礼)をおこなった。私と内山飛曹長、中田上飛曹が搭乗する銀河も、隊長浜野大尉機の二番機として厚木空初のこの礼に機内でびっくりしながら列線を発進し、離陸点にむかった。

銚子上空から各機は、それぞれの索敵航路を南西洋上にむけ飛行した。そして三十分後、沖合に敵機動部隊を発見し、接敵したのち高度一一〇〇メートルの雲上より降下して高度五〇〇メートルで投弾ののち、敵F6F夜戦二機の追尾攻撃をなんとか振りきり、炎上中の千葉・勝浦上空から富津岬上空へとでて、厚木空基地に帰還した。

そしてわが機をみると右翼下に二発、後輪側尾翼下に一発の被弾があった。ほかの月光と銀河は、天候不良で接敵できず、木更津や館山基地に七機が不時着した。また月光の山下上飛曹は爆弾を洋上に投棄して厚木空に帰還した。

この日、銀河隊ではほかに原田中尉(予学一三期)、山本利丸飛曹長、相良一正上飛曹の搭乗機と、早坂勝二少尉、増田金吾郎上飛曹、安部一飛曹の搭乗機はそれぞれ未帰還となり戦死と公表された。これが日本海軍航空隊三〇二空夜戦隊銀河隊の最後の出撃であった。

日本海軍雷爆撃機プロフィール

「丸」編集部

九七式艦上攻撃機

昭和十年前後は飛行機の単葉化、引込脚、フラップ、可変ピッチプロペラの実用化が具体的に実施されたときである。艦上攻撃機で、この四条件を完備した最初のものは九七式艦攻（十試艦攻）である。昭和十一年末に試作機が完成したが、九七式はただちに華南、華中作戦に参加し、戦訓による改造が行なわれた。

この九七艦攻には前後三つの型があり、一号は中島製で光発動機つき。二号は三菱製で金星発動機つきで固定脚。三号は中島製で一号を大改造した栄発動機つきであった。このうち一号は支那事変後半から活躍し、三号は真珠湾の奇襲に参加していらい艦攻の主力として注目された。米軍の戦闘機にマークされたのは、この九七式三号艦攻である。なお二号は少数機しか生産されず、あまり知られなかった。

太平洋海空戦において、もっともよく墜とされた日本の飛行機、それは九七艦攻であった。

防弾鈑の設備がなく構造も脆弱で、米軍戦闘機にとっては絶好の獲物であった。ただ一つの特長は、機体が軽くて航続距離が長いことである。ただそのわりには運動性がにぶくて急激な動作をすることができなかったし、いったん空戦になると、後席の七・七ミリ旋回銃一梃では、どうにも防ぎ切れないというのが実状であった。

九七式艦攻のもっとも華ばなしい戦果は、もちろん真珠湾攻撃のときであったが、もっとも悲惨な敗戦はミッドウェー海戦のときであった。出撃した大部分の九七艦攻が米戦闘機に捕捉され、撃墜された。

そのころから空母を失った九七式艦攻は、主として陸上基地から出撃するようになった。新鋭高速の天山が護発動機の不調で、なかなか戦力化できなかった。これが九七艦攻の犠牲を大きくした原因の一つであった。

米軍側の評価によると、この九七式艦攻は高射銃砲による撃墜が割合に容易であったという。それは航続力を大きくするため速度を犠牲にしたのが最大の要因であった。しかし、真珠湾攻撃のとき、八〇〇キロの魚雷または八〇〇キロ大型軍艦攻撃用の破甲爆弾をもって大戦果をあげたことは、奇襲とはいえすばらしいものであった。

艦上攻撃機「天山」

総数一二〇〇機以上、九七艦攻と同じくらいの生産高をしめした天山の性能は、たしかに誇りうるものがあった。とくに発動機を護から火星にかえた天山は稼働率もよく、きわめて

編隊をくんで攻撃に向かう九九艦爆二二型。固定脚や尾輪の様子がわかる

有望であった。

しかし、残念ながら本機が戦力化されたころには、日本海軍はすでに空母艦隊がなく、艦攻天山は陸攻天山としてブーゲンビル島沖海戦いらい参加し、硫黄島作戦から沖縄、九州沖の決戦まで、悪条件のもとで大活躍をした。しかし、それほどの記録的な大戦果を残していない。

戦後、米軍の手でテスト飛行をうけたが、速度、上昇力、航続力はグラマンTBFアベンジャーを上まわるものとして大いに注目された。しかし防弾、防火装置の不備、整備作業の不便など、実用機として改善すべき多くの点が指摘されている。アベンジャー雷撃機の余裕ある設計と構造にくらべると、どことなく無理をした点が多く、けっきょく悲運な艦攻として、一般には実力以下に評されている。

しかし、天山は第二次大戦に参加した世界の三座艦攻のなかで、最速の機体であったことだけは事実である。

九九式艦上爆撃機

海軍最初の単葉全軽合金製の艦上急降下爆撃機で、昭和十一年に中島飛行機と愛知時計電気が競争試作を命じられた十一試特殊爆撃機の試作である。愛知時計（のち愛知航空機となる）はそのころ九四式艦上爆撃機、九六式艦上爆撃機など、優れた艦上急降下爆撃機を海軍に多数納入しており、艦上急降下爆撃機では、わが国の技術の先頭をきっていた。

この試作機では数々の新しい技術が駆使された。たとえば、高速時の機体表面の抵抗をへらすための沈頭鋲（ちんとうびょう）で、表面の凹凸は極力さけられている。また、空母の艦上での取扱いの便を考慮し、翼端は上方に折り畳めるようになっていた。そして、外翼下面には固定式の抵抗板をそなえていた。

脚を固定式にしたのは、構造を簡単にして頑強にするという目的のほか、引込脚にすると、どうしても中央翼を厚くしなければならないため、あえて固定脚とした。固定脚の空気抵抗をへらす目的で、特長ある思いきったフェアリングカバーがつけられた。

試作機は昭和十二年十二月二十五日に完成、各種の地上試験をおこなったうえで、各務原飛行場へ陸送された。初飛行は昭和十三年一月六日で、それから約一年半にわたり舵の効きがわるいこと、自転の傾向があること、フラップの振動など、不具合箇所の改修、補強がおこなわれた。これにより九九艦爆は後部胴体から垂直尾翼にかけて大きな背ビレがつけられた。

問題は少なくなかったが、急降下爆撃機の本務に欠かすことのできない機体の強度については、とくに留意され、かなり乱暴な急降下をしても空中分解を起こすようなことはなかった。

本機には昭和十四年十二月に制式採用となった金星四四型装備の一一型と、昭和十八年一月に制式採用となった金星五四型装備の二二型があり、一一型は試作機をふくめ四七八機、二二型は一〇三九機が生産されている。大戦中期までの主な作戦では主力機として活躍しており、とくにインド洋海戦における記録的な命中率はよく知られている。

艦上爆撃機「彗星」

昭和十八年、九九艦爆にかわって彗星が登場した。日本機にはめずらしい液冷発動機を装備して、爆弾も弾倉内につんだ。最大速度は、最初の量産型の一一型で五五二キロと零戦よりはやく、巡航速度も四二六キロ。一二型ではエンジンが熱田一二型から熱田三二型に換装されて、最大速度はさらに五八〇キロに向上した。

空技廠の設計で、敵の艦上機の行動範囲外から発進して、短時間で目標にたっして先制攻撃をくわえ、高速を利して敵戦闘機の追尾をふりきろうという考えからだった。このため、航続距離も爆撃正規状態で一五七〇キロ。

昭和十五年から十六年にかけて空技廠でつくられた試作機五機のうち、二機がミッドウェー海戦などで高速偵察機として試用されて失われ、別の一機も空中分解したことも開発をおくらせる原因となった。計画が昭和十三年、戦場にあらわれたのが昭和十八年末では、さきの高性能もいささか出遅れの感があった。

最初の作戦は昭和十九年二月のトラック島への米機動部隊の来襲時だが、つづいて六月のサイパン、グアムへの米軍上陸時の「あ」号作戦で、攻撃部隊の主力になった。終戦前にはエンジンを空冷にかえ、特攻機としても使用された。

陸上爆撃機「銀河」

日本の双発爆撃機のなかで一番スマートな銀河は、昭和十五年に、九六陸攻の中国大陸での戦訓から考えられたものである。戦闘機の護衛なしで中国奥地の爆撃をくりかえした九六陸攻の損害が意外に多く、これは一方では零戦を生みだし、他方では銀河を生んだのである。

戦闘機よりも早く、陸攻よりも航続力が大きく、しかも一トン爆弾をつんで急降下爆撃が可能という機体だった。海軍では水平爆撃や雷撃しかできないものを攻撃機、急降下爆撃の可能なものを爆撃機とよんだ。

海軍のこうした要求にこたえうるのは空技廠だけだった。まずエンジンにはまだ試作段階だったが、直径が小さくて燃料消費率が小さく、しかも一八五〇馬力という中島の誉（ほまれ）を採用、胴体も極度に断面を切りつめ、主翼は中翼とした。また、急降下時の制動用ブレーキは、彗星で開発した非使用時には抵抗のないものが採用された。爆弾倉扉も開いたときは胴体内にくりこまれ、爆弾や魚雷は投下時に誘導桿で機外につきだされる方法をとった。

操縦士が長距離機にもかかわらず一人だけというのも、胴体を細くして速度をあげるためだった。乗員は三名。試作機の完成は昭和十八年で、南方戦線で一式陸攻の損害が激しかっただけに、時速三百ノット以上の銀河は次期主力とだれしもが考えた。しかし、量産型の一一型の最大速度は三百ノットを割り、さらに誉の不調になやまされた。

部隊配属は昭和十九年のマリアナ沖海戦のころからだが、稼動率が悪く、戦果はあがらなかった。昭和二十年三月には鹿屋からウルシー環礁まで二五六〇キロを飛んで、梓攻撃隊の十五機が体当たり攻撃を行なった。

この第一次丹作戦では、九機がエンジン故障で不時着、五月の第二次丹作戦では悪天候で作戦が中止された。参加予定二十四機のうち出撃したのは十八機、帰還したもの十二機、行方不明六機。誉エンジンの不調になやまされた銀河の運命をよくしめす数字である。武装は機首に二〇ミリまたは一三ミリ、後上方に一三ミリ一梃または一三ミリ連装動力銃を装備した。

艦上攻撃機「流星」

日本機としてはめずらしい逆ガル型の主翼をもつ流星は、一機種で急降下爆撃も雷撃も水平爆撃も可能という機体である。戦時で機種を統合する必要があったためだが、一方では、急降下爆撃にも五〇〇キロ以上の爆弾が必要となり、また雷撃機も低空で高速な運動がもとめられ、両機種への性能の要求が似てきたためでもあった。

逆ガル型の主翼は、彗星とおなじように爆弾や魚雷を機体内につむため中翼を採用、しかも五トンをこえる艦上機なので主脚を短く頑丈にする必要があったためだ。

流星が一種の野暮ったさをもっているのは、パイロットの視界をよくするため座席を高くしたのと、できるだけ堅牢で量産向きにするためだ。試作機は昭和十七年十二月に完成したが、総重量は六トンをこえたので、再計画をして流星改の名称で制式採用されたのは昭和二十年の三月だった。

性能は最大速度五四三キロ、航続距離三千キロ（爆撃過荷）と、いちおう目的を達したが、問題は完成までに多大な時間を空費したことである。しかも誉の不調、熟練工の不足、さらに地震や空襲で生産配備が遅れに遅れたことだ。そのため、終戦までに配備された機数はごくわずかで、ほとんど活躍することなく終わってしまった。武装は固定二〇ミリ二梃、後上方七・七ミリまたは一三ミリ。乗員は二名だった。

ジェット攻撃機「橘花」の全貌

起死回生、国産初のジェット特攻機誕生の背景と開発苦闘史

航空機研究家　入江俊哉

ライト兄弟の初飛行によってはじまった飛行機の歴史は、ジェット機の発明によって、第二期に入ったといわれている。この革命的なジェット機、正しくいえばターボジェット機を、第二次大戦終了までに完成し飛行させた国は、独、英、米、日のただ四ヵ国しかない。

このうち、ドイツ（ハインケルHe178、一九三九年八月二十四日初飛行）とイギリス（グロスターE28／39、一九四一年五月十五日初飛行）の機体は単なる実験機であるが、これにつづいて両国とも実用戦闘機を完成し、大戦末期に戦線にデビューさせて大きな話題をまきおこした。しかし、アメリカのベルP59（一九四二年十月一日初飛行）は戦闘機として試作されたものの、性能が悪く不成功におわり、つづいて試作されたロッキードXP80は大成功をおさめたが、ついに実用機としては終戦に間に合わなかった。

ジェット機といえば、すぐ連想するのはスピードである。軍用機とスピードを結びつければ、すぐ戦闘機を思い浮かべるのは当然である。事実、他の国々が最初に実用化したジェッ

ト機は、すべて戦闘機であった。しかし、わが日本の誇るべき最初のジェット機、橘花（一九四五年八月七日初飛行）は最初から「特殊攻撃機」として計画され、開発されたのである。

この「輝かしい悲劇の機体」は、どのようにして生まれたか——橘花の物語をつづるたび、私はいつも身にせまるような切なさに耐えられないような思いがするのである。

皇国二号兵器

昭和十九年、太平洋戦争は形勢逆転の兆候が明らかになりつつあり、かつて太平洋の過半を制した日の丸の輝きは日に日にうすれていた。二月には日本海軍の中心基地トラック島は、米機動部隊の猛攻をうけて大打撃をこうむった。六月にはサイパン島上陸作戦が開始され、七月にはサイパンは完全に米軍の手におちて、ここを基地としたB29は、早くも八月には作戦を開始、日本本土の横腹に短刀をつきつけた形となった。もはや「太平洋の落日」をまねきかえす奇蹟は、とうてい起こるべくもなかったのである。

この戦局の変化に対して、その年の夏、軍では新しい航空特攻兵器計画が立てられたが、そのなかに「皇国二号兵器」と名づけられた特殊攻撃機がふくまれていた。これがのちの橘花となった機体の最初の姿である。

「皇国二号兵器」は、最初は日立「初風」一〇〇馬力軽発動機で圧縮器を駆動し、その圧縮空気に燃料を噴射して点火、噴出するエンジンジェット（推力二三〇キロ）を動力とする双発機の計画であったが、やがて海軍航空技術廠で試作中のＴＲ12ターボジェット（当時日本ではターボジェットという呼び方はなく、タービンロケットと呼んでいた。わかりやすくするため、本文中ではターボジェットと書く）を装備することとなった。

ＴＲ12（のちにネと改名）とは、軸流四段、遠心一段の圧縮器をもち、毎分一万五千回転で推力三二〇キロを出す予定で、重量は三一五キロであった。この予定性能にもとづいて、機体の設計製作担当の中島飛行機に対し、八月二十五日に当局から、つぎのような計画目標がしめされた。

昭和十九年十月、モックアップ審査、部品図面完成。

昭和二十年二月、一～三号機完成。三月、四～一〇号機完成。四月、三十機生産。五月、一〇〇機生産。

しかし当時の事情を考えると、他の多くの軍当局の要求と同じように、この計画目標は、しょせん無理難題にすぎなかった。平凡な練習機ていどの機体ならばともかく、わが国最初のターボジェット機という革命的な飛行機を開発するのに、資料は海軍がドイツから潜水艦でかろうじて持ちかえったメッサーシュミットＭｅ262ジェット戦闘機に関する簡単なものだけで、かんじんの動力であるＴＲ12は、まだ海のものとも山のものともつかない状態である。

しかも物資は日に日に不足し、とくにジュラルミンの欠乏のために、機体にはできるだけ鋼材や木材を使うことなども要求され、設計にあたった松村健一技師（天山、深山、連山などの主任設計者）大野和男技師（天雷などの主任設計者）らは、非常な苦労をかさねたといわれる。

大量生産むきの簡略型攻撃機

一方、機体と平行して開発中の、TR12ターボジェットエンジンは、完成予定の昭和十九年十二月になっても、完成はおろか見とおしさえも立たず、ともかく翌二十年三月に、第一号機完成を目標として計画をたてなおすこととした。

これとともに、皇国二号兵器には正式な橘花という名があたえられて、「試製橘花計画要求書案」というものが正式に決定され、わが国最初のジェット機の性格は、しだいに明らかになってきた。

この要求書による橘花は、「近距離に接近してきた敵の艦船を攻撃するための、大量生産むきの陸上攻撃機」とさだめられ、TR12ジェット二基つきの単座機で、横穴式の格納庫にいれるため、折畳式翼を採用し、折り畳んだときの全幅は五・三メートル以下、全長九・五メートル以下、全高三・一メートル以下と規定された。

性能は五〇〇キロ爆弾一個をつんだとき海面上での最大速度五一〇キロ/時、航続距離二〇四キロ、二五〇キロ爆弾をつんだときの航続距離二七八キロが要求された。機銃や機関銃はまったくつまず、無電機も受話器だけという、徹底した近距離特攻機であった。ただし装甲は操縦席前面に七〇ミリ防弾ガラス、下方と後方には、一三ミリの防弾鋼板を装備し、燃料槽も厚さ二・二ミリのゴム袋式の防弾式であった。

この計画要求書で明らかなように、少なくともこの当時の橘花は、事実上、完全な特攻機、つまり体当たり攻撃を主眼とした「簡略型陸上攻撃機」である。最大速度もその他の性能も、なにひとつとしてジェット機でなくてはというものではない。橘花をターボジェット機とした理由は、構造簡単でプロペラも不要、粗悪な燃料でも使用可能という、ジェットエンジンの特性を特攻機とむすびつけたものである。

第二次大戦のドイツ、イギリス、アメリカの実用ジェット機第一号が、すべて戦闘機であったのに、わが橘花のみが特殊攻撃機という悲しい任務をおわされて生まれたいきさつは、およそこのようであった。

こうしているうちに、太平洋戦争は、ついに五年目の昭和二十年に入った。サイパン、テニアンなどの、マリアナ諸基地からのB29の空襲は、昭和十九年十一月二十四日の中島飛行機三鷹工場爆撃をかわきりに、関東地区および名古屋周辺の航空機工場をしらみつぶしに叩きはじめた。南方では米軍のフィリピン上陸のニュースが伝えられ、国民は戦いの前途に、深刻な不安をいだきつつあった。

機体の製作組立はかいこ小屋で

このような不安と焦りのなかに橘花の設計は急ピッチで進められ、待望のモックアップ（実物大木型）が完成して、昭和二十年一月二十九日には中島小泉工場（群馬県）で審査がおこなわれた。

会社側ではこれにもとづく一号機を六月に完成する予定だったが、海軍側はもう一ヵ月く

終戦を迎えた橘花。500機完成が目標だったが、１機完成したのみだった

り上げることを強く要求、やむをえなければ、当時、中島で試作中の双発戦闘機「天雷」や四発攻撃機「連山」を中止しても、橘花の完成に全力をあげてほしい、とさえ要望した。

つづいて二月十日には、第二次モックアップが完成し、審査結果はほぼ満足でただちに実機製作にうつることとなり、少しでも早く完成させるために、第二号機までは武装なし、第五号機までは防弾装置なしでいくこととした。

このころ、空襲はますます激しくなり、東洋一のマンモス工場であった中島小泉工場は、いつ大爆撃をくうか知れない状態なので、二月十七日、橘花のスタッフは佐野市（栃木県）にうつって、佐野中学、佐野工業、佐野織物などの各建物に分散配置された。そして機体の製作、組立も小泉工場ではおこなわず、群馬県が養蚕がさかんで各農家に大きなカイコ小屋があるのを利用して、ここで分割製作をおこなうこととなった。こうして日本航空史上の革命的な新型ジェット機と、かやぶき屋根の農家のカイコ小屋という、奇妙きわまる組み合わせが生まれたのである。

しかし、頼む海軍航空技術廠のTR12は、改修して「ネ12」(ネは燃料ロケットの略)と名も改められていたが、依然としてはかばかしくなく、連続三十分の全力運転もできない状態だった。それでも先を急ぐあまり、未完成のまま生産を強行しようかとの意見さえあったが、昭和二十年三月、ついに橘花用としてはネ12を中止し、新しい強力な小型の軸流ターボジェットである「ネ20」の開発に全力をあげることとなった。

この決断は大成功であった。昼夜兼行の突貫作業ですすめられたネ20の開発は非常に順調で、製作は秦野(神奈川県)工場でおこなわれ、六月二十五日には試運転が完了するという、すばらしい成績をおさめた。

一方、三月二十六日に行なわれたネ20の第一回テストで、早くもこの発動機が予定の性能を発揮することが確実となったので、橘花は、この強力な発動機(推力四七五キロ)の装備により、体当たり特攻機から一躍、本格的な高性能ジェット攻撃機として浮かびあがったばかりか、将来は発動機の性能向上によって、迎撃戦闘機にもなりうる可能性が出てきた。橘花のためには、ネ12の失敗はむしろ不幸中の幸いであったかもしれない。

四月十八日、世良田(群馬県新田郡)でささやかな橘花の起工式があげられ、いよいよ日本最初のジェット機は、その形をととのえはじめた。

似ても似つかぬメッサーMe262

ネ20装備によって最終的に決定した橘花は、一体どのような飛行機だったろうか。大きさからいえば、全幅十メートル、全長九・二五メートル、翼面積十三・二平方メートルという非常にコンパクトにまとまった単座機で、重量は自重二三〇〇キロ、総重量三五五〇キロであるから、ドイツのメッサーシュミットMe262の全幅十二・六五メートル、総重量六二一〇キロとくらべてみると、根本的にちがった機体であることがわかる。

形はいくらか似ているが、それもよく見れば、エンジン配置くらいのもので、各部はまったく違うといってよい。このエンジン装備法も、これまでと全くちがった動力であるターボジェットだから、なにかうまい装備法はないかとさんざん検討した結果、決定案が出ないまま平凡な従来の双発形式におちついてしまったのだと、最近、関係者の方からうかがったが、これだけでも橘花が世にいわれているように、メッサーシュミットMe262の安易なコピーでないことは明白である。

主翼は前縁で軽い後退角(約三十度)がついた先細翼で、翼断面は彩雲や連山で大成功をおさめた中島独特の層流翼Kシリーズで、翼端には失速防止用の前縁スロット、後縁にはスプリット式フラップがついている。また前にも述べたように、格安式格納庫や防空壕に格納するため、翼は艦上機のように中央から上方に折りたたまれ、このときは全幅は約半分の五・二六メートルになる。

胴体の断面は独特な三角形に近いオムスビ形をしており、また主翼は折畳部を境として、軽いカモメ形上反角になっているので、正面から見た橘花はなかなか特徴的である。

構造的には、当時のさしせまった航空工業の実状を反映して、なるべく、すでに量産されている機体と共通の部品を多く使い、また材料もなるべくアルミニウム系合金を使用しない方針がとられた。すなわち中央胴体と中央翼は、ジュラルミンのかわりに鋼板を使い、またボルトナットなども、なるべく同一規格のものを使ったり、翼のフラップのヒンジ金具は零戦のもの、主脚も零戦のものをほとんどそのまま、前車輪は銀河の尾輪と同じというぐあいであった。

なにしろ当時はアルミニウムの使用量も、悪ければ九月一杯、よくとも昭和二十年末までという悲惨な見とおしであった。二十一年度からは、飛行機はすべて鋼製か木製にきりかえねばならないだろうというのが、その当時の実状だったのである。

しかし、ネ20の好調に刺激されの生産も、製作中の一号機の完成をまたずに量産にはいり、六月一日には七月に二十四機、八月に二十五機、九月には四十五機の生産が指示された。橘花はまさに、当時の日本航空界の最大のホープのひとつであった。

にっぽん製ジェット機のスタート

昭和二十年六月二十五日、たえまなく関東地区をおびやかす空襲警報の合間をぬって、粕川村（群馬県勢多郡）のある農家のカイコ小屋のなかで、ついに橘花第一号機がうぶ声をあげた。機体はただちに分解されて、小泉工場に運ばれ、再組立ののち同三十日、小泉飛行場でネ20エンジンの第一回地上試験に成功した。

機体はつづいて飛行試験の行なわれる千葉県木更津飛行場へおくられ、七月九日到着、十三日からエンジンテスト開始、七月二十七日には和田大尉による地上滑走予備テストと、橘花はまず順調のスタートをきった。

この画期的な「プロペラのない機体」の飛行試験を担当した高岡迪少佐（当時）は、横須賀海軍航空技術廠の飛行実験部員として飛行時間約五千時間、日本の陸海軍機はもちろん、ドイツ、アメリカ、イギリス、フランス等からの輸入機をふくむ五十機以上をテストしてきたベテランで、橘花の開発にも早くから関係して、細部まで手しおにかけて育ててきた人である。

七月二十八日から、いよいよ高岡少佐は橘花に乗りくんで、本格的な地上滑走テストを開始した。テストをくりかえした結果、初の国産ターボジェット「ネ20」の調子はまずまず好調、地上滑走中の安定も良好だが、ただ車輪のブレーキは零戦そのままなのでスピードがずっと大きい橘花には、明らかに力不足なのが気になった。

しかし、滑走路上で幾度か離陸寸前の状態まで高速滑走テストをくりかえしつつ、高岡少佐は〝これは飛べるぞ〟と確信を深めていった。

昭和二十年八月七日――この日の木更津の空は青くすみ、ほとんど日課のようになっている艦上機の空襲もめずらしく心配ないとの報告。風は南五～七メートルで、まず理想的な飛行日和（びより）だった。

機体は午前中、入念な整備をうけ、その間、高岡少佐は士官室でひとり、アメリカ最高のジェット機ベルXP59Aの飛行試験レポートを読んでいた。〝負けるものか〟という静かな敵愾心を胸の中に湧き上がらせながらである。

午後二時すぎ、海に面した木更津飛行場の一八〇〇メートル滑走路の最北端から、橘花はネ20ターボジェットを全開にしてすべり出した。みるみるスピードを早めた小さな機体は、約七二五メートル走って軽く地をはなれ、海上に出て上昇しながら旋回、ふたたび南方から高度約六〇〇メートル、速度約三三〇キロ／時で飛行場上空を脚を出したまま通過、十一分間の飛行をおえて帰還し、約一千メートルの滑走で、あざやかに停止した。大成功であった。

高岡少佐の感想では、舵の具合に小さな欠点はあるが、全体として悪いところはなく、離着陸も容易、震動もほとんどなく、グライダーに乗っているようでまことに快適、実用化は早いだろうとのことで、関係者たちの喜びは爆発し、その夜は当時としては貴重なビールをぬいて、感激の万歳をくりかえした。

しかし晴れの公式試験飛行は、なにか幸先が悪かった。予定された十日は艦載機の空襲のため延期され、明くる十一日は曇天で時どき雨まじりの南西五～六メートルの風が、横なぐりに吹きつける悪コンディションだった。

つめかけた陸海軍首脳の期待にみちた視線をあびて、離陸補助用の推力八〇〇キロの火薬ロケットを二個つけた橘花は、勇躍スタートをきった。グングン加速した高岡少佐は、滑走

20年６月に一号機完成。８月７日、木更津で初飛行にのぞむ橘花

路なかばでロケットに点火した。同時に橘花は猛烈に加速しながら、グーンと機首をあげ、尾橇（びそり）を滑走路にこすりながら突進をはじめた。昇降舵をいっぱい下げ舵にしても、効きめはなかった。しかもロケットの噴射がやむと同時に、ドスンと機首が下がり機体は加速をやめてスピードはどんどん落ちてゆく。

変だと直感した少佐は、計器を見わたしたが、どこにも異常はない。しかし速度はにぶるばかりで、すでに機は滑走路のなかばをすぎていた。やりなおしだ、と決断した少佐はエンジンのスイッチをきって、ブレーキを力いっぱい踏んだが、零戦のをそのまま使っていたブレーキの力不足は、この最後の瞬間に命とりとなった。機は滑走路を走りすぎ、百メートル以上もある草地もつっ切り、飛行場まわりの溝に脚をつっかけてフッとばし、そのまま海岸の砂地のなかに座り込んでしまった。

そして四日後の八月十五日、すべては終わった。

終戦後十二年へた昭和三十二年十二月、日米両軍首脳の見まもるなかを、富士重工宇都宮飛行場で、戦後、日本国産最初のジェット練習機T１F２の公開飛行がおこなわれた。この晴れのテストパイロット高岡一佐こそ、かの日の高岡少佐であり、そしてこの機体を設計した富士重工のスタッフは、かの日の中島飛行機の人々だったのである。

橘花は死なない。今日も頭上を飛びすぎるT１ジェット練習機の若鮎のような姿態のなかに、この不幸だった日本最初のジェット機である橘花は美しく生きている。

特殊攻撃機「橘花」は私たちが完成させた

米軍撃滅の特攻機として開発されたジェット機部隊の編成と全貌

和田　操／種子島時休／永野　治／大坂荘平
伊東祐満／高岡　迪／平野快太郎

秘密兵器出現にかけた空技廠

和田操　空技廠長・海軍中将

第二次大戦の終戦を迎える数日前の昭和二十年八月七日、木更津航空基地の滑走路の一端に、低翼単葉型で、両舷の主翼の下面にプロペラのかわりに前方につき出た発動機を装備した一機の小型飛行機が、機首を風上の方向にむけておかれ、耳が痛くなるような鋭い爆音を発して試運転を行なっていた。

この飛行機からあまり遠くないところに、海軍航空本部と航空技術廠の人々が大勢で、熱心にこれを見守っていた。いうまでもなく、これは日本ではじめてのジェット飛行機の最初の試飛行直前の姿であった。

和田操中将

まもなくこの飛行機は滑走を開始し、日本海軍唯一の名テストパイロットといわれていた高岡迪少佐の操縦によって、約十一分の第一回試飛行がおこなわれた。

第一回の試飛行がぶじおわり、操縦者の報告がすんで四日後に、つづいて第二回の飛行が行なわれた。この第二回目の飛行で飛行機は、離陸のための滑走を終わって空中に飛び上がったとみられたとき、どうしたことかそのまま、滑走路の前方の海中に突っ込んでしまった。さいわい操縦者はぶじであったが、飛行機はもはや使用にたえないほどに大破したのであった。

この双発タービンジェット装備の小型飛行機は「橘花（きっか）」という名称を与えられ、戦争の終期に、日本近海に近づく米海軍機動部隊の空母を襲撃撃沈するため、作戦部の要請によって海軍航空技術廠が中島飛行機の協力のもとに試作開発した第一号機であった。

私は第二次大戦開戦の前年から終戦の三ヵ月前までの数年間、航空技術廠長の職にあって、この橘花に装備したジェットエンジン（噴進機関）と機体の研究開発試作の責任者として、監督指導の任にあった。そこで、当時の記録と記憶をたどって思い出の記事をつづってみよう。

ついに独立した噴進部

飛行機のエンジンは、今日ではほとんどがジェットエンジンとなっているが、第二次大戦当時は空冷星型のピストンエンジンが一般にもちいられており、ぜんぜん設計方式のことなる高速回転のタービン式ジェットエンジンの設計は、短時日にできるものではなかった。

したがって、その研究の基礎は航空技術廠長としての私の前任者である花島孝一中将が、発動機部長時代から築いていたものであった。この時代の基礎研究を出発点として、航空技術廠では発動機部の種子島時休技術中佐、永野治技術少佐が中心となって熱心な研究がすすめられ、昭和十五年ごろから、ジェットエンジンに関する基礎設計がはじめられていた。

それまで戦局がすすむにつれて航空機の重要性がいよいよ高まり、その性能の向上がつよくのぞまれ、戦闘機、陸上攻撃機、艦上攻撃機、偵察機など、各種の主要作戦用航空機の改良進歩がはかられた。しかし、これら飛行機の心臓部である発動機は、その時代までの伝統的な星型空冷発動機であった。その代表的なものは三菱重工の金星(きんせい)、中島飛行機の誉(ほまれ)であり、いずれも当時の航空発動機の技術レベルからみて、欧米のものと比較して決して劣るものではなかったと記憶している。

しかしながら、航空機の原動機としては、前項に述べたように種子島、永野両君が研究しているジェットの噴流を推力に利用する方式が、将来性の大きいことがなんとなく予感された。このためある日、種子島大佐に、その理論的根拠を聞いてみると、ジェット噴流を利用する推進方式は、高空にいけばいくほど航空機の高速を発揮するのに都合のよいことがわかったのであった。

そこで、私としては航空機進歩発達の将来のため、このジェット、もしくはロケットのような噴進式推進機関の進歩発達を、もっと力強くすすめる必要を感じた。それには、まず航空技術廠の発動機部の一班としてのジェット機関の研究業務を拡大強化するため、これを発動機部から独立した部の組織とし、あらたに噴進部をおくことを中央に進言したところ、これが受けいれられて、種子島大佐を部長とする空技廠の噴進部ができた。

そしてこれ以後、この部が中心となり、ジェットおよびロケットの研究が大いに促進されたのであった。なおこのとき、これまでの空技廠の発動機関の設計技術者は、ピストン式の発動機に関しては十分の経験をもっていたが、高速回転のタービン式機関に関しては、設計上の経験がすくないと思われた。

そのために、ときの艦政本部長渋谷隆太郎中将に、艦本五部でスチームタービンの設計の経験ある技術者数名を、空技廠噴進部にまわしてもらうことをお願いしたところ、これまた好意的に受けいれられ、その後もこのような技術に関していろいろ援助をいただいたことを記憶している。

このような体制のもとに、空技廠噴進部が中心となり、三菱、中島、日立、石川島の各社の協力のもとに、タービンジェットの試作に最大の努力をかたむけたのであった。

秋水と並行した技術開発

昭和十九年にはいると、第二次大戦の戦況は、すでにそうとう苦しい状況となっていた。そのため海外の情報も正確なことはつかみにくかったが、イギリスでは「グロスター」、ドイツでは「メッサーシュミット」のジェット戦闘機が活躍していることが伝えられ、軍令部からもロケットおよびジェットの研究促進がつよく要望されたのであった。

しかしながら、当時の国内の情勢は、航空機そのほかの兵器の生産が軍需省の強力な統制のもとにすすめられていたが、資材の欠乏、その他全般的に困難な事情のために、当面、必要な兵器の生産も思うようにいかなかった。まして、ジェットのようなむずかしい技術を必要とする新兵器の試作工事は遅々としてすすまず、関係者はあせるのみであった。

そんななか昭和十九年七月末、巌谷英一技術中佐がドイツから貴重なジェット機と、液体ロケットの資料をたずさえて帰国した。航空技術廠では、これらの資料を検討したうえ、これまでのジェット技術研究に従事した民間各社ならびに陸軍関係者をまじえて、以後の研究試作の方針を決定するための研究会を開いた。

この研究会の結果、タービンジェットは空技廠が中心となり海軍で、液体ロケットは陸軍主務と、担当協定がきめられたのであった。

このように、ドイツから巌谷中佐が持ち帰ったBMWジェットの図面一葉を参考とし、不眠不休の努力の結果、ついに完成したエンジンは「ネ20」と呼称された。一方において、ワルター液体ロケットを基としたものは、陸軍と三菱重工が主となって、一応まとめられ、迎撃戦闘機「秋水」の原動機となったのであった。

昭和十九年ごろから戦局が悪化したことによって、特攻機「桜花」が生まれたのであったが、桜花の各形式はいずれも一式陸攻の胴体下に吊り下げられ、目標の上空に近づくものであった。秋水は、強力な液体ロケットによって、きわめて短時間に上昇して、B29爆撃機の迎撃を目的とするものであった。

橘花は桜花、秋水とことなり、タービンジェット二基を装備した現代の双発ジェット機とよく似た形態をもったジェット機であって、戦後、内外の注目をひいた飛行機であった。

橘花にたいする作戦部の要求は、「わが本土に接近する敵艦船を目標として陸上基地から発進し、これに体当たりして（実際には爆弾投下可能に設計された）撃沈する単座特攻機で、五〇〇キロまたは八〇〇キロ爆弾一個を携行、無線電信機一台装備、隧道防空壕内に折りたたみ格納しうること、および多量生産が容易なること」であった。

橘花の具体的な設計は、ネ20が耐久性に関してなお検討の余地があったが、いちおう試作に成功したので、これを装備することにして、昭和十九年十一月、中島にその設計試作が発注された。

私は、この橘花の試作作業は技術面からみて、この戦争の最後の仕事であると感じ、何をおいても一日も早くこれを完成することを期待した。それには、新規のジェットエンジンを装備することでもあり、連絡協議の時間の節約そのほかのため、空技廠の廠長室の一階上のフラットの教室をあけさせて、中島の橘花主任設計技師松村（まつむら）健一君以下の設計チームの作業室に提供し、その作業の監督促進につとめたのであった。

橘花の試作作業は、戦局の緊迫に対応して極力急ぐこととなり、第一号機の実験結果を待たずに、二十五機の試作を突貫工事で開始したが、昭和二十年三月から四月にかけて中島の太田、小泉の両工場とも戦災をこうむり、工事に多大の支障をきたした。そこで中島は、緊急対策として群馬県下に多数散在する遊休の養蚕小屋を利用して、部品の分割生産をおこな

中島飛行機で終戦を迎えた製作中の橘花。双発ターボジェットエンジンと補助ロケット使用で離陸滑走距離500m

い、比較的手広いものを総組立場にあてたのであった。

このようにして橘花第一号機は、昭和二十年六月二十九日、この養蚕小屋のなかで完成した。そして八月七日、木更津航空基地で試験飛行を実施したのであったが、試飛行をおこなった数日後に第二次大戦は終局を告げ、いっさいの仕事も終わったのであった。橘花には複座・複操縦の練習機が試作途中にあった。また、さらには胴体先端に三〇ミリ機銃二梃を装備した戦闘機も計画されていたが、それらもはかなく消えていった。

噴進機関に魅了された技術陣　種子島時休

エンジン担当・海軍大佐

いまから二十八年前、終戦日のわずか十日ばかり前の昭和二十年八月七日、木更津飛行場で日本最初のジェット機が初飛行に成功したときの光景は、まだ私の眼底に鮮明にのこっている。

この一事は、日本航空界にとってはライト兄弟が最初に飛行に成功したくらいの価値があるニュースであったはずである。なにしろプロペラのない飛行機が、日本で初めて大空に舞い上がったのであるから、当然、そう考えられてしかるべきであったろう。しかし、当時の日本の国情は、日米戦でまったく追いつめられてしまっていたので、この快挙も、ごく少数の直接関係者の間でのみ知られ、しかも大した感激もなく、簡単に受けとられたのであった。

種子島時休技術大佐

そして戦後、ジェット機万能時代が到来したのを見るにつけ、その源となるべきはずの日本のジェットエンジン「ネ20」の開発の偉業も、残念ながらそれにふさわしい世の称賛を受けることなく、ジェットエンジンは欧米で開発されたもので日本は模倣したに過ぎないと一般に思われて、いまや忘れられようとしている。

当時の研究を指導した私としては、少なからずもの足りなく、残念に思う次第である。なにもかも欧米に負けていたのではない。日本にもこういう発案者と実績があったのだ、ということを次の世代の人々に伝えないといけないという気持が、いまの私には充満しているのである。

そこで今回、これに関する記事を書けとの依頼をうけた私は、たいへん時機を得た思いがしたので、いままでもネ20の開発についてはたびたび書いたことがあるが、さらに心を新たにして筆をとる決心をしたのである。

まず、ジェットエンジン（噴進機関）の原理は、決して欧米の模倣でないことを知っていただきたい。つぎにジェット機「橘花」は、結局は失敗に終わったという見方があるならば、それは訂正されねばならぬことを申し述べる。

私からみれば、橘花は実戦にこそ間に合わなかったが、飛行機としては、そのジェットエンジンも機体も成功したのであることを強調したい。ただ、いずれも完成化するまでには、もう少し時間をかけねばならなかったということであったろう。すなわち、技術的にはこの飛行機は、成功であったと明言できる。したがって、当時の海軍航空技術は相当なものであったと見てよいであろう。

開戦と同時のジェット研究

昭和十五年十二月ごろであった。私は海軍航空技術廠発動機部第一工場主任の配置にあり、また研究科の過給器の研究員もかねていた。そのためにあるとき、過給器とジェットエンジンは、理論的にはまったく親類であることに気がつき、少尉時代から考えていたガスタービンも、またこれらの同類であることに着眼しはじめた。

しかし、第一工場は軍用発動機の審査、民間技術指導および第一線の発動機のアフターサービスなどを主任務としており、非常な激務であった。そして、いつも気性の激しいパイロットを相手に、発動機の調子などで激論する場合が多いので、この配置の士官らは、単なる技術者であるばかりではなく、ときにはパイロットたちを説得するに足るだけの勇気と、機知を兼備する人でなければならなかった。だから、非常にすぐれた士官らが第一工場には配置されたのである。

しかし、私は研究が大好きであったので、余暇をみては兼務の方の研究に従事した。このころ、ジェットエンジンの原理を思いつき、理論の裏づけをするため、水槽をもちいて小型潜水艇模型による噴進法をこころみた。

このようにしてジェットエンジンの概念を得たあと、ガスタービンを用いるジェットエンジンのサイクル計算をおこなった。しかし、第一線の発動機に重大故障やクレームが発生すると、落ちついて研究している暇がなくなるのが常であった。

だが、第一工場の各員は非常にうまくやったので、まもなく発動機のクレームはほとんどなくなったのである。この間こそ、ジェットの研究に打ち込む時であった。しかし、みな自分の仕事をもって忙しく働いているため、第一工場のメンバーを使用することはできなかった。研究科として、私のただ一人の部下であった渡部貞善技手と二人で一生懸命、最初の燃焼実験などに従事したのである。

昭和十六年十二月八日、日米開戦となった。私は決心して発動機部長に、「米国相手の戦いには、いまから飛行機のジェット推進を研究してかからなければならない。自分に成案があるから、その研究に専念させてもらいたい」と願い出て、ただちに許可をえて研究二科を創設し、士官数名と工員約二〇〇名の陣容をえた。

最初に私が選定した士官のなかには、清水三郎技師、加藤茂夫技術大尉、田丸成雄技術大尉、安阿俊一技術中尉、玉手技術中尉、広岡技術中尉などがおり、このほか後に東大、京大、東北大の教官になる人で、二年現役の技術中尉として海軍兵籍に入った人たちも大勢いた。いずれも俊豪ぞろいであった。

さて、研究の手はじめに、二科に多数の排気タービン過給器があった。そのもっとも小型のものをジェットエンジンに改造するのが早道であると考え、加藤大尉がまずその実験研究にあたった。

昭和十七年の終わりから十八年の頭にかけて、この実験はおこなわれたが、スタートは成功した。排気タービン過給器改良の最初のジェットエンジンは、ただちに軽快なうなり声をあげた。燃料を増すとグングン加速して、予定の一万六千RPM（一分間の回転数）と、圧力比四を出した。一同は非常に勇気づいた。しばらくの間はみんな夢中で、起動、全力運転、停止などをくりかえしていた。

このとき航空関係全般は、私たちが開発をすすめているジェットエンジン関係にたいし、大体どんな関心を持っていたであろうか。たぶん「噴流推進の研究をやっているようだが、果たしてものになるだろうか。あるいはヒョットすると成功するかも知れぬ」くらいのところだったろう。しかし、全くわれわれに干渉もしなければ、妨げもしなかった。これが私たちには大変ありがたいことだった。そのため私たちは、マイペースで落ち着いて研究ができたのである。

ドイツから来た断面図一枚

昭和十八年の終わりころであった。南方戦線は急をつげ、日本軍の苦戦は、もう覆（おお）うべくもなかった。航空技術廠にもしだいに焦りが見え出した。二科の研究も、タービン翼の亀裂対策がうまくいかない。燃料室もたびたび焼損する。

これではものにならない。やはり研究用につくったこのジェットエンジンは、根本的にやりなおす必要があるようだ。それには、もっとタービンの設計を専門とする技術者を参加させなければならない。そんな段階にきたようだった。

私たちが黙々と研究をつづけている間も、時は容赦なく経過した。航空本部もようやく私たちの研究を真剣に見るようになった。この頃ドイツでは、これと同じようなものが試験に成功したという情報がしだいに確実性をおびてきた。

昭和十九年六月のある日、私が兼務教官として横須賀航空隊の若年士官にジェットエンジンの講義をしていると、教室の後方のドアから航空隊の大佐級の上級士官ら数人が静かに入ってきて、後方の席につき、私の講義を聞くということがおきた。私は非常に光栄に思った。

その日の午後、廠長の和田操中将がはじめて私たちの研究室をおとずれ、激励された。そして、航空本部から技術廠に正式にジェットエンジン開発の命令が下ったことが知らされた。こうして、このプロジェクトはようやく本格的な軌道に乗ったのである。

私は心から嬉しく思い、あわせて責任の重大さを感じた。つづいて研究陣容は急速に強化された。まず航空本部からは、永野治技術少佐が私の部下として着任した。また艦政本部から、蒸気タービンの専門設計者として玉木技術中佐、露木技師らが増派されてきた。

もっとも幸いしたことは、昭和十九年七月ごろ、ドイツから巌谷英一技術中佐が潜水艦でシンガポールまで、そこから飛行機で日本にぶじ帰朝し、われわれにＢＭＷのジェットエンジンのキャビネ判の断面図を一枚だけ持ち帰ったのを見せてくれたことである。これに関する詳細な資料は、ほかの潜水艦で運んだのだが、途中で沈められたとのことであった。しかし私たちには、この図面一枚で十分であった。われわれの研究も十分すすんでいたから、一目見てほとんど全部を察知したのであった。

この頃になると航空技術廠は、全廠をあげてジェットエンジンの開発に従事することになった。士気は高まり、成果はみるみる上がったが、「ネ10」系のものはもう限度がある。このへんで本格的にやりなおす必要が痛感された。

十一月ごろ、思いきってこれをすてて、軸流ブロワーを使用する「ネ20」系に切りかえることを私は提案し、その通りになった。ネ20は図面も試作も非常なスピードですすめられ、昭和二十年二月ごろにはその一号機が運転台にすえられた。こんどは回転数も一万一千RPMで、各部の応力はずっと楽なものになった。

しかし、まだコマゴマした欠点は多少あったが、それを調整しているうちに早くも三月はすぎた。

神奈川県秦野に疎開

この頃になると空襲がはげしく、たびたび退避しなければならず、能率が目に見えて低下した。そこでみんなで相談した結果、意を決して神奈川県秦野町に試運転場および関係員を疎開させた。

このときは昭和二十年四月であった。

同時に官制の変更が発令され、われわれは海軍航空技術廠噴進部に属することになって、秦野がその出張所となり、私がそこの長に任命された(当時海軍大佐)。

秦野におけるネ20の実験はただちに開始された。そしてまず軸流ブロワーの圧縮圧不足が問題となったが、さいわいに三号機で沼知理論（東北大教授）を採用したもので成功した。つづいて振動燃焼に悩まされたが、棚沢教授（東北大）が二次空気のしぼりすぎと判定し、その場で解決をみた。つぎが推力軸受の焼損事故で手間をとったが、永野少佐の研究でこれも解決した。

そのほか、燃料ポンプの焼付などもあったが、これらも対策が打たれ、最後にのこった問題は、やはりタービン翼の亀裂であった。四時間くらいすると亀裂が生じるのであったが、これはもう国内にニッケルがないためである。

六月にはいると橘花隊が編成された。その司令となる伊東祐満大佐が軍令部の命をうけ、秦野にきて、タービンブレードはこれでよいとの意向を私につたえた。そこで、この開発の仕事は終わったのである。

あとは量産機の領収運転の仕事であった。ネ20は一台また一台と完成して、秦野から群馬県の橘花の待つ機体工場に運ばれて行ったのである。

わが青春の墓碑銘

永野治　エンジン担当・海軍技術少佐

ジェットエンジン開発の総決算ともいうべきネ20の構想が机の上に定着したのは、昭和十九年の暮れもせまるころであり、その終焉が翌年の八月半ばであるから、こうした労作の生涯としてはまことに夢のように儚（はかな）いものであった。それに

永野治技術少佐

もかかわらず私たちの心の中に、その名はなにものにもまして深く刻み込まれたというよりも、むしろ棲みついてしまったのである。

それから八年あまり後に、ネ20の生まれ変わりともいうべきJ3エンジンが、T1Bジェット練習機に装備されて飛び立った。このとき、私の心には再生の喜びがこみ上げてくるのを感じた。それからかぞえても、もう十三年近くになる。思えば二十八年も昔のことなのである。

昭和十九年の夏、サイパン失陥のただならぬ情勢下に私は海軍航空本部から転勤して、いわば古巣ともいうべき横須賀第一海軍技術廠の種子島時休大佐のグループにまいもどった。それからの一年間、私たちは文字通り寝食を忘れてジェットエンジンの開発に打ち込んだ。つらい、はがゆい数々の思い出もあるが、総じて充実した日々であった。

いまでも私の心の中にこの一年間は、公的生活に関するかぎり、残りの全生涯よりも大きく追憶の世界をひろげている。それはほとんど悔いのない唯一の期間であった。

冷たかった周囲の目

日本海軍のジェットは、種子島時休大佐の夢からはじまる。昭和八年の夏、私は東京大学機械科三年生の夏季実習を海軍委託学生として、広海軍工廠発動機工場に勤めた。そのときの新任の工場主任が種子島機関大尉であった。同氏は工場を歩いては当時のローレン四五〇馬力や九一式五〇〇馬力など、水冷ガソリンエンジンの部品をめずらしげに手をとってお られた。

　こみいった機構について、ベテランの技師や職人たちのしたり顔の講釈を聞きながしながら、同氏の夢はガスタービンの上をさまよい、ガスタービンで鼻をあかしてやろうという魂胆を知るよしもなく、当時、素人工場主任との噂がもっぱらであった。

　この実習期間に私は、先輩の実習中尉二人が課せられていたティニアス・オルセンの古い釣合試験機の分解手入れと、機能解析を手つだい、私なりの検討結果を実習報告にして提出したところ、種子島主任はたんねんにこれを読んでくださったらしく、懇切な講評がついてきた。これが私と種子島さんとの実質的な出合いのはじまりであった。

　その後、種子島主任はフランス駐在となり、タービンのメッカともいうべきスイスのETH（チューリッヒ工科大学）や、BBC（ブラウンボベリ社）などをしばしば訪れて、タービン熱をいやが上にもかきたてられたようである。

　その間、五〇〇馬力級の排気ターボ過給器を二基BBCに発注され、研究用として昭和十二年末に横須賀の海軍航空廠（のちの第一海軍技術廠）発動機部に送られてきたのであるが、奇しくもそのころ私は、そこで過給器の研究を担当していたのである。そして官民合同のターボ過給器研究会を発足し、やがて日立、三菱、石川島の試作生産態勢が出来あがるのであるが、海軍では仲間の加藤茂夫君がこれに熱を上げ、のちに野心的な当時の超高空用大型過給器YT15の試作から、さらにその改変機としてのターボジェットTRに発展していくのである。

しかし、昭和十三年に風雲急な軍事情勢に対応するため、画期的な一連のいわゆる十三試試作発動機が計画されるとともに、これらの試験と実用試作飛行機実験支援のための第一工場が新設され、私はそこに配置されることになった。江島武夫機関中佐が初代の主任であったが、まもなく航空本部の大型エンジン担当部員に転出され、その後任として種子島さんが着任、私はそのシニアスタッフ役をつとめるめぐりあわせとなり、現用機実験支援の合間をぬすんではタービンやジェットの啓蒙実験や、コンセプトデザインをたのしむ始末となったのである。

その後、私は設計部に移って種子島さんとのつながりはやや間接的とはなったが、やがて開戦となり、江島さんが艦隊に転出された後任として航空本部に配属され、種子島さんとのいっそう間接的な関係がつづくことになった。

種子島グループは、しだいに新進の技術者をあつめて各種ジェットの試作実験をはじめ、その一つとして加藤君のTRが荏原製作所に発注され、昭和十八年六月に、それが出来あがった。

すでに昭和十七年中頃から、ドイツのジェット機ハインケルHe178に関する情報がもれつたわるようになったとはいえ、これらの開発はまったく種子島グループ独自のものであり、その開拓精神と努力の集積は敬服にあたいするのであるが、当時は一人相撲の批判をうけ、周囲の目は一般に冷たかった。

昭和十九年初頭になると、駐独武官情報として、ジェット機の技術的内容が電報でうけられるようになり、敵側のジェットの完成も英米共同発表としてつたわるにおよんで、陸海軍統帥部は急にジェット機開発促進をもとめるようになり、航空本部員としての私はいささか辟易気味であったが、種子島さんとしては、それみたことかと、まさに書き入れ時がきたのである。

仕事中におきた一家の悲運

ドイツ駐在だった巌谷英一技術中佐が待望の資料をたずさえて帰国したのもこの頃であった。

ドイツの実用ジェットは、おおむね軸流型で、種子島グループの遠心型とは構造的に異質のものであったのと、昭和十八年末の軍需省発足とともに、すべての開発を陸海軍共同でやろうという建て前をとっていたことから、ドイツ型式のジェットを三つの民間グループ（ネ130を石川島、ネ230を中島・日立、ネ330を三菱）で試作することとし、海軍自体内の研究活動は遠心式の玉成に専念することになった。

そして民間各社向けの試作発注をすませたところで、私は種子島グループに転勤参加することになったのであるが、たまたまその直後、私の三人の子供が一斉に疫痢（えきり）にかかり、私が圧縮機翼素材の精密鍛造の打ち合わせに古河の日光工場に出向いた留守中に、長男が死亡するという悲運にあった。

九月十四日のことである。当時、私は逗子に住んでおり、子供たちは伝染病を専門にあつかう鎌倉の養成院に移されていたが、真っ暗な死体安置室で夜通し一人ぼっちで、冷たくなった息子の全身をなでまわして過ごした痛恨の一夜をいまも忘れることができない。妻は残った二人の子供の看病と、当時、食糧不足の時代であったため遠くまでリュックサックをかついで、看護婦の食べる分まで買出しに奔走しなければならなかった。

その間も私は、ほとんどわが家をかえりみることなく、仕事に没入したままであった。そのころの身心の過労が、やがて戦後になっての妻の病死の遠因となったのかも知れないことを、病死直前の妻がふと口にしたことを思い出すと、私の心は凍りつくような戦慄をおぼえるのであるが、当時はなにもかも投げ出してジェットに専念するのが私の行く道だと疑わなかった。

このころ、かねて工作技術に非凡な器量をうたわれていた岩崎技術少佐が試作工事を担当するようになり、工事が気持よく捗りはじめた。すでに和田操廠長の指示によって計画がすすめられていた橘花設計者たちの検討によって、「ネ15」をやや大型に改計画することになり、「ネ20」と名づけて昭和二十年初頭から設計にかかって、一月末には出図をはじめ、細部の出図完了は三月一日であったのに、岩崎さんたちの信じられないほどの工事のさばきによって、三月二十日には全部品がまとまり、二十六日には最初の試運転にまでこぎつけた。

このスピードは歴史的にも、国際的にも、比類を見ないほどの超記録的なものであったが、性能や耐久性の方はなかなかうまくはいかなかった。

その後も目まぐるしい改造と運転とおどろきの連続であった。

圧縮機の基本的改造三種、燃焼室同五種、タービン同六種、推力軸受同三種などが主要な改造件数であり、その間スピンナー締付ボルトが飛び込んで圧縮機を丸坊主にした道草もある一方、アルコールや松根油焚きの試験や、橘花隊整備員の訓練なども折りこまなければならぬ忙しさであったが、プロトタイプとしての耐久試験（六十五分間十回、計十時間五十分）を六号機によって六月十二日から二十一日のあいだにぶじ完了した。

この間、六月一日には八号機を橘花艤装用に中島飛行機の小泉工場に送り、十五日には九号、十号を搭載用に出荷した。部品の加工工事は浦郷の横穴から表に向かって吹き出す運転台でおこなったのであるが、排気口にほど近いところに藁葺き（わらぶき）の民家があり、まもなく大秦野の疎開工場に移設したものの、ずいぶんと乱暴なことをしたものだと、いまさら恥じている次第である。

踊りあがった飛行の瞬間

橘花の第一号機のエンジン搭載整備は、七月九日から木更津の航空隊で行なった。十三日から試運転をはじめ、十五日には左舷機十号エンジンの燃料噴射弁の洩れからタービンノズルを焼損し、右舷機九号エンジンも圧縮機に異物を飛び込ませて破損し、修理換装に狂奔したのであるが、二十五日には完備状態となり、二十七日には和田大尉の手で初の滑走をおこない、翌二十八日から試験飛行士高岡（たかおか）迪少佐が滑走をためしてのち最終整備にはいった。いよいよ八月七日には機体を最軽荷とし、午前中に手ならしの滑走を終えた。近海に敵機動部隊が近づいているというので、無気味に緊張した空気におおわれていたが、われわれの心は躍動していた。高岡さんが機に上がったのはちょうど午後一時である。聞きなれたあの快音とともに機は始動し、八百メートルのあたりで数回前後にゆれたのち、離陸した。感激の瞬間であった。

私たちは手足が自然にはねあがって、しばらく機械人形のように踊りがとまらなかったのをおぼえている。われわれがつくった橘花は約十一分ばかりの飛行の後みごとに着陸した。『案外性能がよい』というのが高岡さんの感想であった。

翌朝未明に起きて終始、辛苦をともにした有田技師と芹沢技術中尉の三人で、橘花の格納掩体壕の上で真紅の太陽が東方にのぼるのを見た。こんな感激の朝は二度とないことを、互いに言いあった。

十日に予定された正式の第二回試飛行は敵艦上機の執拗な空襲による、轟音と閃光と硝煙のなかで延期となった。明くる十一日、不安定な天候のもとで正規全備重量状態で離陸促進用ロケットをつかい、陸海将星のならんで見まもる前での飛行は、あっけない失敗に終わった。飛び上がらないで、するすると海に突っ込んだのである。息せき切ってかけつけた私たちの目の前で、高岡さんは機上に立ち上がった。そして『錯覚かな?』とひとこともらした高岡さんの言葉がながく耳にのこった。

われわれにはただちに二号機整備の手配に奔走したが、それはすぐに無用となった。それから四日目には終戦となったからである。空しい幕切れであった。しかし、やることをやったという心の安らぎをおぼえるのであった。

秘匿名マルテンを完成せよ

大坂荘平　機体担当・中島飛行機技師

昭和十九年秋、戦局がいよいよ重大になりつつあったころ、群馬県太田市の南方約六キロのしずかな田園風景のなか、広大な敷地にひろがる中島飛行機小泉製作所では、零戦、月光、銀河などの海軍機の生産にあけくれていた。また連山、天雷、彩雲のタービン搭載機などの試作開発に日夜努力を結集していた。

この小泉製作所の正門前にある本館三階に設計部があり、そこの第二機体科を中心にして、松村健一機体主任統率のもとで、本土決戦にそなえた橘花の開発設計が着々とすすめられていた。当時この機体は秘密の呼び名で「マルテン」と呼ばれていた。

この機体は初めてのジェットエンジンを動力とする飛行機であり、しかも軍の要求する諸性能、条件は当時の技術力としてはまことに厳しいものであった。なかでもこの頃すでに、軽合金材料が不如意になっていた情勢を反映して、鋼板を主構造部材に採用する設計を要求されたことは、技術者をもっとも苦しめたことのひとつであった。

当時の設計技術者は、軽合金を使用する設計には充分な確信を裏づける多くのデータをもっていたのであるが、ことに鋼板にかんしての設計資料は、きわめてとぼしく、経験もまたなかった。ここにおいて構造設計に関連する強度的基礎データおよび加工性にかんする諸デ

大坂荘平技師

ータをうるために、市販のブリキ板をふくめた数多くの諸実験をくりかえし行なわねばならなかった。

当時のデータの一部を現在手もとに持っているが、これを見るにつけ、当時の設計担当者たちの苦労がしのばれてならない。大変な苦労をかさねたなかで、約一四〇〇枚におよぶ設計図が完成し、加工工程に入ったのだが、この段階で軽合金材と異なる諸問題が発生し、工作技術者たちを悩ませた。そして、鋼製機体の生産性が問題にされているうちに、昭和二十年を迎えた。

このころは各地区にたいする空襲が本格的になりつつあったので、太田、小泉地区も今日か、明日かと気づかわれ、連日の空襲警報に日に日に切迫感が高まっていた。はたせるかな二月十日午後一時半、空襲警報が発令され、私たちは遠方に退避し、まもなくB29九十機による太田地区の初空襲となった。

当時、陸軍戦闘機生産の主力工場であった太田製作所は、大きな被害をうけた。小泉は幸いにして攻撃をうけることなく橘花もぶじであった。私たちはこの日、防空壕から顔を出して太田の状況を心配しながら、上空に展開されたB29と、わが戦闘機隊との死闘をかたずをのんで見守っていた。

二月十六日午後二時、ふたたび北関東地区に艦上機による攻撃があり、太田地区はまた被害をうけた。この日は朝から発令された警報が、夜にいたっても解除にならなかった。この空襲を契機として設計部の疎開話が具体化しはじめた。私はこの時点では第一機体科に属し、

ほぼ完成状態だった橘花２号機。全幅10m、全長9.25m、最高時速670km

彩雲の担当設計陣の一員であった。まず第一陣として第一機体科の大部分が小泉から東方約十一キロはなれた館林市の中学校（現高校）に疎開することになった。

それは二月二十一日の寒い日だった。木炭バスにゆられて仲間たちは小泉を出発した。私は零戦の増強対策業務のため少し遅れることになった。第一陣が疎開してまもなく二月二十五日、運命の日がやってきた。午前七時、警戒警報発令下に出勤したが、まもなく空襲警報が発令され、全員が遠方退避となった。やがて九時四十分ごろ艦上機六十機内外により小泉製作所は銃爆撃下にさらされた。

私たちの防空壕上空で反転して急降下してゆく敵機を「ちきしょう」と見上げながら、工場の被害を気づかっていた。夕方になって、警報解除とともに工場へむかった。工場の生産ラインはほとんど被害はなかった。橘花の組立作業をおこなっていた試作工場は、爆風によりスレートがほとんど吹き飛ばされたが、幸い機体はぶじであり、みんなホッとした。

この日午後から大雪となった。翌日朝から「出せ小泉の底力」というスローガンのもとに、全員、神風ハチ巻をしめて後片づけにあたった。積雪下の仕事でたいへんだったが、なにか周囲の雪景色のため、あるうつろな静寂感をおぼえたことが印象に残っている。試作工場はその後破壊された鉄骨屋根の下に、木製の内屋根を張って雨雪をしのぎ、橘花の試作はつづけられていった。

疎開先で雑魚寝の生活

三月六日にいたり、疎開態勢を急いで実現する要望と、鋼製橘花の進展が思わしくないということから、設計部の大異動が発令された。ここにおいて橘花の担当は第二機体科から第一機体科にうつされ、第一機体主任の山田為治技師、第一機体科長の平野快太郎技師のもとに私たち彩雲部隊は、全員まず館林へ集結し、彩雲部隊を館林へ残し、主力は橘花部隊として、館林から約九キロ北にあたる佐野市の中学校（現高校）に転出命令をうけて疎開した。

それは三月十日の出来事であった。時をおなじくして、第二機体科（連山）は熊谷市の女学校に、第三機体科（銀河改、天雷）は館林に、そして生産機担当部隊は小泉に残留という、それぞれの運命のもとにみなぶじ健闘を祈りながら別れたのである。

佐野における私たちは、鋼製構造を軽合金構造に設計変更するという命令をうけた。しかも目的作業完了を三月二十五日とするという、まことに厳しいものであった。

このころ私たちは、多くの技術錬達の士を仲間にもっていたので、技術的な困難さはあまり感ずることはなかったが、無理な日程を消化するため、自宅からの通勤は当分あきらめて、最初は市内の宿舎兼食堂にあてられた横田屋の二階広間に雑魚寝の生活をして、職場に通ってがんばった。独身の寮生だった連中は、べつに一定の宿舎をあてられていた。

私は主翼構造の担当であり、まず強度の検討にとりくみ、主要部材の大きさを決定する作業にとりかかり、製図作業の日程確保にけんめいの努力をした。職場にあてられた教室は照明設備がわるく、残業がすこぶる困難であった。まさに強行軍の連続であったが、雑炊をすすりながらみなよく頑張り、予定どおり完遂できた。

私たちの労をねぎらって三日間の慰労休暇が出された。橘花の軽合金化設計作業が一段落して、一ヵ月も経過しない四月二十五日、また忙しい事態が発生した。それは搭載エンジンを「ネ12B」から「ネ20」に変更するということであった。しかも関係図面の完成予定が五月二日、わずか一週間の日程がしめされた。私たちはこのころ学校の柔道室が宿泊できるようになっていたのでここを利用し、ときには職場で夜を明かしての作業をつづけながら、これを完遂した。

かくして軽合金設計による橘花が試作開始となったが、翼、胴体などの主要構造部の組立作業は小泉工場から疎開し、太田市から南西約七キロ、東武線木崎駅からさらに徒歩十五分の片田舎で、粕川という村落の農家の養蚕小屋で開始された。床は土間のままで治具をそなえつけ、一見のどかに見える周囲の田園風景の空気をふるわせて、エアハンマーの音が日夜ひびきわたった。

私たちは現場指導のため、佐野から警報をかいくぐって通わねばならなかった。また現図作業が埼玉県妻沼町の製粉工場跡に疎開したため、ときどきここにも検図に出向くことになり、設計陣の苦労も多かった。

このころの私たちのいでたちは、作業服に社員帽、鉄カブトを背にゲートル巻きという当時の一般的なスタイルであったが、私はとくに作業服のポケットに、翼構造屋として日常必要な最小限度の設計資料を写しとった小型ノートをしのばせ、二十インチ計算尺を腰にして、いつどこでも仕事ができる状態で移動して歩いていた。

粕川での組立作業もいろいろな困難、不便さを乗り越えて着々すすんで、五月三日には、はやくも構造審査がおこなわれた。午前十時から第一技術廠長の和田操中将一行十八名をむかえ、午後三時までおこなわれたが、とくに大きな問題はなかった。昼食には技師一同も同席して御馳走になった。

六月にはいり、軽合金製橘花の各部の荷重試験が開始された。館林市内の製糸工場跡に疎開した実験部隊によりおこなわれ、六月五日には主翼、六日には補助翼というように順調にすすんだ。

六月二十九日にいたり、待望の完成審査が和田中将立会いのもと、小泉工場でおこなわれた。私たちは八時三十分、被爆により風通しのよくなっている試作工場に入った。日本の運命を背負った橘花が、そこに静かにわれわれを待っていた。九時間におよぶ審査がつづけられた。

あらゆる困難を克服して、完成した機体ではあったが、ぶじ審査を終了し、七月五日には工場完成にこぎつけた。私たちは橘花一号機のぶじ木更津搬入と、試験飛行の成功を念んじつつ佐野の職場に帰った。

一号につづいて生産が促進され、私たちは粕川通いや小泉通いをつづけながら、新しい任務にとりくんでいた。それは橘花の複座機の設計であり、すでに六月上旬から開始されていた。このころだったと記憶するが、佐野の私たちの職場に、艦政本部の若手将校連中数名が応援に派遣されてきた。私たちは軍艦をつくる軍人たちの、航空の応援という事態にたいして、帝国海軍の現状が容易ならざる状況下にあることを感じ、戦争のゆくすえを案んじざるをえなかった。

彼らとともに仕事をして一つ困ったことは、いまでも想い出ばなしになることであるが、当時私たちは万事メートル法によっていたところ、彼らはインチ単位で物をいう。たとえばボルトの寸法を呼ぶにしても、何ミリのボルトとはいわない。何分のボルトという。このような艦と飛行機の生い立ちの違いがもたらした珍現象が双方を困らせた。おたがいに慣れるまでつまらない苦労をしたものだった。

仕事の関係で佐野泊まりが多くなり、柔道室のお世話になることがしばしばだった。しかし、じめじめして汗のしみ込んだ畳は異臭を放ち、おまけにシラミが発生して、大いに悩まされた。とうとう我慢できずに仕事部屋にふとんを持ち出し、テーブルの上に寝るという騒ぎになった。それでも警報下、遠くの自宅から通勤するよりは、時間の無駄もなく楽だったのだが、食事がたりなくて空腹にはみんな弱った。校庭で飯盒炊爨（はんごうすいさん）をやるが、ときには自宅に帰って、腹一ぱい食いだめして来るしか手がなかった。

設計部隊のこのような生活のなかにも橘花の生産はすすみ、小泉工場では組立作業がつづけられていった。終戦の日には十号機までが、機体の組立完了近い姿にまでになって並んでいた。私は八月十五日、妻沼の原図工場に、複座機の燃料タンク線図の認定に出向いていた。正午のニュースを聞いて敗戦を知り、急ぎ佐野に帰って仲間をあつめ指令を待った。疎開先の整理を終了し、八月二十五日、各地へ散っていた設計部員全員が小泉の本館屋上に集合し、福田安雄設計部長の別離のことばを聞いた。

みな悲痛なおももちで、国の前途、自分たちのこれからの運命を語り、名残りを惜しみつつ別れたのである。かくして橘花設計部隊も消えさり、八月十一日、第一号機が、木更津において失敗の初飛行を歴史の一ページに残しただけで、すべてが終わってしまったのである。

橘花特攻隊の悲運

伊東祐満　七二四空司令・海軍大佐

橘花は、海軍航空の前途を思う人であればみな期待をかけており、橘花が一日も早くできあがることを熱望していた。

伊東祐満大佐

問題は、動力にジェットエンジンを装備した点にある。この理論はいままでのエンジンよりも簡単明瞭であるが、高速回転に耐えうることと、なにしろわが国では初めてのことだったので、問題はやはりその未経験さにあった。ドイツからの技術導入も、戦局が急をつげていたため思うにまかせず、大いに苦心したようだ。

戦況が急転悪化のために、各方面の部隊から無理にせきたてられる。軍務局では早く橘花隊を編成しようとする。航空本部長が、航空技術廠の会議に乗り込んでくるという異例のこともあった。試作には予想外の問題がおこって、完成予定期日を遅れることを身にしみて知っている廠長までも、無理な催促をされる。

会議出席者は、焦眉の急なことは百も承知しているが、ことは重大であるため慎重にしなければならない。技術に特攻はない。あったらそれは技術ではないのだ。軍務局員が、五月には橘花隊を送りこんでいいかと質問してきたので、私は航空本部の試作機担当部員として、つぎのとおり述べた。

「みなさんの気持は、立場がちがったら私から言いたいことを言っておられる。しかし、担当のみなさんは、今日でも五月十二分に努力しておられる。そのうえに輪をかけて尽力されることを確信するが、それでも五月の編成は早すぎて、作戦に支障をきたすことは間違いないから延期せられたい」と。

私のこの発言は会場の空気に水を差したことになった。その夜、本部長と廠長との談合の席に、私が列席するよう副官から電話があった。私は頭が痛くて休んでいるのでといって、

米国へ輸送された橘花２号機。主翼は防空壕に格納すべく折畳式であった

お断わりの嘘をついた。列席したら叱られるに決まっているし、言いたいことは会議の席で言いつくしていたからであった。

こうして橘花隊（第七二四空）の編成は二ヵ月のびて七月一日となり、その司令を私が命ぜられた。こんな名誉ある司令を拝命した裏には、自分の心境を上司に理解してもらっていた結果をもふくんでいることだろうと感激して、私は当隊編成地の横須賀航空隊に赴任した。

私は、日ならずして転入してくる搭乗員の飛行記録をみて驚いた。二年前にショートランドで苦戦した乗員の練度とは比較にならない。隊長の大平大尉以下二～三名が操縦の何かをわかっているだろうと思われるが、その他は初歩練習機をやっと乗りこなせる程度だった。

それでも、橘花の姿をまだ空中に見ないうちに、部隊がはやばやと編成されたことに、いまは感謝するほかはない。つまりは橘花部隊の準備訓練のための教育部隊といった期間がとれるからである。じつは横須賀付近にあって、橘花の整備教育を充分にやり、搭乗員には試験飛行をも見せてやりたいと思っていたが、正直なところ、いまはそれどころではなかった。

空襲の心配の少ないところにいって、中間機の操縦訓練に全力をあげるのが先決だと思った。幸いに基地は青森の三沢基地であった。木更津航空隊を利用しての飛行実験部（担当高岡迪少佐）の試験にいちおうのメドがついたら、横須賀航空隊の実用試験にうつされる。その試験部隊が三沢にあったのである。

訓練用の飛行機は、実戦に不向きな旧式の艦攻、艦偵数機が配された。私は訓練のいっさいは大平隊長に一任して、その状況を見ていた。離着陸だけの訓練である。見ていてハラハラする。隊長の言では、後席から伝声管で必要な注意をするのだが、危なくて困るということである。

中央との打ち合わせの折りに、襲撃訓練用にしたいから、むかし艦尾から弾着観測用にあげたバルーンがあったらガスとともに支給されたい、などと申し出たが、それどころか、余力があったら複操縦装置をつけてくれというのが先だったと聞いて、悄然となった。

飛行指揮所ならびに整備格納庫は、横空の三沢派遣隊（実験隊）の一隅の建物を利用した。宿舎は三沢基地から約四キロはなれた小川原湖の台地にあった。折りしも盛夏に入ろうとして、北国にも快適な日がつづいた。温和な姉沼をこえてはるかに八甲田山がのぞめる、静かな森の中でカッコウがしきりに鳴いていた。

天地は自然を謳歌していた。その間にあって若武者たちは、やがて乗る必死必殺の攻撃の成功を期して、ヨチヨチの操縦訓練に血マナコになっていた。生涯最初で、しかも最後の飛行である。精神力だけで解決する問題ではない。腕には自信を、橘花には信頼を、そして究極には橘花と自己の一体化が得られれば必死の行に覚悟ができよう。

しかし、いまのところ、橘花と己れとの一体化ができるほどの余裕は望めようもなかった。せめて腕と橘花とには、これでよしと納得の境地までおしすすめねばならない。なにを押しきっても訓練は徹底的にやろう。

頭を悩ませた発進基地

橘花の飛行試験がはじまった。残念ながら動力の不調で、離陸の途中で中止した。機は残速で飛行場端をわずかに出て小破した。これより先、飛行開始を待つテントのところに緊急ニュースが飛び込んできた。なんでも広島が特殊爆弾で壊滅状態であるということで、いよいよ米国は原子爆弾を使ったかという観があった。

原子爆弾の研究開発は、こんどの戦争には、日本はもとより各国とも使用できるまでには至っていないという噂は聞いていた。しかし、被爆を聞いて、もし確実に原爆であれば恐るべき彼我の科学の差であると思った。後に起こった人道問題などのことは、当時には考えられなかったことも事実であった。そのころの私は、原爆の悲惨さが、どの程度のものかを知らなかった。また米国といえども、そうぼろぼろ原爆を落とせるほどの製造能力があるはずがない。決定的なダメージではあるまい、と安易にうけとめていた。

さて飛行試験は失敗したが、大した技術的難問でもなさそうだ。はやく帰隊して訓練だ、訓練だと思った。だが、頭痛のタネがまたひとつできた。それは配備地点の問題である。

橘花の計画当初には、航続距離がすこし短くても技術的に無理であれば、やむをえない、我慢しようということであった。しかし、その後の米軍の上陸作戦を見ていると、事前にきわめて広範囲にかつ徹底的に周辺を制圧、破壊してのちに上陸開始をやるので、予想上陸地点付近に橘花の飛行基地を温存できるかどうか、という問題である。

敵にアウトレンジ（こちらの攻撃可能距離外）されては無用の長物となる。これは作戦指揮部の考えることであるが、私としては窮余の策として、「敵上陸予想地点より敵側においてくれ、隠密飛行場式にしてくれ、できれば宿舎も格納庫も穴倉にいれ、発進開始が穴倉からできるようにしてくれ」と無理な注文を持ち出しておいたが、それも実現可能の見込みもなさそうであった。

根本的な航続力の増強は、とにかく、この型が一応できてからのことだと、申し出をさしひかえていた。だがよく考えてみると、どうやら橘花でさえ、竹槍の部類になんだか近寄りつつあるのではないか、という疑念にとりつかれはじめた。

三沢に帰ったが、自然も人心もべつに変わりはなかった。ただ橘花の実験の失敗を知らせると、みなは悄然となった。八月十五日の夕刻となった。どうも終戦の詔勅がくだったらしいと電信員がいうが、そのニュースもきわめて不確実だ。上司からの無電指令の受信もない。それに関するいっさいの話を禁止した。

翌朝、町に新聞をとりに自動車を飛ばした。各紙がいっせいに終戦の内容を報じていた。

もう疑う余地がなかった。すべては終わったのだった。私は当直の番兵もふくめて、全隊員の集合を命じた。そして長剣を抜いて、終戦の詔勅をつたえた。出てくる涙を、恥ずかしいとも、止めようとも思わなかった。すべては終わったのだ。

橘花は一度だけ飛んだそうだが、私は見ていない。橘花隊員の大部分もまた、地上にある姿さえも知らない者が多かった。命をかけた幻の特攻機は、愛憎のかげろうとなって消え去った。

すべてを賭けた十一分の初飛行

高岡　迪　横空飛行審査部・海軍少佐

その日——すなわち国産初のジェット機「橘花」が、初めてテスト飛行をする昭和二十年八月七日の千葉県木更津海軍基地は、朝からむし暑かった。しかし空を見ると、低いところにちぎれ雲が静かに浮かんでいるだけの晴天にめぐまれていた。風も太平洋側から陸地に吹きこんでいるが、風速も五～六メートルくらいと、初飛行にはもってこいの条件がそろっている。

私は、ここまできた以上、日本人で最初のジェット機のテストパイロットとしての任務を果たすだけだと、観念に似たような気持になっていた。

昭和十六年八月からこの日まで、私は横須賀にある空技廠飛行実験部員として、九九式艦爆をはじめ、多くの試作機のテストを繰りかえしてきた。

これまで二十機種以上にもおよぶ試作機のテストのとき、決まったように搭乗するまではあれこれと考えあぐねるが、大学の入試のとき、教室に入ってしまえば落ち着くように、いざ座席に体を落としてしまえば度胸がすわって何も考えなくなっていた。

橘花はいよいよ掩体壕からひきだされ、予備のテストパイロットである和田大尉の手により、入念なタキシーチェックをうけていた。滑走路の両側には、すでに計測員がならんで、橘花が飛び立つのをいまや遅しと待ちかまえていた。

橘花に乗り込む高岡迪少佐。胴体下に補助ロケット

午後になってもいっこうに解除にならない警戒警報のなかで、私はゆっくりと橘花の操縦席に体を沈め、最後のチェックをおこなった。それがおわると、ブレーキを踏んだままエンジン全開にした。いまはもう完全に落ち着いている。これならいけそうだと思った次の瞬間、「ヨーイ、テー！」というと同時に、高く上げていた右手をおろして、計測員に合図を送るとともにブレーキをはなした。

計器盤を見ると、離陸スピードは一〇〇ノットを記録している。そして、ついに離陸した。高度六百メートルくらいだったろう。それから海上へでて、ゆっくり右旋回をした。このときの私は、これまでの試乗機とちがって前にプロペラがなく、実に頼りなくて心細かった印象がさきに立ち、離陸の感激はうすかった。

日本人の手でつくって、日本の空をはじめて飛んだ橘花。そのエンジンが止まらないていどに回転をしぼり、水平飛行をつづけたのち、木更津の北西で高度をさげた。そして、海上をなおもゆっくり低く北へまわりこんで、ぶじ着陸したのであった。着陸してすぐに非常に調子のよかったことを話すと、いちばん喜んだのは、なんといっても種子島時休大佐であった。

脚は出したままであったと思うが、水平飛行中は一七〇ノットは出ていただろう。そして飛行時間は十一分と短い時間であったが、これが橘花の初飛行記録であった。

海中に突っこんで大破

私が橘花のテストをするよう命令をうけたのは、戦局も不利となった昭和十九年の秋であった。それまでに、プロペラ機の限界はきているので、新しい機種の開発を進めているということは聞いていた。それがどんなもので、どのような効果があるのかもわからなかったので、興味はあったが、他山の石とばかりにあまり気にもならなかった。

テストを行なうよう命令をうけたとき、いままでの経験が買われたのだろう、覚悟をしてやってやろうと心に決め、そのときから橘花に関する勉強がはじまった。なにしろ橘花は未知の分野であるため、引き受けてみたものの、心配はぬぐいきれなかった。設計図や資料を何度も見たが、そのうち寝ていても図面が頭にうかび、寝つかれない夜が何日もつづいた。

図面が頭に浮かぶ間隔が、日ごとに短くなり、ストレスはたまる一方であった。その結果、橘花に関してつぎのような問題点を指摘した。

一、燃料流量の不安定——橘花のエンジンである「ネ20」は、全開で一万一千回転だが、六千回転までしぼると燃料の流量が不安定になり、エンジンが止まるおそれがある。

二、ブレーキ不良——車輪とブレーキは零戦のものを使用していたが、着陸速度五十ノットの零戦でも効きがわるいのに、橘花ではなお効きがわるくなる。

三、離陸促進ロケットの指向不良——橘花の推力は三五〇キロであるため、補助するために離陸促進ロケット（ＲＡＴＯ）を装備したが、これが重心に指向していなかった。

四、首輪による操舵性の不良

このほかに、燃料が不足していたため、牛乳をうすめたような色をした松根油にも不安があった。だが、これらの要望に対して空技廠では、時間がかかりすぎるとの理由で、燃料流量の問題だけは何とかしたが、そのほかは当初の設計どおりにテストを行なうようつよく希望したので、私も仕方なしにそのままで第一回目のテストを行なった。

第一回目のテストで気をよくしたため、つづいて八月十一日、こんどは二十六分間とべるだけの燃料をつんで第二回目のテストを行なった。

このとき私は、三千メートルまで上昇し、トップスピードを一本とってみようと思っていた。そのため、ＲＡＴＯをつけた場合の離陸時間は十三秒であるから、ＲＡＴＯをふかす時間は九秒として、離陸スタートして四秒後にRATOを点火する。そうすれば、脚が離れた瞬間にRATOが燃焼しおわり、もっとも大きな推力がえられるはずである、と一人で計算した。

そして、この通りに第二回目のテストに臨んだのである。第一回目とおなじように、入念なチェックをおわり、いよいよ滑走した。そして「一、二、三、四、点火」と予定通りRATOに点火した。

と、その瞬間、機首が上向きになり、尾部が滑走路をこすりつけるような格好のまま走りだした。私は必死になって操縦桿を前に倒したが、いっこうに機首はさがらない。RATOの指向性がわるいための事故だ、と思ったがもう遅い。必死になってエンジンを切ったが、あいかわらず一〇〇ノットの速度で滑走しているため、ブレーキがきかず、ステアリングもきかない。私が初飛行前に指摘した欠陥を、ここですべてさらけだしたのである。

しかしいまは、RATOが燃焼するまでの九秒間を我慢しなければならない、と思っているうちに目の前の滑走路も残り少ないことに気がついた。その先は一段低くなって海につづいている草のはえた砂浜である。右を見れば小さい丘になっていて、そこには銃座が設置され、左に指揮所のテントがあった。

私は、短い時間のなかで、犠牲者をださないように……と思っている間に橘花は滑走路を走りおわり、その端に掘ってあった溝で脚を折り、海中に突っこんでやっと止まった。機体は大破したが、さいわい私はぶじであった。

悲しき航跡の終着点

平野快太郎　第一設計課長・中島飛行機技師

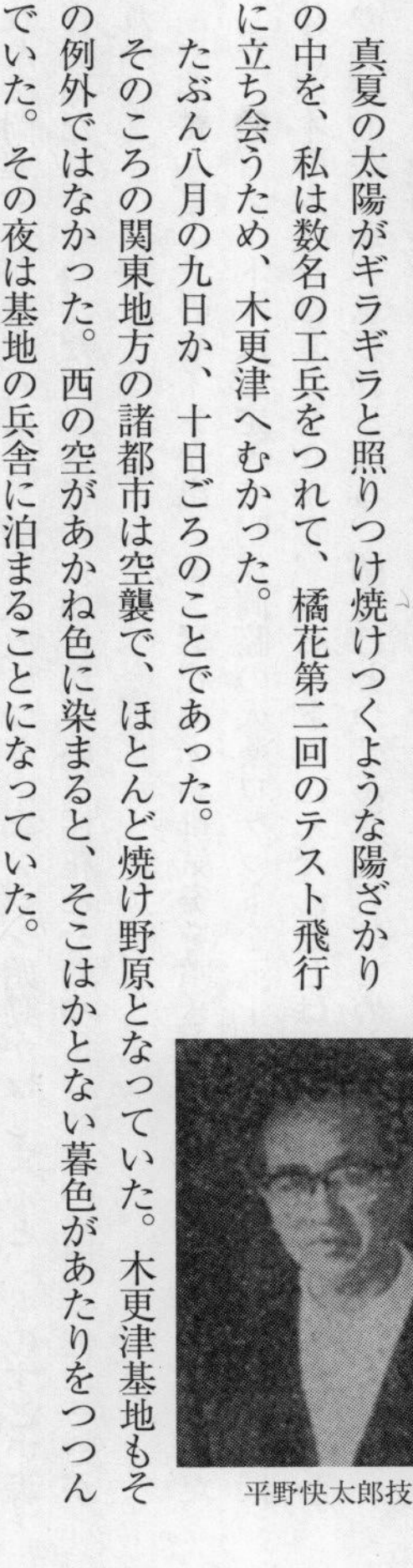
平野快太郎技師

真夏の太陽がギラギラと照りつけ焼けつくような陽ざかりの中を、私は数名の工兵をつれて、橘花第二回のテスト飛行に立ち会うため、木更津へむかった。

たぶん八月の九日か、十日ごろのことであった。

そのころの関東地方の諸都市は空襲で、ほとんど焼け野原となっていた。木更津基地もその例外ではなかった。西の空があかね色に染まると、そこはかとない暮色があたりをつつんでいた。その夜は基地の兵舎に泊まることになっていた。

さて。その日は朝からむし暑かった。時折り生ぬるい風が吹いていた。朝食を士官とともに済ませ飛行場へむかった。飛行場上空には、零戦数十機があった。「ちょっとへんな零戦だな」と思ってよく見ると、それはなんと零戦とおなじ塗装をして、大空に舞っている凧であった。話にきくと、この〝凧作戦〟も最初のころは成功したそうだが、そのうち敵もそれを見破り、情け容赦ない銃撃をくわえはじめたという。

午前十一時ごろだった。どこからか航空機の爆音が聞こえてきた。そのころの日本の基地は裸も同然で戦闘機などあろうはずもなかったので、とっさに「敵機だッ」「空襲だッ」と基地員は口ぐちに叫びながら、クモの子を散らすように散ってしまった。

私はあまり〝空襲なれ〟していないせいもあって、どこへどう逃げていいか分からなかっくした。

た。ふと気がつくと、私と数名の者だけが取り残されていた。とにかく橘花の翼下に身をか

その時である。退避した私たちの数メートル前を、米艦上機グラマンから射ちだされる機銃弾が地面をはっていく。つづいて射ちだされる機銃弾はもう目の前のところで土けむりを上げる。「もうこれまでか」と観念して息をころしていると、グラマン艦上機はしだいに遠ざかっていった。敵機の去った空を見上げながら、橘花の翼下から這いだしてみると、滑走路や駐機場は穴だらけとなったが、さいわい橘花は被弾していなかった。

とんだハプニングに迎えられた橘花の第二回目のテスト飛行は、陽が西に傾きはじめた午後の四時すぎ頃からはじめられた。滑走路にひっぱりだされた橘花に、名パイロットといわれた高岡迪少佐が乗り込んだ。飛行位置につき、エンジン始動がはじまると、ものすごい轟音があたりをつつんだ。すべての人の目が、いま橘花とそのパイロットの高岡少佐にそそがれた。

やがて「ゴー」のサインが出ると、橘花は赤い排気炎を噴きだしながら滑るように動きだした。数百メートルほど走って胴体両脇の火薬ロケットを三十秒くらい噴射して、小さい機体に四本の火柱をはきだしながら、スピードをだんだん増しはじめた。しばらくして、あわや飛び上がるかと思われるころ、橘花はとつぜん減速しはじめた。

みんなが固唾をのんで見守っていると、滑走路を走りぬけ、オーバーランしてそのまま海中に突っこんで行った。一瞬、恐ろしいほどの沈黙がながれると、やがてどよめきが起こっ

た。みんなは一斉に橘花の方へ走りだした。

思えば、日本海軍の〝新兵器〟として、また日本海軍史上初のジェット機としての期待と夢は、夕闇せまるこの房総の海の中についえ去ったのである。

断腸の思いでふみきった桜花の設計試作

頭部に炸薬一二〇〇キロ、後部に火薬ロケット三基の特殊攻撃機の全貌

当時 海軍航空本部員・海軍技術中佐　野邑末次

第二次大戦中、ドイツがロンドン爆撃に使用した無人ロケット機V1号および開発をほとんど完了したロケット弾V2号の技術資料は、ドイツの降伏と同時に米国およびソ連の手にわたった。とくに、これらの製造工場がソ連の占領地域にあったので、ソ連が入手した技術資料および技術者は、米国のそれにくらべて非常に多かったものと思われる。

米ソ両国は、過去の自国の研究とドイツから得た技術とを基礎として、ロケットエンジンやロケット燃料、誘導方式、耐熱材料などの研究にひたすら努力をはらい、多くの誘導弾と若干の有人ロケット機を開発してきた。

野邑末次技術中佐

今日、大陸間弾道弾（ICBM）、中距離弾道弾（IRBM）、空対空誘導弾（AAM）、地対空誘導弾（SAM）、空対地誘導弾（ASM）など各種の誘導弾が完成、さらに人工衛星、

衛星船、人工惑星などの開発がすすんだことは衆知のことである。

有人ロケット機としては、米国において開発された実験機X15がある。本機はB52爆撃機に吊りさげられ、高空に達したのちに母機から離脱し、ロケット推進で飛行する。すでに時速三九〇〇キロ以上、高度三万九千メートル以上の記録をだし、さらに実験を重ねるにしたがい新しい記録をつくっていくであろう。

ソ連における有人ロケット機の状況は明らかにしえないが、過日のモスクワにおける航空ショーにおいて、ロケットを噴射して急上昇する戦闘機の模様が報道されているので、この方面の研究も進んでいるのであろう。

太田少尉の発案を制式化

さて、旧日本軍におけるロケット機はどのようであっただろうか。これには桜花と秋水とがあったが、桜花は特攻用として設計製作されたものであった。

航空機による特攻は、米艦隊が比島攻撃を開始したとき、零式戦闘機をもって行なわれたのが最初であるが、その後、特攻の数は急激に増加していった。

第二次大戦中、祖国の危急を救うため、死を決して敵を攻撃した例は他国にも数多くあった。英国がドイツの原子爆弾を防止するため、ノルウェーにある重水素製造工場を破壊したのもその一例である。

しかし当時の技術者たちは、特攻により多くの生命が失われることに対しては、きわめて

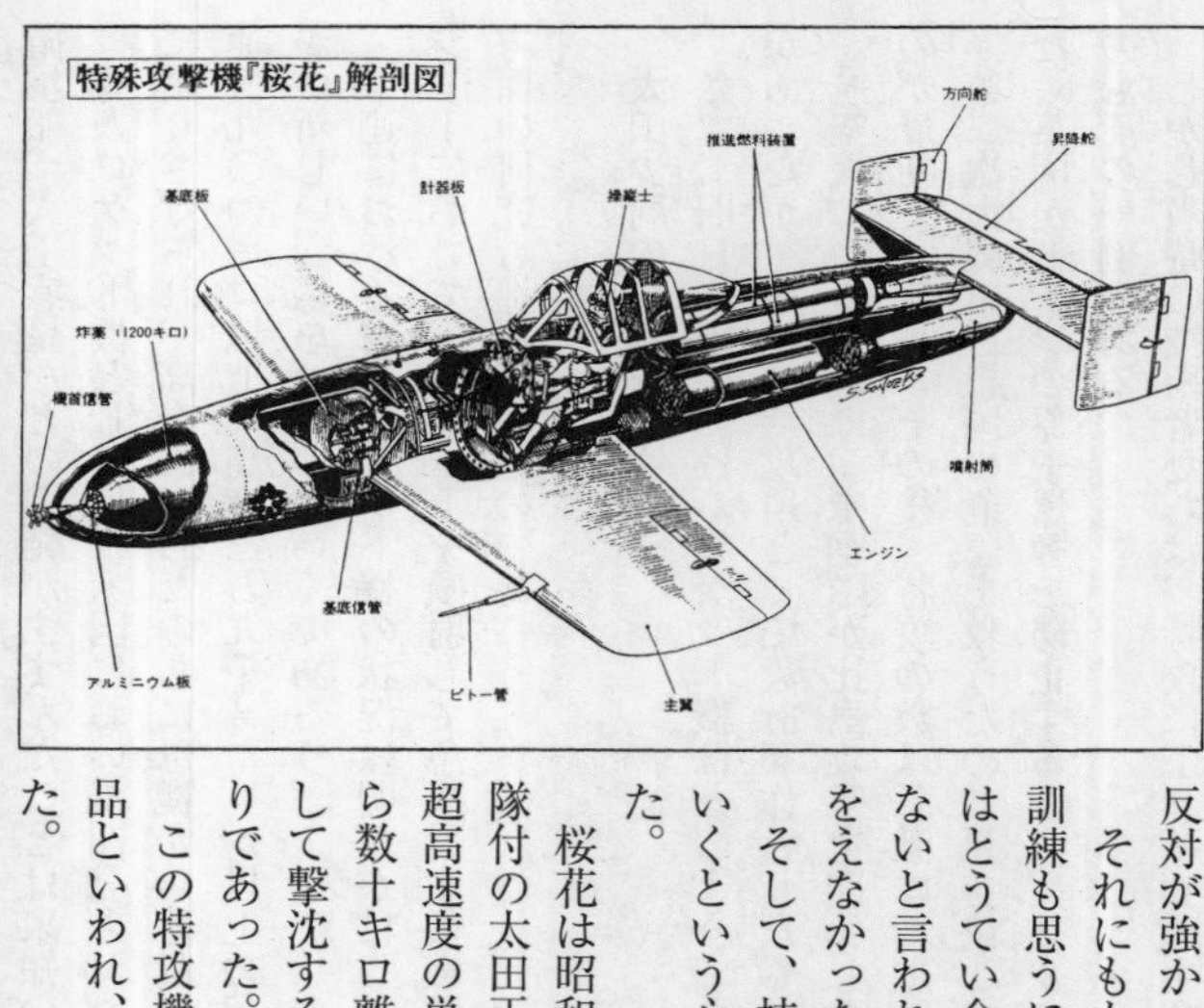

反対が強かった。

　それにもかかわらず燃料の蓄積は日に日に減少し、訓練も思うにまかせず、ふつうの爆撃および雷撃ではとうてい命中しないので、体当たりをせざるをえないと言われたとき、断腸の思いでこれに従わざるをえなかった。

　そして、技術者みずからもまた、特攻機に乗っていくという心構えで、設計試作に没頭したのであった。

　桜花は昭和十九年八月、当時、海軍第四〇五航空隊付の太田正一少尉が、一式陸上攻撃機の胴体下に超高速度の単座小型強力爆弾をつるして、敵艦隊から数十キロ離れた上空で発進させ、これに体当たりして撃沈する特攻機を上司に提案したのが事のおこりであった。

　この特攻機は、その提案者の名前にちなんで(大)（まるだい）部品といわれ、のちに制式化して「桜花（おうか）」と命名された。

洋上に消えた実戦機

はじめに設計されたのは一式陸上攻撃機を母機とするもので、昭和十九年八月十六日に設計が開始された。これが桜花一一型であった。主翼は風圧中心の移動がすくなく、しかも高速に適する翼断面をえらび、その構造は木製二本桁合板張りとした。

胴体は円形断面をえらび、軽合金をもちいた。

垂直尾翼は母機胴体との干渉をさけるため、左右端板式とした。

母機へとりつけるための懸吊金具は、重心ふきんの胴体上面に設けられていて、桜花と母機との関係姿勢は、離脱時速四二六キロで、桜花が浮きあがって母機に接触したり、逆に急に落下しないよう苦心が払われた。

頭部（爆弾）は一二〇〇キロで、胴体後部に地上推進力八〇〇キロの火薬ロケット三個を装備した。ロケット用火薬は、ゆるやかに燃焼する必要がある。もし急激に燃焼すれば、またたくまに爆発するであろう。

旧海軍で最初に緩燃焼の火薬を使用したものに、飛行機の射出機があった。

これは、円筒で火薬を燃焼させ、その圧力でピストンを動かし、これに結合された滑車を数回通った鋼索をして飛行機の乗っている台車をひかせ、台車が軌道上を急速に走るよう工夫されたものであった。

緩燃焼火薬は、竹輪型のものであったが、射出機についで使用されたのは、飛行機の離陸推進に使用した噴進装置であった。

これは今も、各国で離陸推進に使用され、ジャトーといわれている。

桜花一一型は、設計から一ヵ月後の九月にはその第一号機が完成した。

実験は、ロケットの地上噴射試験にはじまった。ついで十月、一式陸上攻撃機からの投下試験、さらに十一月、起爆装置試験のための投下試験がおこなわれ、すべて要求性能を満足することが確認された。その後、本機は、民間工場の協力をえて多量生産にはいった。

桜花一一型の乗員訓練のため、頭部を重錘におきかえ、着陸用の主橇、翼端橇およびフラップを装備したものを桜花練習滑空機と呼んだ。

母機離脱時と着陸時との重量を加減するため、水バラストタンクを装備し、水の放出により重量調整を行なった。

桜花一一型は、まず航空母艦「雲龍」に搭載されてシンガポールに送られたが、雲龍が比島沖で撃沈され、目的地に到達しえなかった。

十一月には、当時、世界最大の航空母艦「信濃」に搭載されて、台湾の新竹航空基地に送られることになったが、これもまた、紀州沖で信濃が米潜水艦の攻撃により撃沈されたので、目的地には着かなかった。

ついに五三型にまで発達

昭和二十年三月二十一日、桜花一一型をもって組織した神雷特攻隊は、九州南東沖に接近した米機動艦隊を攻撃したが、米戦闘機による母機の被害が大きく、ほとんど戦果をあげることができなかった。

そこで、母機を陸上爆撃機銀河に変更し、その上に火薬ロケットのかわりに、「ツ」一一型発動機を装備するという仮設計が行なわれ、この型を桜花二二型と呼称した。この型は発動機の油温上昇、燃料消費に問題があって、実験が進行せず、量産準備にとどまった。

「ツ」一一型発動機をターボジェット発動機ネ20型にかえ、頭部を八〇〇キロにへらし、航続力を二二型の二倍以上に増加したものを桜花三三型と呼んだが、これは一機も実現しなかった。

桜花三三型を潜水艦の射出機で打ち出すように考えられたのが、桜花四三甲型であった。

さらに翼面積を増加し、かつ地下格納が可能なように折畳式とし、その上に空中で高速を出しうるため、翼端を飛ばすように考えられた型を桜花四三丙型と呼称した。

これは、陸上に設けられた軌条を桜花を乗せた台車が、台車に装備した二本の火薬ロケットの推進により滑走し、これによって発進させることを目的として、設計されたものであった。

最後に、母機により曳航される桜花五三型が考えられたが、これは構想のみにとどまった。

桜花は、このように火薬ロケットを使用した桜花一一型にはじまり、のちに状況の変化に応じて、いろいろ型式を変更したが、じっさいに使用されたのは、桜花一一型の一部であった。

　当時、もし電子工学が発達しており、誘導装置が考案されていたならば、技術者の精神的負担は、いかに減じられたであろうか。今日ＡＳＭの進歩を見るとき、感慨一入(ひとしお)深いものがある。

もうひとつの特攻試製「桜花」二二型

航続力の短い桜花の足をのばすべく初風を搭載、銀河を母機に空中実験

当時横空審査部員・海軍少佐　高岡　迪

太平洋上での日米艦隊決戦を企図して、訓練に訓練をかさねた日本帝国海軍であったが、第二次大戦を通じて、その機会もなかった。もっぱら海軍航空戦力による、ジャブ戦に終始したといっても過言ではない。

この小手先の航空戦も、ミッドウェー海戦を契機として、大勢はわが軍に不利となってきた。

緒戦に威力を遺憾なく発揮した零戦とか一式陸攻も、敵の対抗兵器の開発、対抗戦術の研究などにより、損耗もしだいにふえてきた。

高岡迪少佐

苦肉の策としてとられた桜花一一型などの特攻兵器も、その出現当時には大成功をおさめたが、敵の対抗措置にあい、しだいに戦果をあげることができなくなると同時に、その母機すなわち一式陸攻までが敵戦闘機の餌食(えじき)になって、未帰還機がふえはじめた。

というのは、敵水上部隊はわが軍の特攻攻撃を予知すると、その前面二十ないし五十キロぐらいのところに戦闘機による防衛線を張る。そして、桜花を胴体下に抱いてスピードの落ちている一式陸攻を狙うのである。

つまり、桜花が離脱するまえに、撃墜する戦術をとるようになった。

そのため、これまで敵の水上艦艇を視認してから桜花を母機より離脱していたわが軍は、その対策として、桜花に動力を積み、滑空距離をのばして敵戦闘機の防禦線よりももっと遠いところで離脱して、敵に突っ込んでゆくことを考えた。

それが桜花二二型である。

桜花の頭部に八〇〇キロの炸薬を積み、初風という内火発動機を搭載してコンプレッサーをまわす。それによって圧縮空気をつくり、その中に燃料を噴射して燃焼させながら後部より熱い空気を噴出させ、そのジェット効果により推進力を得るような、一種のジェットエンジンを搭載していた。

また一時加速のため、桜花の胴体下に固体ロケットを積んでいた。この母機として銀河がえらばれた。海軍航空技術廠飛行実験部内で、私が銀河をうけもっていたので、桜花二二型の空中実験は私の受持ちとされた。

茂原基地での初テスト

昭和二十年の早春より実験を開始したとおぼえている。はじめ空中実験は、私自身が桜花

桜花二二型。頭部の炸薬量をへらし簡易ジェットエンジンにより航続力を延伸

に搭乗しておこなう心積りにしていたが、桜花一一型の飛行経験が全然ないという理由で、駄目になってしまった。そこで航空本部からの指示により、桜花一一型の体験搭乗をしている長野一敏少尉が実験部に派遣されてきた。

この長野少尉によって、桜花二二型の空中実験がおこなわれることとなった。

桜花二二型も、空中実験に先だち地上における各種試験をおこなってみた。ところが、思ったより駄目の部分が多かったのである。

そのため、空中実験をおこなう自信ができるまで、予期したよりも長い時日を要して、試験実施は延び延びになってしまった。

空中実験の計画では、母機である銀河は高度五千メートルで南下し、飛行場上空を高速水平飛行で通過する。桜花二二型のエンジンは離脱する相当前から発動しておき、母機をはなれる約十秒ぐらい前から全速にする。

飛行場のおおむね上空で、機長の指示によって桜花を離す。もちろん、機長の指示は電話により、桜花の搭乗員に伝わるわけである。

桜花二二型は母機より離脱後、五秒ほど経過して、すなわち充分に上下に離れてから胴体下面に装着している固体ロケットを噴射させて、桜花を加速させる。

高度二千メートルまでのあいだ緩徐なる動力滑空をやりながら安定性、操縦性を検討する。そして高度二千メートルになったら、着陸に専念して飛行場内に胴体着陸する。

もし万が一の安全のために、搭乗員には二個の落下傘を携行させる。

試験場として指定された茂原飛行場付近の海岸線には、すでに米軍のB24リベレーターによって偵察哨戒飛行が定期的におこなわれていた。

それでも、試験はおこなわれることになった。

試験当日に、われわれは茂原飛行場に集まった。河内大尉の操縦する双発陸上爆撃機銀河が、北より南へむかって高度五千メートルで進入してくる。空はよく晴れていて実験に最適の日和で、風がすこしはあったものの大したことではなかった。

飛行場の上空付近にさしかかって、「ヨーイ、打て！」の信号が入ってくる。飛行場の一隅で指揮をとっている私は、八倍の双眼鏡で母機を視野に入れていたが、桜花の離脱の信号を聞いたとたん、母機の胴体下で茶褐色の煙がパッと上がるのが見えた。そのとき、私の脳裏を、（シマッタ）という衝撃が突き上げた。

双眼鏡で見ていた感じでは、とにかく異状が起きたことだけはわかった。ところが、桜花二二型はどうなっているのか視野に入らないのだ。どうなっているんだろうと、不安にかられる。銀河はなにごともなかったように南進している。

「打て！」の信号がでてから十秒ぐらいたっていただろうか、時間の経過ははっきりわからない。桜花がものすごく速い錐揉（きりも）み状態となり、垂直にちかい格好で突っ込んでくるのが見えた。

高度三五〇〇メートルぐらいだろうか、白い塊りがパッと飛び出すのが見えた。助かったと思ったが、落下傘がひらかない。桜花はいくぶん旋転をゆるめながらうなりをあげ、飛行場中央にほぼ垂直に突っ込んでくる。

ちょうど飛行場の中央に戦闘機部隊の野戦指揮所があり、小さいテントの内外に相当数の人がいたが、そこに向かって突っ込んでいるように見え、一瞬、キモをつぶした。しかし、さいわい指揮所からすこし離れた飛行場内に爆音とともに突入した。

不測の事態の不幸な結末

長野少尉はどうしたのだろうかと思ってみると、落下傘はひらかず、傘体を空中に長く太い糸のように引っ張ったまま、立った姿勢でゆっくりと落下している。しかし、ゆっくりといっても、一一〇メートル／秒前後の落下速度はあるはずである。パイロットに意識があれば、もう一つの落下傘をひらくはずだ。

いぜんとして、そのままの格好で飛行場の南の方に、われわれより三キロぐらい離れた小さい松林の中の砂地へ吸い込まれるように消えていった。大勢の人が着地したパイロットの方にむかって走ってゆく。

私も長野少尉のことが心配になって、走りだしたい衝動にかられる。しかし、母機がどうなっているのか心配で動けない。

約二十分ぐらいして、銀河はぶじに着陸した。さっそく機体を調べてみた。銀河の下面に桜花のかすった傷跡が何条も残っているほかは大したことはない。そこで、この事故の原因究明のため、長野少尉から聞き取りをしようと医務室に駆けつけたが、たぶん命は大丈夫と思うから、治療後にしてくれとの要請があった。

しかし、その四時間後、不幸にも長野少尉は息を引き取った。そのため、残念ながらこの事故の真因を確認することはできなかった。事故の経過ならびに原因を推測すると、意識してか無意識にか、あるいは故障によるのか、とにかく「ヨーイ、打て!」で桜花が母機より離脱すると同時に、加速用ロケットが点火し、桜花は増速した。

母機と桜花の上下の距離がひらいていないので、桜花の尾部（方向舵安定板、方向舵、水平安定板、昇降舵）が、母機の腹をこすって母機の胴体下部に傷跡をつけ、桜花の尾部を破損したため、その前後の安定がくずれ、母機の機首をかすめると急上昇した。

やがて失速して錐揉みに入る経過をたどり、途中、遠心力のためパイロットは桜花より放り出され、失神状態のまま落下した。不幸にも落下傘はひらかず、ゆっくりと足の方から砂地に突っ込んだと考えられる。

この事故は非常に危険な実験のため、緊張しすぎて実験をおこなう経験の浅い若いパイロットが錯誤を起こしたことによる事故と考えられた。が、これを解明する機会も時間もなく、そのまま葬り去られた。

すでにわが国の非勢は覆うべくもなく、兵器の素材とか燃料なども底をつきはじめていた状況で、ふたたび桜花二二型の空中実験をおこなうとの話も起こらず、そのままになってしまった。たとえ桜花二二型の空中実験が成功していたとしても、時すでにおそく、実用化するための素材と時間が足りなくて、まぼろしの特攻機になったと思われる。

母機と桜花と零戦で完成させた必中テクニック

母機をはなれて真っ逆様に降下、たった一度きりの桜花の飛行訓練

当時 神雷部隊桜花隊・海軍中尉　細川八朗

百里原(ひゃくりがはら)基地の上空三五〇〇メートルから投下された長野一敏飛曹長操縦の桜花(おうか)実験機は、ロケットを噴射して飛行長岩城邦広少佐操縦の観測用の零戦をみるみるうちに引きはなし、やがて搭載予定の爆薬と同量の一二〇〇キロの水槽をひらき、白銀のような雲をひいて弾丸のように飛行場にすべり込んできた。美技ともいうべき実験飛行と、すさまじい桜花のスピードに胸がつまった。

この成功をみて、海軍の首脳部はすぐにでも作戦に投入する意向をしめしたが、いかに練度のある搭乗員でも、一度も乗ったことのない、しかも、かつて経験したこともない超速力の物体を操縦して死地におもむかせることは、あまりにも無情で残酷だと、岡村基春司令と岩城飛行長は猛反対をしたとのことである。

細川八朗中尉

その結果、一回だけ試乗させて、ただちに実戦に使用することに決まり、神ノ池基地にうつって降下訓練をすることになった。開隊後わずか一ヵ月、昭和十九年十一月一日移転開始、七日完了、十三日降下訓練開始とあわただしく、神ノ池基地の正門には第七二一海軍航空隊と海軍神雷部隊の門標が掲げられた。

中攻隊にとっては投下訓練になるが、桜花隊にとって一回だけの降下が訓練といえるだろうか。一回の試乗であり試飛行である。その間は桜花に乗るために、零戦でエンジン全開、全速のまま指揮所を標的にして緩降下接敵をして引き起こし、高度三千メートルまでに上昇してスイッチを切り、急降下してスピードをつけ、着速を一〇〇ノットにしての滑り込み着陸をする。この訓練を一日中つづける毎日であった。

降下訓練開始日には、航空本部長の戸塚道太郎中将来隊視閲のもとに分隊長刈谷(かりや)勉大尉が降下することに決まり、翌日は三橋中尉、林中尉、大久保上飛曹、その次の日は湯野川中尉、細川少尉、堂本上飛曹が降下するよう分隊長から搭乗割が指示された。

つけくわえて、「予備少尉の分隊士は、細川少尉の降下状況を見たうえで搭乗を決める」と、きわめて侮辱的に聞こえるお達しに、私は不愉快な思いはしたが、考えてみれば、同期生では私は前期だからいちばん飛行時間が多いわけだけれど、飛行機に乗ってから一年、戦闘機乗りがやっと一人前といわれる三〇〇時間に数時間足りない。それも、朝鮮だ台湾だと、転勤のときの九六陸攻やダグラスの同乗時間を入れてのことである。

それに、幸というか不幸というか、桜花隊のなかには、私が教わった教官教員は一人もお

母機の一式陸攻から切り離された瞬間の桜花滑空練習機(左)

らず、ほとんどが私たちのクラスの教員をしたり戦地帰りの搭乗員であった。そういわれても仕方がないと我慢して、それからは毎朝の天候偵察飛行は燃料の切れるまで入念にやることにした。

ともあれ、訓練初日、刈谷大尉の乗った桜花が投下された。水槽の水が雲をひくと、まもなく桜花の頭があがって失速状態に入った。操縦不能のまま桜花は、もがきながら飛行場の端に落下した。救急車がかけつけた。視察の戸塚中将は呆然としている。指揮所は騒然となった。刈谷大尉殉職である。原因は頭部水槽だけが放水し、後部水槽が残水したため、操縦桿で頭を押さえきれずに失速したのである。

刈谷大尉の海軍葬がおこなわれた。私は遺骨を抱き、久保少尉は遺影、中根少尉は軍装をもってご両親を新橋の第一ホテルの宿舎までお送りしたことを思い出す。

同日付で、柳沢八郎少佐が桜花隊長兼分隊長に発令された。この事故により、空中での操縦性能のテストに、水槽に水を積む必要はないということになって、葬儀翌日から再開された降下訓練では、水を積まないことになった。

ドンピシャリの定点着陸

一式陸攻の床にあけられた穴から、胴体に吊るされている桜花に降りてゆくのは、気持のよいものではない。操縦装置の結束をほどき風防を閉め、飛行場の所在を確認しながら投下の瞬間を待つ。

「・・・——・」（トントントンツーートン）

最終符と同時に、吊るしていた金具の爆管が炸裂して、私の乗った桜花は爆弾投下の要領で落とされた。上では「用意ー、テー」とやったはずである。まさに人間爆弾である。

操縦桿を押さえ、速度計を見つめて三五〇ノットになるのをじっと待つ。高度計はグングンさがる。その間にも、チラチラと飛行場の位置をたしかめる。

絶対にやり直しのきかない飛行機なので、飛行場と自分とのバランスをつねに正確に調整して維持しておかなければ、安全な着陸はできない。急降下なんてものではなく、真っ逆さまの感じである。機内にあった枯草や泥が舞いあがって顔にぶつかる。ペッペッと、口についた物を吐きだしながら我慢する。

やがて三五〇ノットを越した。徐々に引き起こす。左にゆるやかに旋回する。戻す。右に旋回する。戻す。バンクを振ってみる。大きく振ってみる。静かだ。なんの音もなく、振動もない。舵の効きは零戦以上に敏感だ。そして軽い。垂直旋回でも、ロールでもできそうだ。そんな誘惑にかられるような操縦性能である。

これだけのスピードならば、舵の効きはよいはずだと思ったが、高度の残りが心配で、ひかえめの運動にとどめて誘導コースにはいる。

これは桜花だ。敵に追っかけられても振り切るスピードと、手を放してもまっすぐ飛ぶ安定性と、機体の浮き沈みにこれだけ舵の効きがよくて軽ければ、之字運動ぐらいで逃げる敵艦にぶっつけるのには充分、とひとり判定をくだした。

それより大切なのは着陸である。ここでお粗末をやれば、元も子もない。パスに乗る。「一〇〇ノット、一〇〇ノット。いいぞ、いいぞ。その調子……」このぶんだと、定着地点にドンピシャリかも知れない。三メートル——そろそろ引き起こす。二メートル——なかなか沈まない。一メートル——まだ伸びる。着いたかな?

ズズズズ——。止まった。ハッタンと、左翼の先端がそっと地面に触れた。われながら見事な着陸だった。喜んでくれたのは同期の予備少尉分隊士たちだった。私以上に、ハラハラして着陸を見守っていてくれたのであろう。私が失敗すれば、お前たちはまだまだ駄目、という屈辱をうけなければならないのだから。

私の成功をきっかけに、それからは古参の搭乗員との技量差別のない訓練計画が実施された。そして私たち同期生では、だれも桜花の降下訓練で事故をおこさなかった。

鹿島灘の寒風をついて、連日、桜花の降下訓練がつづいた。十一月二十三日には軍令部総長及川古志郎大将の来隊、視閲をうけた。その日は無事だったが、数日後に北信夫上飛曹が、誘導コースが高すぎ飛行場を大きくオーバーして殉職した。

十二月一日には、いよいよ連合艦隊司令長官の豊田副武大将が来隊されて、視閲をうけることになった。柳沢隊長は、航空本部長戸塚中将視閲当日の刈谷大尉の殉職事故、軍令部総長及川大将視閲後六日目の北上飛曹の殉職事故とつづいているので、連合艦隊司令長官視閲の日には、一度経験した者を降下させた方がよいと考えたのであろうか、同期生たちが「細川はよかったよかった」と喜んでいるのを聞いて、私に「GF長官来隊の日に、もう一度降りてみないか」と、命令ではなく話してこられた。

「あと桜花に乗るのは死ぬ時だけで結構です。予定表通りの搭乗割でお願いします」と、私は鄭重にお断わりした。

豊田司令長官が来隊された十二月一日、先任分隊士の三橋中尉、湯野川中尉、林富士夫中尉が大尉に進級、それぞれ第一陣出撃部隊である第二、第三、第四分隊長に発令された。また、予備少尉の分隊士たちも中尉に進級して、私が先任分隊士になった。

豊田司令長官視閲の降下訓練は無事に終了し、記念写真の撮影、訓示のあと、桜花隊員にたいして署名入りの「神雷」の鉢巻と短刀が授与された。

俺たちは人間コンピューター

いよいよ第一陣出撃部隊の編成もおわり、未降下者の仕上げをいそぐ訓練が毎日つづいた。味口正明一飛曹が桜花に移乗してまもなく投下され、飛行場を確認しないうちだったので、高度速度の調整不充分で転覆、顔面には風防のガラスが粉々になってささり、脚部骨折という重傷を負って入院、終戦後にやっと退院という事故があった。

桜花機そのものは、空中ではきわめて安定した操縦性のよい飛行機であるが、もともとは着陸を必要としない人間爆弾として設計したものである。着陸用に橇がついているから滑り込め、爆薬は積んでないから安全だといっても、高速であること、航続距離が短いこと、動力がないことから、目測判定をあやまった場合は、絶対に修正することができなかった。航空機とはいえない、爆弾とおなじ高速落下物に乗って着陸するのだから、二百人も投下したのによくこの程度の事故にとどまったといえるかも知れない。

その後、人身事故はなく、降下訓練も順調にすすんで、第一陣出撃予定の三個分隊一五〇名の桜花搭乗員錬成が完了した。

十二月二十六日には零戦で大分基地に飛び、別府湾に浮かぶ空母、艦船にたいして擬襲攻撃の訓練を三日間にわたっておこなった。

さらに、昭和二十年一月十七日には、天皇陛下から侍従武官のご差遣があって、いよいよ南九州の各基地に進出を開始した。そして、神雷部隊はあらたに編成された第五航空艦隊の直属部隊となった。

桜花滑空練習機。機体は桜花一一型と同じだが、着陸用の橇がある

後続部隊として神ノ池基地に残留した桜花隊は、桜花錬成部隊としてあらたに開隊した第七二二航空隊の基幹員となり、平野晃大尉を隊長として降下訓練がつづけられた。桜花搭乗員の大量養成が要望され、中練教程を卒業した学生、練習生のうち操縦技量の優秀なものを選抜して、神ノ池基地で零戦による実用機教育をおこない、そのうえで桜花の降下訓練をおこなうという非常措置がとられた。

問題は桜花よりも母機の性能であった。総重量二トンをこす桜花を搭載した一式陸攻に、敵の制空権下での戦闘を要求することは無謀である。

爆薬量を八〇〇キロに減じ、陸上爆撃機銀河に搭載する桜花二二型の開発研究がされ、六月二十六日に長野一敏少尉によって、銀河からの投下実験が神ノ池基地でおこなわれた。

富高基地で聞いた情報では、電気系統の故障によって投下の瞬間にロケットが噴射、吊るされていた桜花二二型は下から母機を突き上げるかたちで離脱したため、操縦装置を損傷して飛行不能におちいった。

長野少尉は落下傘降下をしたが、開傘不完全のため必死で処置をしている姿が見られたが、ついに開かずに落下、全身打撲の重傷で、救助隊が駆けつけたときはまだ意識があったものの、「残念」という言葉をのこして亡くなったという。

長野一敏少尉は鹿児島県出水の出身。昭和十一年、第七期乙種予科練習生として横空に入隊、支那事変では神川丸乗組で活躍した。その後は高度の技量がかわれて教員、教官、テストパイロットの配置が多く、桜花開発と同時に、そのテストパイロットとしてすべての試験飛行にたずさわった。物静かな礼儀正しい人柄は、海軍航空の至宝といわれた卓絶した操縦技量とともに、隊員全部から敬愛されていた。

なぜ、前夜みずからが調整した落下傘がひらかなかったのか。なぜ、点火もしないロケットが投下の瞬間に噴射したのか――長野少尉を惜しむ声は、事故原因の疑問にスパイ説まで出て、九州の基地で私たちは議論をたたかわせた。

母機を必要としないカタパルト射出による桜花四三型が開発され、七月一日、その装備部隊として第七二五航空隊が開隊され、要員としては七二二空桜花隊の一部が比叡山にうつった。

本土に接近する敵艦船にたいして、比叡山の山腹に構築したカタパルトから射出される桜花四三型に乗って体当たり攻撃をするという構想である。射出実験は八月十三日、平野晃大尉によって成功したが、その二日後に終戦となった。

桜花隊の生き残った老兵たちが集まると、酒の肴にこんな話も出たことがある。

「今はペラのない飛行機がふつうたけど、世界で初めてペラのない飛行機に乗ったのは俺たちだな」

「それにしても、ずいぶん航続距離が短かったな」「そんなことはないよ。ライト兄弟や陸海軍で初めて飛行した人たちより長いだろう」

「自分じゃ飛び上がれず落っことされるだけで、飛行機といえるかな」「ミサイルだよ。なおレベルが高いじゃないか」

「そうだ、俺たちは人間コンピューターだったんだ」「コンピューターとオートパイロットの役をしたんだ」

「それにしては古くなってきたし、ボケてもきて、精度はずいぶん落ちてるね」「四十年以上も使っていれば、しょうがないさ。機械ならとっくにスクラップだよ……」

されど桜花ふたたび祖国に還られんことを

桜花の母機に改修された一式陸攻を駆って出撃した神雷部隊飛行隊長の手記

当時 攻撃七〇八飛行隊長・海軍大尉　八木田喜良

私が神雷部隊の存在を知ったのは、昭和十九年十一月の上旬、台湾沖での航空戦が一段落し、再建途上の攻撃七〇八飛行隊の新分隊長として、豊橋空から鹿屋基地に着任してまもないころであった。すでに昭和十九年十月いらい茨城県神ノ池基地に、極秘裏に特殊訓練をはげんでいる七二一空と呼ぶ部隊があり、桜花または㊅（マルダイ）と称する一人乗りの特攻機を一式陸攻の胴体につるして、投下発進訓練をしているとのことだった。

フィリピンの戦場では神風特別攻撃隊が誕生していたので、おなじように艦船攻撃の特攻隊ではあろうが、しかしいまさら一式陸攻を母機として（？）の強襲に不安を抱いたものであった。

一式陸攻での攻撃は、昭和十八年末ごろからラバウル戦場での戦訓により、夜間しか十分に期待しえられないと、だいたいの意見が一致しており、性能の向上している敵戦闘機の真っ只中への昼間強襲は、まさに「飛んで火に入る夏の虫」であり、質量ともに敵に匹敵する

桜花一一型。機首から主翼前縁までが炸薬部分。今にも発進しそうな迫力がある

掩護戦闘機群がなくては一式ライターの汚名どおりで、その攻撃の成功は期しがたかった。

当時七二一空は、司令岡村基春大佐指揮の桜花隊（隊長柳沢八郎少佐）、攻撃七一一飛行隊（隊長野中五郎少佐）、掩護戦闘機隊として戦闘三〇六、三〇七飛行隊（隊長神崎国雄大尉）から編成されていた。

T部隊の戦力部隊であるわが七〇八飛行隊は、当時、隊長は陸攻隊中のベテラン足立次郎少佐であり、七六二空司令久野修三大佐の指揮下に、明けても暮れても夜間雷撃にそなえての訓練が日課であった。

十二月に入り、訓練成果もあがったころ、急に部隊は七二一空に編入となって鹿屋から宮崎基地へと移動を命ぜられた。

神雷攻撃をもって戦局の転換を期したい司令部の一大決意と推察された。

母機に改修された新機は、岡山県水島にある三菱工場から、つぎつぎにわれわれの手によって宮崎基地に空輸され、二月末までには四十数機をそろえ終わることができた。神雷攻撃用として一式陸攻が改修された部分は、つぎのように記憶している。

一、マルダイの懸吊架（離脱装置をふくむ）の取付け。

二、主操縦者（右席）の背に二〇ミリ程度の防弾板の取付け。

三、胴体内集合タンクを、おなじ防弾板で囲う。

四、主翼タンクの下面に、約三〇ミリの防弾ゴムを張り付ける。また自動消火装置の装備。

これらだけでもずいぶんと自重が増したうえに、とくに翼下面の防弾ゴムは、翼型に影響をあたえたので、巡航速度約十ノット程度の低下は避けられなかったようである。

残った桜花戦への疑問

昭和二十年一月中旬のある日、私は足立隊長の命令をうけて、神ノ池基地を訪れたことがあった。まだ見ていないマルダイに接し、その懸吊訓練などが目的で、それまで練度の向上したペアをつぎつぎに送り込んで慣熟させていたので、分隊長として締めくくりの挨拶でもあった。

野中隊長とはラバウルの山の飛行場いらいの面識なので、往時の戦闘をしのび、雑談にも花が咲いたのだが、急に部屋に来い、と指揮所から隊長室へ案内をうけた。

勇猛果敢、なにものにも臆することを知らぬその人の口から、しみじみと諭されるかのように言われたのは、つぎのようなことであった。

「俺はたとえ国賊とののしられても、桜花作戦は司令部に断念させたい。もちろん自分は必死攻撃を恐れるものではない。しかし、攻撃機として敵まで到達することができないことが明瞭な戦法を、肯定することはいやだ。クソの役にも立たない自殺行為に、多数の部下を道づれにすることはたえられない。

司令部では、人間爆弾桜花を投下したら飛行機隊はすみやかに還り、ふたたび出撃だといっているが、きょうまで起居を共にした部下が肉弾となって敵艦に突入するのを見ながら、自分らだけが帰れると思うか。俺が出撃を命ぜられたら、桜花投下と同時に、自分も飛行機もろともに別の目標に体当たりをくわせるぞ」

私が抱いていた疑問なり抵抗なりは、たんに私だけではなく、この大先輩もすでに持っておられたのだ。われわれの尊敬するこの人にしてこの言葉あり。「オイ、俺たちはこの気持でやろうぜ」と結ばれたこの言葉は、いやに淡々としていたが、それが野中少佐との最後の別離で、私に対する遺言となってしまった。

野中隊は一月末、作戦基地鹿屋に展開することになり、途中、豊橋基地にしばらく機翼を休めた。そのさい、野中隊長はおなじ中攻隊のベテランであり当時の豊橋空飛行長であった巌谷二三男少佐と士官室のソファで親しく語りあっている。

「彼は小気味よい調子でその抱負を語った。数ヵ月間の必殺訓練にほぼ自信をえたもののように、『ヤンキーども、今度ノコノコ現われて来たら、向こうズネをひっからげて海底にたたき込んでやる』とも言っていたが、敵戦闘機の反撃を受けることなく、うまく敵艦所在海面まで飛行機隊を誘導できるかどうか、というもっとも重要な一点に疑念を抱いているようだった」と、その時の模様を巌谷少佐は語っている。

宮崎に展開したわが飛行隊の飛行訓練も燃料がとぼしく、足立隊長は司令部にさかんに交渉しておられたが、なかなか意のままにならずで、訓練も重点的に行なわざるをえなかった。戦法として考えられることは、敵に対する大編隊による一斉攻撃であり、もっぱら編隊訓練の総仕上げが急務であった。

二月は季節風のためか、宮崎の西山に向かっての離陸が多く、なかなかの苦労。一番機は離陸後に速度をおとし、山頂すれすれを直進、後続機の離陸状況を確認しながら徐々に大きく旋回に入り、おおむね飛行場の正横にまわり込むころには、ゆうゆうとした三十六機の編隊ができ上がるまでになった。

この間おおむね十八、九分で、当時の技量としては相当の練度向上で、隊長以下の苦心努力のあとが現われていた。編隊集合までの時間短縮をはかるので、後続機になるほど操作が荒くなり、ときには大型機が小型機なみの放れ業を演じて、地上の整備員らをハラハラさせたこともあった。

三十六機全機がつぎつぎと飛び立つ威容。部隊の士気は日増しにあがり、当たるべからざる勢いであった。二月には、湯野川分隊長指揮の桜花隊員も多数到着していたので、彼らの存在が刺激をあたえて、訓練もいちだんと身が入ったものと思われた。

悲壮みなぎる機上の野中隊長

二月下旬、部隊は宮崎から大分県宇佐基地へとふたたび転進を命ぜられた。宇佐には練習航空隊があり、九七艦攻、九九艦爆などの練習機が格納庫をいっぱいにしていた。後日これらが特攻機となり、われわれの作戦前にそれを見送ることになるとは夢にも思っていなかった。

基地は準備をしていたものの、特攻隊が来るとのことで、〝眠れる基地〟は一夜にして前進基地に変貌し、大混雑を起こしてしまった。ここでも燃料がとぼしく、飛行訓練はなかなか意のままにはならなかったからだ。

桜花の実機はすでにひそかに基地に到着しており、われわれは初めて接することができた。約一二〇〇キロ爆弾に、翼と胴体を取り付けたぶっそうな代物は、これぞ戦局打開の兵器。頭部の両側に桃色の桜花がマークされており、兵器によくマッチし、ことのほか印象的であった。

基地では空襲の被害局限を考慮し、飛行場周辺に陸攻用の退避壕およびそれへの誘導路などが、適当に分散して構築されてあった。

われわれも飛行訓練が意のままにできないので、土方作業にも取り組んで、一機でも多く分散のためと、精を出して構築をつづけた。マルダイは秘密兵器なので、これは巧妙に人目を避け、洞窟などを利用し分散格納されていたようだった。

さらに林富士夫分隊長指揮の桜花隊員の到着におよんで、宇佐基地もいよいよ殺気をはらんでの、異様な活気にみなぎっていた。彼らにはマルダイ練習機がないので、われわれの編隊訓練時は必ず同乗して、空中感覚を取りもどすよう、地上ではもっぱら艦型を前にしての座学、また運動を通じて体力気力の養成が、来る日にそなえての日課であった。

三月十八日、敵機動部隊は沖縄上陸の前段作戦として、九州全飛行場の急襲を敢行しようとした。この企図を察知したわが司令部は、鹿屋の攻撃七一一飛行隊、宇佐の攻撃七〇八飛行隊にそれぞれ九機の桜花攻撃命令を下した。

わが隊は命を受けるやさっそくマルダイを引き出し、チャンス到来と準備を終わり、指揮官の足立隊長が搭乗員に攻撃計画の説明をしている最中に、とつぜん降ってわいたかのように上空の雲間から音もなくしのびよった数十機のシコルスキーは、われわれ目がけて襲いかかってきた。

青天の霹靂（へきれき）とはまさしくこの情景であって、死傷者や被害機が続出。結局、鹿屋基地においてもおなじ試練に立たされ、戦運利あらず双方ともに、攻撃は中止ということになった。制空権を失いつつある戦場の真相を、ひしひしと肌に感じ、あたかも神雷攻撃の運命を暗示するかのようであった。

三月二十一日、敵は空母四隻以上を基幹とし、戦闘機部隊を収容しつつ南下中との報に接すると、距離は神雷の捕捉圏内に入っており、ついに司令部は神雷攻撃命令を下した。

命令を受けた攻撃七一一野中部隊三個中隊（二十七機）は、掩護戦闘機三十数機とともに勇躍と鹿屋基地を発進したのであった。しかしながら敵に到達三十分前にして、待ち受ける敵戦闘機多数の捕捉をうける破目となり、無念ながら、三分間にして二十七機全機は紅蓮の炎を吐きつつ海中に没し去ってしまった。

出陣にさいして、野中五郎少佐は掩護機の少ないこと、司令部の敵情判断の甘さに疑問を持っていたが、「湊川の一戦だ。それ者ども後をたのむぞ」と見送りの同僚に告げ、にっこりとして機上の人となったと聞く。

司令部・司令・飛行隊長の間に、相当はげしいやりとりが行なわれ、意見の具申も行なわれたであろうが、結局、決行されたものと考えられる。掩護機も少数しか出撃しえない状態（神雷直掩の戦闘機隊は、すでに前々日の空戦で消耗し、桜花隊員をもって組織された桜花戦闘機隊二十三機がくわわって総数三十数機）から、その結果はとうぜん火を見るより明らかであり、われわれがもっとも心配していた通りの結果になってしまった。

武人の道をえらんで野中少佐〝葉隠〟に生き、ここに死所を見つけたり、と成否を度外視し、後事を托して必殺行におもむいたものである。

三月二十一日のこの悲惨な攻撃を契機として、足立飛行隊長は飛行長を命ぜられ、攻撃七一一飛行隊の残存兵力（隊長および分隊長四名中の三名戦死）は宇佐基地に後退し、その指揮下に入ることとなった。私が攻撃七〇八飛行隊長に昇格補職され、中攻隊の歴史上もっとも弱年の隊長となった。ときに満二十四歳である。

命名されざる特攻隊

三月末、沖縄周辺の艦船攻撃の準備を命ぜられ、私は約十機をひきいて鹿屋に進出をくわだてた。途中、基地が空襲をうけ被爆中であることを発見し、出水基地に一時不時着避退して、翌日の夕刻、敵空襲の間隙をねらって、しばらく鹿屋に泊まりこむといった状態で、当時の南九州は昼間の大型機移動は危険きわまりなく、制空権は残念ながら敵側にあった観がある。

いっぽう足立飛行長は命令をうけ、四月上旬に宇佐基地をはなれ、石川県小松基地に主力の展開を完了した。爾後作戦のつど小松基地から前日の夕刻、敵の空襲を避けつつ鹿屋に少数機が前進し、私が地上指揮をすることになり、六月上旬、小松に帰投を命ぜられるまでの約二ヵ月半の神雷攻撃は、私がすべて見送ったことになる。

攻撃第七〇八飛行隊は、別名で輝部隊とも呼称されたが、特攻隊として命名を受けたものではない。特攻隊は出撃して帰らざる部隊であって、わが部隊は帰投してふたたび発進し、それがつづく限り多くのマルダイをはこぶのが任務であった。

したがって本質的に取扱いはちがっていたようで、未帰還になると布告および二階級特進の栄誉を受けていた。

三月二十一日いらい約六十機ちかくの神雷攻撃が敢行され、陸攻隊でなんらの抵抗をもうけず、帰投しえたのはわずかに一機のみ。攻撃後に敵の追撃をうけて洋上に不時着し、しば

昭和20年４月５日、鹿屋基地の一式陸攻二四丁型。721空神雷部隊の機体で、胴体下には桜花一一型を懸吊している

らくして生還した一組と、計二機分のみしか帰還していないのが実情だったと記憶している。これはまさしく命名されざる特攻隊であった。

いかにして敵のふところ深く入り込むか。それのみが私の念願であり、この神雷攻撃のすべてであった。マルダイ攻撃も、大部隊などによる正攻法は、すでに三月二十一日の悲劇をもって立証ずみであって、いまや奇襲攻撃しか成功のチャンスはなかったのである。

敵は桜花の出現を知り、対策戦法を講じていると考えねばならない。これに対し、味方掩護機の期待は望みなく、結局、菊水全般作戦の中で、各種特攻機が沖縄周辺に殺到する時間に呼応し、敵の混乱混戦状態に乗じて飛び込む策しかない。各機がそれぞれ高度、経路、進入方向をいくつも設定して、たくみに接敵して奇襲的攻撃をはからざるをえない。

それはある月明の夜、鹿児島湾上空に高々度をとり、海面上に反射し映ずる月の光に船をもとめ、神雷攻撃の可能性を検討したが、これは気象条件がすべてであった。

敵は昭和十八年後半からすぐれたレーダーを艦にもち、沖縄周辺ではさらに新型レーダーを装備したピケット艦を要所要所に配備していたようである。したがって沖縄に到達するには、管制を受けた二重、三重の敵機のカベを突破しなければならなかった。

これらピケット艦をたたき沈めなければ、自分も仲間も目標には到達しえないと、自ら爆戦隊に組み入れられた桜花隊員が出てきた。

彼らは日夜、空母や戦艦の大物を恋人とし、冥土への唯一の道づれと念願していただけに、その心情は察するが、ことにここにいたって、戦友が成功するための〝渡し守〟だと、その態度は淡々としたものであった。

ある菊水作戦の前日のこと、沖縄中飛行場の滑走路へ命中の神雷夜間攻撃二機の声がかかった。むらがっている敵戦闘機を壊滅し、同時に飛行場機能の長時間停止をねらったものだ。勝手のちがった予測もしていない神雷爆撃（？）命令で、さすがにこのマルダイ搭乗員の選定には苦慮していたようであった。幸か不幸か天候不良のため、この攻撃は中止となり、われわれも気持を察してなんとなしに、ホッとしたのが偽り（いつわ）ないところであった。

空襲につぐ敵しらみの大群

一式陸攻での被害があまりにも甚大であったのが当局に拍車をかけ、当時、優速をほこった新鋭機「銀河」にもマルダイを懸吊する計画が進められ、空中実験までは終わったとのことだったが、終戦までには実用段階にいたっていないと聞いた。

一式陸攻が魚雷を搭載しての巡航速度は、おおむね一四〇ノットぐらいだ。マルダイを懸吊した場合は約十ノット程度低下する。

マルダイはほとんど自力がないので（ロケット三本は使用時間みじかく一本九秒間）敵攻撃時は高度をとっていなければ、目標までの距離がとれない。また高度があれば操縦にも余裕があり、目標選定も容易となるわけだが、実際には距離の判定がむずかしく、目標のほとんど真上で投下発進しなければ、この攻撃の成果はえられなかったと思われる。

訓練中に知りえた実機のデータでは、マルダイを積んでの上昇飛行は上昇率がきわめて悪く、燃料消費は約一倍半ぐらいで、おどろくほどの数量に達した。毎時七百リットルを見積っても不安で、ときには九百リットルをしめすのも現われていた。

マルダイの重量は二トン以上であるので、魚雷（約一トン）を積み燃料満載の攻撃最大荷重十五・五トンの制限におさえるためには、いきおい約一トンの燃料をおろさなければならない。そのうえものすごい消費量なので、航続距離は意外に短くなり、鹿屋から沖縄周辺への攻撃も片道ならいざ知らず、ノーマルな攻撃では若干心もとない。

もちろん航空技術廠が中心となり、各種の性能検査が行なわれたと思うが、われわれとしては実機で体得せざるをえなかった。

最大荷重も安全率を考慮してあるのを承知したので、意を決して一トン超過の十六・五トンまで燃料を積ませて発進させたが、さすがに飛行場いっぱいを使っての離陸であり、われわれを心配させたが事故は起こらなかった。

鹿屋基地におけるわれわれの宿舎は、飛行場の西側の崖下にある野里小学校の校舎であった。空襲のはげしい前線基地のそばでは、学校教育も疎開教育が実施されていたと思われる。付近の田畑ではときおり農耕している農民の姿が見られた。

学校の片隅は崖で、多くの洞窟が掘られ、その奥はところどころで通ずるようになっていた。われわれはその中に雑居して入り込み、通信室も立派に設備されていた。

二十メートル以上の地下なので、一トン爆弾でもビクともしないと思ったが、土質がすこし軟弱なうえに若干じめじめした湿気の多いのが難点であった。持ち込んだ毛布、衣服類までがすぐにしっとりとして、不愉快きわまりなかった。

また油断すればいつの間にか、虱（ホワイトチーチーと呼んでいた）がそれらに巣喰っており、ドラム缶に湯をたぎらせて徹底した熱湯消毒をしても、その効果は十日間ほどしかもたない。このチーチーの来襲は空襲につぐ大敵で、しばらく体が温まり眠りにつこうとする頃になると、モゾモゾ活動を開始するので、睡眠不足になりがちだった。司令をはじめ隊員一同なやまされ通しで、これにはひとしく閉口したものであった。

日光浴をしながら、褌まではずしてのチーチー退治が、あちこちに見られたのは戦場ならではの珍光景で、さすがに〝生きた神様連中〟でも、これには手の下しようがなかった。

学校の宿舎は、空襲のないときは安息所ではあるが、まったく安閑とした場所ではなかった。敵も所在を知ってか、空襲のときには銃撃までくわえていく始末で、ときおり天井の破れ穴から星数をかぞえつつ眠りにつくこともあった。

天気図を判断し、敵情をくわしく知っていないと、洞窟外ではゆっくりと休養もできない。攻撃のないとき、天気の良いときなどの、体育や区域を制限しての遊歩などは、気分転換にはもっとも喜ばれたものであった。

なかには付近の田畑に出て、故郷をしのんでか麦などの取り入れを手伝うという殊勝な者もいて、新聞紙上をにぎわしたこともあった。

審査部主務者が見た海軍の大型機

世界に誇る技術の結晶を限りなき愛着をこめて回想する当事者の手記

元横空審査部主任・海軍少佐　大平吉郎

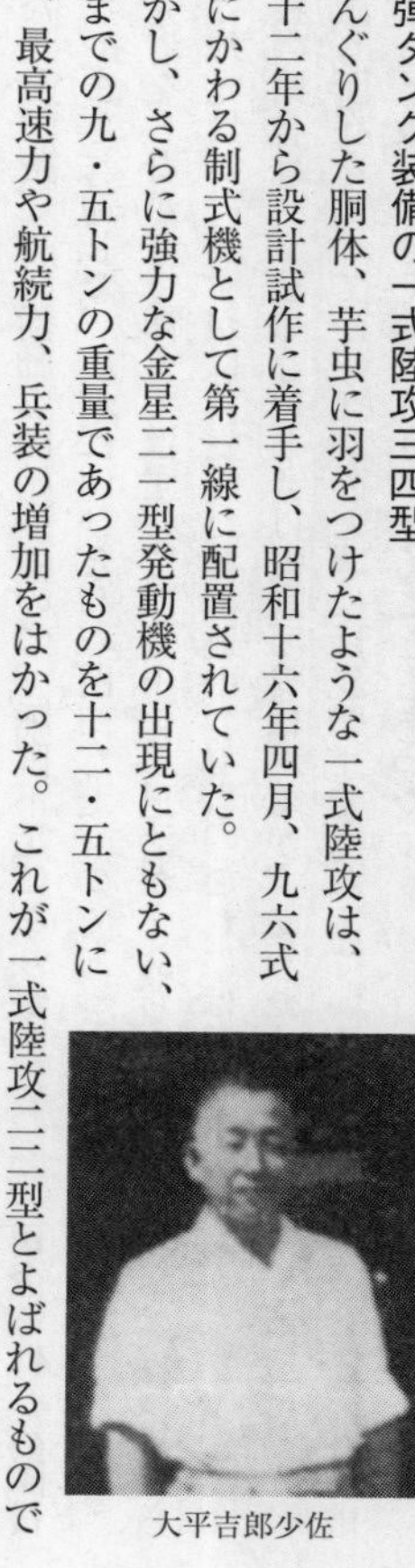
大平吉郎少佐

防弾タンク装備の一式陸攻三四型

ずんぐりした胴体、芋虫に羽をつけたような一式陸攻は、昭和十二年から設計試作に着手し、昭和十六年四月、九六式陸攻にかわる制式機として第一線に配置されていた。

しかし、さらに強力な金星二一型発動機の出現にともない、これまでの九・五トンの重量であったものを十二・五トンに増し、最高速力や航続力、兵装の増加をはかった。これが一式陸攻二二型とよばれるものである。いままでの原型を一一型、こんどのものを二二型と呼ぶのは、一〇位の数字は機体の改造を、一位の数字は発動機の改良をしめす海軍の原則に従ったものである。

この二二型になってから最も変わったことは、離陸の時にガソリンとともに水をシリンダーの中に吹きこむことである。水だけでは気化器の中がさびつき、また滑りも悪いので、メタノールを混ぜて入れるのだ。はじめわれわれには、その訳がわからなかった。せっかく燃えているシリンダーの中に水を吹っかける。時にはこの「水メタ」なるものが上手に入らずに、エンジンが不調になる。なんのために水を入れるのだろうと、技術者に説明を求めたことがある。

すると、最大馬力のときには、シリンダーの中で燃えて熱量となるガソリンのほかに、シリンダーの冷却に必要な燃料もいる。高オクタン価のガソリンであれば、耐爆性があって円滑に回転するが、低オクタンの場合はデトネーションを起こす。したがって、適当な時期から水を吹きこめば、シリンダーは適当に冷却されて円滑に回転するという。

二二型の試作実験を終えて、つぎに出たのが二四型である。

二二型に搭載した発動機は、発動機の回転をプロペラにつたえるときに、〇・五四の減速比で回転を落とし、プロペラの効率をよくしている。しかし、そのうちに戦闘機、その他の小型機の発動機の減速装置の歯車を増産するため、陸攻は歯車の数の少なくてすむ〇・六二五の減速にするということとなった。

一ノットですら速力を落とすまいとするときに、みすみすプロペラの効率を落とすとは、まことに情けない。主務者たる私は大いに反対したが、生産不足ということではどうにもならず、やむなくここに一式陸攻二四型が生産された。

このときの説明の中に、「グリーソン」の歯車機械ということがいわれたが、いまだにこの機械の名前は忘れられない。もっとも、いまでもグリーソンの歯車機械については、詳細の知識も持ちえないが、生産と技術と用兵の三者が一体となって、はじめて大事をなしうることは十分に理解しえたのである。

戦局の進むにつれて、敵戦闘機の跳梁、防空砲火はますます猛烈となり、さしもの一式陸攻も被弾による引火という問題が起こってきた。B17をみると、ゴム製の燃料タンクを装備し、しかも被弾によって引火することもまれである。また、弾丸の通ったあとからの燃料の洩れ方も少ない。

なんとか火を引くことのないようにしなければならない。生ゴム製のタンクでは、ガソリンでとけてしまう。したがって、人造ゴムが必要になり、ともかく人造ゴムのタンクの試作にとりかかった。技術者による試験が連日おこなわれていたが、どうしても在来のタンクよりも重量が重く、しかもB17のタンクとならべて、同一条件のもとで射撃実験をすると、和製の方が引火しやすい。

量産するとしても、まず一式陸攻の主翼全体の大改造になる。ここにまた、一式陸攻三四型の計画がはじまった。

しかしながら、この防弾タンクを装備すると、どうしても搭載燃料を減ずることになる。すなわちいままでの陸上攻撃機の最大特性である航続距離を犠牲にすることとなる。それでは最小限どこまで減らすかについて、当時、これらの飛行機の実用性、戦術を研究していた横須賀航空隊と連日、会議をひらいた。そして真剣な討議のもとに、約一千浬(かいり)の減少はやむをえないとの結論に達し、いよいよ設計にうつった。

もともと主翼の改造は、飛行機にとってきわめて大きな作業である。ふたたび本庄季郎技師をわずらわし、最新式の層流翼として防弾タンクを装備すること、および二〇ミリ機銃を二梃増設することとして、この大改造にとりかかった。

しかし、新しい三四型が出るまで、また生産されたとしても、以前の飛行機をそのままにしておくことはできない。火が出たらすぐ消えるよう、また少しでも火を引かないように、翼の下面にゴムを張り、恵式の自動消火装置をとりつけた。

この三四型も約六十機にとどまり、十分に活躍するまでに至らなかったこともまた残念であった。

降下爆撃が可能な陸攻・泰山

一式陸攻の改造とならんで研究試作がはじめられたのが、この泰山（たいざん）である。もともと双発以上の飛行機で降下爆撃（いわゆるヘルダイブ）ができるということは、前から着想はあったが、なかなか困難なことと思われていた。

ところが、航空技術廠飛行機部の山名正夫技術少佐の設計になる銀河（ぎんが）が設計開始され、しかもドイツからユンカースＪｕ88型が輸入され、飛行実験の機会も得られたので、大、中型機の降下爆撃が要望される時代となった。

水平爆撃に高度の命中率を期待することが、しだいに困難となり、爆撃精度向上委員会によって、その対策も種々研究された。しかし、爆撃命中精度の向上ということから、次期中攻に対する要望として、強く降下爆撃可能ということが要求された。

しかも、敵機を撃破する強力な機銃装備、爆弾搭載量の増加、また高々度における高速力という数々の要求が出されたことは、この試作機の完成に長期を要することとなった。そして、ついに木型審査のまま終戦を迎えたことは、これまた残念なことであった。

しかしながら、この試作の経過を実際に体験したことは、少なくとも私にとっては、つぎつぎにおこる試作研究に多大の教訓と示唆を与えてくれた。また、さらに極言すれば、私にとっては戦後の今日も、一つのまとまった仕事をするときに、物を作ろうとするときに、何かの教えを示唆してくれるような気がする。

設計、試作、実験、生産のそれぞれ全般にわたる大きなものの見方、ものの調和調整、そして先にも述べたように、飛行機が一つの綜合芸術品であるということを教えてくれたのも、この試作経過による教訓ではなかろうかとも思われる。その意味で、世には知られざる飛行機ではあるが、私にとっては長く記憶にのこる飛行機であった。

油圧操縦装置採用の四発攻撃機・深山

昭和十三年、日本で初めての四発動機装備の陸上機は、すでに二機完成していて、その巨体を横須賀航空隊の飛行場に横たえていた。

四発装備のこの飛行機も、性能としては双発機の一式陸攻なみであった。そのうえ日本で初めて装備した油圧操縦系統の再三のもれ、故障により、さらに三号機よりエンジンを

終戦時、横須賀航空隊に残された一式陸攻三四型。三四型は戦訓により燃料タンクをゴム被覆化した防禦力強化型

「護(まもり)」発動機に装備がえして、性能向上をはかっていた。

いよいよ三号機が中島飛行機の小泉飛行場で完成して、会社から引渡しをうける飛行試験が実施された。そのおり、飛行試験を終えて着陸する寸前、いつとはなしに急に右旋回をはじめ、ふつうの操縦ではもとの針路にもどらない。やむをえず低高度ではあるが機首を抑え、速力を出したところ、ようやく操縦をとりもどすことができ、かろうじて着陸した。

なぜ、そうなったかはわからない。その後も再三、試験飛行を行なって、その情況を出そうとしたが、けっして同じ状態にならない。さては一時の特異現象かと思って、そのまま飛行をつづけた。

また、大きな重い飛行機を操縦するために、操縦装置の中に油圧装置を採用したが、初めてのこととて故障が多い。

ある日、横須賀飛行場を離陸したところ、またしても油圧がもれた。このままでは脚車輪も出せなくなるので、すぐ脚をおろしたが、しだいに操縦が困難となってきた。

そこで応急処置に定められた通り、油圧の系統をのぞいて人力に切りかえを決意し、舵を真ん中(中正)にして油圧系統のピンを抜き、人力にきりかえるようにした。

この間は操縦が一切きかない、ただまっすぐに飛ぶだけである。そのとき目を機外に転ずると、すわ一大事、前方から同じ四発の水上飛行機二式大艇が直進、しかも同じ高度でわが機めがけて飛んでくる。

はっと思った瞬間、至近の距離で飛行艇は急激な操縦で、わが機を避けてくれた。相手の操縦者は誰であったか、さぞかし傲慢（ごうまん）無礼なやつと思ったであろう。

戦局、いよいよ急となってきて、この十三試大攻はその大きさに着目され、発動機三台、プロペラ二組を搭載する輸送機に改造されて、もっぱら第二線において使われることになった。

荷物を四トン積んでサイパンまで直行できるということになると、この飛行機以外にない。故障の多い油圧操縦系統をとりのぞいて人力操縦とし、機内の不要物もとりのぞき、三号機から六号機までの四機を部隊に送り出した。

まもなく、鹿屋飛行場からこの飛行機が事故を起こしたとの報らせがあり、その状況を聞くと、私が小泉飛行場で体験したのと同じ状況である。

さっそく再度の精密調査にとりかかったが、なかなか原因がわからない。いったん埃りにまみれた風洞試験の成績表をみると、舵のきわめて細い部分の調整が、わずか五ミリの差で航空力学的の原因から、舵全体が効かなくなることが判明した。

すでにあとの祭りである。さっそく残った三機について改修が命ぜられた。しかし、わずか三機の飛行機のための予備部品はなく、この飛行機を動かすについては、部隊では大きな苦労をしたと思われる。

この部品の不足は、最後に一機がサイパンで故障のため部品の空輸を待っているうちに、敵のサイパン上陸に遭遇し、優秀な搭乗員一組が地上で玉砕するということになったのは、忘れがたい痛恨の思い出である。

一、二号機はときおり戦闘機の訓練目標として飛行したが、横須賀が艦上機の攻撃を受けたとき、私の見ている前で餌食となって炎上、崩れ去ったその最期はまだ生々しい思い出である。

四発長距離攻撃機・連山

この飛行機は終戦までに四機が完成した。一、二号機は空襲のひんぱんな横須賀を避け、青森県の三沢飛行場で、終戦まで空中実験をつづけた飛行機である。

昭和二十年八月十日の空襲で、一号、二号機は被爆して胴体屈曲、四号機は中島飛行機小泉飛行場で被爆した。三号機だけが奇蹟的にも残り、昭和二十年十二月七日、小泉飛行場から横須賀に空輸し、米爆撃調査団に引き渡された。おそらく日本本土で、日本人のみで空輸された最後の飛行機となったものであろう。

昭和十八年の初夏、海軍航空本部部員の和田五郎中佐から、高度八千メートルで三二〇ノットの性能をもつ、攻撃機を作るようにとの指示をうけた。

飛行機の重量は十七トン、これに満載すると二十三トンという四発、しかも一三ミリの機銃約十梃を装備し、この機銃は人力ではなく、油圧動力で操作する。爆弾は二トン、魚雷も二本搭載し、航続距離は三千浬以上、敵の攻撃にたいしても重防禦でもちろん燃料タンクは防弾とし、搭乗員も鋼板で防禦するという強力な構想である。ただし、この飛行機は降下爆撃はしないという条件だ。

昭和20年12月、米軍に引き渡すため整備を終えた連山試作機

本機の試作は陸海協同ということになっていたが、主として海軍のみで試作が進められた。明くる昭和十九年夏には第一号機ができあがって、試験飛行を開始した。

さて第一号機が完成し、会社から引渡しをうけて、海軍側として試験飛行をはじめた五回目のことである。空中における各種試験を終え、横須賀飛行場に着陸したとたん、急に機首が前にのめり込んで、いまにも転覆しそうになった。

この飛行機は、いままでの飛行機と異なり、主車輪のほかに前方に車輪があり、機体は地上においても水平になっている三車輪の飛行機である。もしも前輪に故障があった場合は、転覆のほかはない。とっさに、後方にいる搭乗員に「後ろに行け」と怒鳴ってみたが、後ろには行けないらしい。夢中になって操縦桿をひっぱっているうちに、行き足は止まった。それも、いつもより止まるのが早い。何が何やらわからない。やむをえず、飛行場の中央からのがれようと地上滑走にうつり、エンジンを入れると地上滑走ができる。

ようやく係留場に飛行機を止め、機外に出てみると、これはまた奇妙なことに三つの車輪はそのままで、尾翼が地上につき、ちょうど飛行機の胴体が「へ」の字になっている。

さっそく原因の探究を飛行機部に依頼したが、なかなか真因がわからなかった。

これまでの飛行機は、主車輪と尾輪との関係で、着陸すると機体は胴体の中央が下方に押し下げられることになる。だが、前方に車輪のある飛行機は、尾翼が下の方に押さえつけられる。すなわち、在来の飛行機と胴体に加えられる力が、反対になるというのは初めてのことであった。

したがって、これまで通りの方式で機体がつくられ、計算は違ってはいなかったが、補強する方法が反対であった。

さらに不幸なことには、前脚の緩衝装置の振動数、緩衝能力と機体の振動とが同調したため、意外な力がかかって胴体切損という珍しい事故になったとのことであった。

ともかく、四発動機の大型陸上機を一年間で実現させた当時の工業力、長年にわたる研究成果の蓄積など、日本の技術は、この大、中型攻撃機を通じて如実に示されている。それを懐古するとき、いまさらに感慨の深いものがある。

大型攻撃機「深山」泣き笑い南方巡航記

輸送任務についた十三試陸上攻撃機の搭乗員が綴る知られざる航跡

当時一〇二一空「鳩」部隊・海軍上等整備兵曹　小久保貞治

全幅四十二・一四メートル、全長三十一・〇二メートル——日本海軍が太平洋戦争で使用した最大の陸上機である十三試陸上攻撃機「深山（しんざん）」への乗組が私に命じられたのは、千葉県香取（かとり）基地においてであった。昭和十八年暮れ、かねてより建設中だった香取基地の完成が近づき、翌十九年一月一日をもって第一〇二一航空隊が開設されることになり、私はその隊の要員として、搭乗整備員の訓練をうけていた神奈川県の相模航空隊から転勤した。

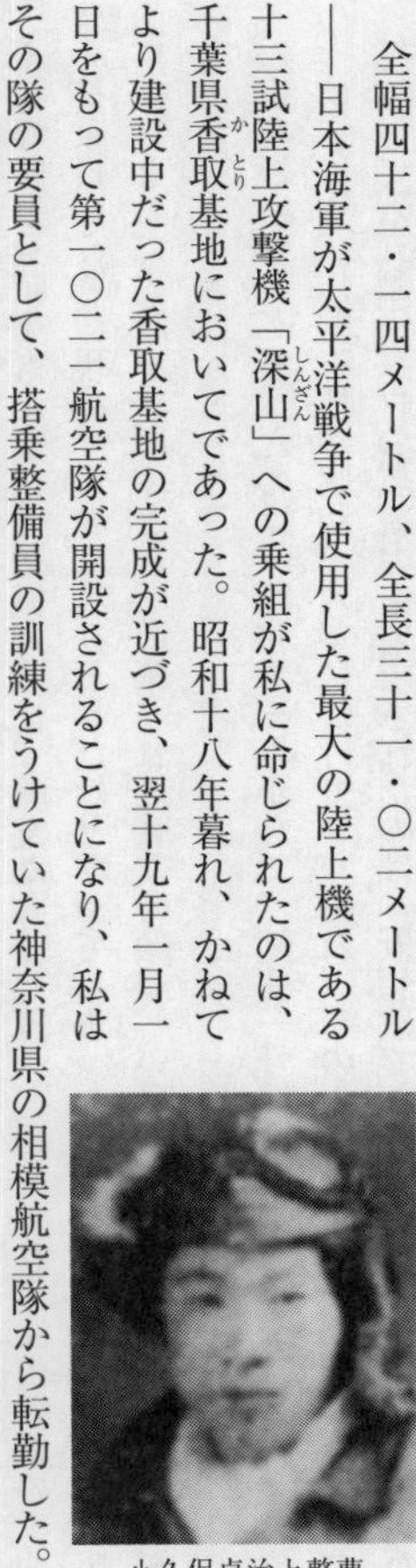

小久保貞治上整曹

私が赴任したころの香取基地は木造の兵舎が二、三棟あるだけで、じつに殺風景だった。しかし、滑走路の完成とともに、つぎつぎと海軍機が舞い降り、しだいに航空基地らしい活況を呈するようになった。

この一〇二一空は第一航空艦隊の指揮下にあり、零式輸送機、九六式陸上攻撃機、一式陸上攻撃機、そして輸送機として使用されることになった十三試陸攻の深山をもって編成する輸送専門の部隊である。

通称を鳩(はと)部隊といったが、このような輸送部隊は、ほかに一〇〇一空雁(かり)部隊、一〇八一空燕(つばめ)部隊があり、わが鳩とともに南方への航空輸送という危険な任務についていた。

十分な防禦兵装をもたない輸送機だけに、戦友たちはつぎつぎにたおれ、深山乗組の十八名の搭乗員のうち、現存するのは私ひとりだけとなってしまった。たった一人の生き残り深山搭乗員として当時をしのぶとき、散華された戦友の顔が、いまもはっきりと脳裏に浮かぶのである。

深山の設計がはじまったのは、昭和十三年からで、試作一号機は翌十四年十二月に完成し、つづいて増加試作型五機が昭和十六年にかけてつくられ、この六機が深山のすべてであった。

爆装して六五〇〇キロの航続力を要求されたのは、仮想敵である米海軍の太平洋の拠点ハワイの空襲を構想したためといわれる。発動機は護(まもり)一一型四基を装備し、日本海軍で実戦に出たただひとつの四発陸上機となった。

しかし護発動機は性能不充分であり、最後の二機が装備した火星一二型も、海軍側の要求を満足させることはできなかった。

このため、さしもの大型機深山も爆撃機として使用されることなく、昭和十八年に四機が輸送機に改造されて、十九年からわが鳩部隊に配備されたのである。この発動機の性能不良、整備困難は実戦配備後もいっこうによくならず、潤滑油の漏れによるエンジンの焼きつきを

ダグラスＤＣ４を参考に開発された深山。のちに深山改として輸送に転用された

起こすなど、搭乗整備員のわれわれを大いに苦労させたのであった。

当時、深山の製作費は一機あたり二百五十〜三百万円といわれ、破格の高価機であった。試作六機のうち四機は輸送機に改造されたが、残りの二機は十八試陸上攻撃機「連山（れんざん）」の開発のために、横須賀の海軍航空技術廠（空技廠）と、製作会社の中島飛行機に一機ずつ残されたのである。

いやいやながら搭乗員に

私が深山と出合ったのは、香取基地が最初ではなかった。開戦前、横須賀の第一海兵団を卒業したのち横須賀航空隊へ配属されたとき、中島から空技廠へ飛行実験のため送られてきたのを見たのが、この大型機との初対面であった。

その当時、私は横空地上整備員兵器係として、葉山不発弾処理班にいた。この部隊は要塞地帯の横須賀が敵の爆撃をうけたさいに、不発爆弾をすみやかに処理するためのものであった。このときに深山を見たのだが、こんな大型機が日本海軍にあったのかと驚くとともに、大いに気を強くしたものである。しかし、後になってこの深山に乗り組むとは、神ならぬ身の知る由もなかった。

その後、昭和十八年になって、私は搭乗整備員となるため相模空にいくことになった。正直いって、私は搭乗員になりたくなかった。地上整備こそ私の本職と考えていたからである。この気持は、一〇二一空へ配属されてからも変わらなかった。

しかし、あいつぐ激戦による消耗で、搭乗員の絶対数が足りなくなっていたのだ。一〇二一空から空技廠へ輸送機搭乗の実習要務のため、十数名が派遣されることになり、そのなかに私の名があったときも、私は上司にたいして自分の気持を正直にのべた。また、先任の地上整備員も、私に基地へ残るよう引きとめてくれた。

だが、この時点ですでに私の深山搭乗は、決定ずみであったのだ。上司はそのことを強調して、私を説得した。

「日本でいちばん大きな飛行機に乗って任務を果たすことほど、男として生き甲斐のある仕事はない。その任務にむいていると見込んだからこそ選んだのだ。だから飛行機乗りになれ」

最後は命令であった。軍隊において、上官の命令には絶対服従あるのみである。こうして私は、はからずも深山の搭乗員となったのであった。しかし、搭乗員となって輸送任務についてからは、気持を完全にきり換えて、あたえられた任務にはげんだ。

ところで、私の配属された鳩部隊は、連合軍の反攻のテンポがいよいよ早まり、南方の制空制海権を失ったため、艦船による中部太平洋方面への物資輸送が困難になったことから編制されたものである。そして、既存の輸送機や陸攻のほか、搭載量の大きな深山も、これに当てられることになった。

部隊によるマリアナ諸島テニアンへの輸送は、編制直後からはじめられた。この頃はまだ深山は部隊に配備されておらず、零式輸送機二二型がつかわれていた。そして本隊がテニアンへ移動する昭和十九年五月までに、派遣隊が何度かテニアンへの輸送任務に従事したのであった。

この頃、ソロモン方面の戦局は連合軍の有利のうちに終わろうとしており、飛び石作戦で南方の島嶼をひとつずつ攻略すべく、その矛先はマーシャル諸島のクェゼリン、ルオットに向けられていた。やがては日本の絶対国防圏の一角、マリアナをもうかがう勢いであった。

冷汗三斗のエンジン故障

昭和十九年三月はじめ、深山による第一回目のテニアン輸送がおこなわれた。その日の早朝、約四トンの物資をのみこんだ深山は、離昇出力一五三〇馬力の火星発動機四基のすさまじい爆音をのこして、香取基地を離陸した。過荷全備重量三十二トンの巨体は、いまはじめて任務飛行に飛びたったのである。

わが国最大の陸上機を自分の手で動かしている事実に、私は軽い興奮をおぼえずにはいられなかった。しかし、果たして任務を無事に達成できるだろうかという不安は、心のすみに残っていた。

世界に冠たる日本の航空技術だが、この飛行機が試作された昭和十三年ごろには、米軍のボーイングB29に匹敵する超大型機にかんしての製作経験は未熟で、試験飛行当時から、各発動機はもちろん機体関係のトラブルが続出したと聞く。また実際に、深山による訓練中にも、エンジントラブルで冷汗三斗の思いをしたこともある。

私の不安は適中した。飛行中に、油圧をつかった操縦系統の補力装置の油筒パッキングがつまるという故障がおきた。この装置は、舵などの操作をするさい人力だけでは非常に重いので、その動きを補助するためのものであった。

深山には搭整員が二名おり、すぐに私が修理にかかったが、これらの装置は胴体内の下部にあり、ところどころに点検孔があるだけだ。しかも、飛行中では十分な修理ができるはずもない。

私は小さな点検孔に腕をつっこんで、操縦装置への連管を抜きとり、以後は人力だけで操縦するようにした。操縦士はたいへんであったと思うが、もしこのままにしておけば、操縦不能におちいる危険があった。

こうして深山による物資輸送は、第一回目から機体のトラブルに泣かされたのである。そして、昭和十九年七月下旬の米軍のテニアン島上陸による輸送中止までに、私は六、七回ほど日本～テニアン間の物資輸送任務についていたが、そのたびにトラブルが起こらないかと、ビクビクさせられた。

やはりテニアンへの飛行中だが、機体の震動によって胴体側面の風防が割れるという事故が突発した。機内と外気の気圧の差によって、空気の流出がおこり、扉がふきとばされてしまったのだ。はげしい空気の流れに身体は浮きあがり、あやうく外へ投げだされるところであった。また、機内は手のつけられないほど、メチャクチャになってしまった。

対地速度二百ノットで飛ぶ深山の機内には、こわれた風防と扉から風がはげしく吹きこんでくる。私は三十センチ幅のラワン材をつなぎあわせて、なんとか扉の修理をし、継ぎはぎ機をどうにかテニアンへ運んだのである。

深山〝密輸〟ルートは大繁昌

テニアンを本拠地とした鳩部隊は、内地～テニアン間のほかに、テニアン～南方島嶼間、テニアン～香港～台湾間の輸送をおこなった。内地からは兵員、基地物件、武器弾薬、酒保物品、医療用品などを運んだ。

とくに巨大な爆弾倉には、箱づめにした魚雷二本がすっぽりおさまり、魚雷運搬機として前線では知られていたようである。

また、テニアンなどの前線からは、主に戦死者の遺骨をおさめた白木箱を二百柱ほどずつ持ちかえった。そのほか内地にはない南方の食糧の〝密輸〟も、たのしい仕事であった。内

トン、最大時速227ノット、航続力2300浬、旋回機銃20ミリ2梃&7.7ミリ4梃

地のタバコを前線部隊に密輸し、それと交換にラム酒、砂糖きび、パイナップルを運んだ。これは部隊ぐるみでやったため、われわれがこれらの〝密輸品〟をつんで内地の基地へ着陸すると、たちまちはげしい争奪戦が展開され、またたく間に姿を消してしまうのであった。

深山の搭乗員は、操縦二名、偵察一名、電信一名、搭整二名の計六名で一クルーを編成する。そして使用する深山は、空技廠から二機、中島飛行機から二機の計四機が鳩部隊におくられていた。ところが、部隊における深山要務員は十八名の三クルーしかおらず、つねに一機が基地にのこされ、実働は三機であった。

昭和十九年二月、群馬県太田にある中島飛行機へ深山の領収に行ったときのことである。おなじ深山搭乗員の鶴岡政次兵曹と

終戦時、厚木基地に残された深山３号機。全幅42.75m、全長31.02m、自重20

中村恒夫兵曹の三人で、工場と隣りあわせにあるお社「子育て呑龍」へ参詣した。

正式には「義重山大光院」というが、江戸開幕後の徳川家康によって建てられたもので、初代住職の呑龍上人が子供好きだったところから、呑龍様として上州近在の人びとの信仰をあつめていた。また、すぐ北方の金山には新田神社が、西方には新田義貞が挙兵した生品神社などがあり、このあたりは南北朝時代の武将、新田氏にゆかりが深く、栃木県佐野に育った私にとっても、なじみの地であった。

この呑龍様の境内で、われわれ三人は、戦争に勝って平和になったのち、孫の手をひいてここへ参詣し、おじいちゃんは日本一の飛行機に乗って戦ったのだと自慢できる日の早くくることを語りあった。しかし、鶴岡、中村の二人は、いまや不帰の客となってしまっている。

ともあれ、深山の震動問題は試作当時からもあったらしいが、実用機となってからも改善されず、これが原因でしばしばトラブルを起こしている。中島へ領収へいったときも、試験飛行中にプロペラ一個を埼玉県羽生(はにゅう)上空でおとした〝前科〟がある、と地元の人がそっと教えてくれたほどだった。

エンジンのはげしい震動は、しばしば焼きつきの原因となった。潤滑油の濾過器に金属片がつまって、油が流れなくなってしまうのである。

任務飛行中、これが原因で三度ほどエンジンが焼きつき、われわれを大いに泣かせた。一回は、テニアンからパラオに向けて魚雷を輸送中におきた。ちょうどグアム島の上空へさしかかったころ、突然、エンジン一基が焼きついてしまった。エンジンは主翼についているため、飛行中の修理はまったく不可能であった。そこで仕方なく、テニアンへもどったのである。

また、内地から台湾を経由してパラオへ向かう時にもおきた。このときは、通常の輸送物品のほかに、兵員と機密書類をはこんでいたため、事故がおきたルバング島上空から急遽フィリピンのマニラへ不時着して、事なきをえたのであった。

内地からテニアンへ向かう場合、早朝に香取を離陸して高度二五〇〇メートルで飛び、テニアンへは午後の二時か三時に着陸する。飛行約七時間で、香港からテニアンへ向かうのと、時間はたいして変わらなかった。

どういうわけか、私は深山での飛行中、敵機と遭遇することは一回もなかった。他の輸送機が敵機の犠牲となることが多いときだけに、これは奇蹟としかいいようがない。

さまざまなトラブルをかかえ、搭乗員泣かせの深山ではあるが、われわれにとっては、かわいい愛機であった。しかし、その愛機にもついに犠牲がでた。

生きる屍となった愛機

四月四日、台湾を飛びたった深山が、鹿児島県鹿屋（かのや）基地へ着陸しようとしたさい、その直前を戦闘機がじゃまをした。急旋回をしてこれを回避したまではよかったが、あまりにも急な動作のため操縦をあやまり、失速して墜落大破してしまったのだ。

この事故で、搭乗員五名が死亡した。しかし、生き残った副操縦士から、事故当時の状況を聞くことができた。彼の話によると、急旋回をしたさいに左右のエンジンのスロットル操作を逆におこなったため、機体に無理がかかったのであろうという。

原因を調査した上層部では、深山の機体強度不足によるものという結論をだした。かくて、機体自身の原因により一機を失ったのであった。

昭和十九年六月はじめ、私は深山とともにテニアンから内地へもどっていた。連合軍機によるマリアナ方面への攻撃が激しさをくわえるころ、ふたたび深山は物資を満載して、テニアンへ向かうことになった。

このとき、どういうわけか、私のかわりに鶴岡政次兵曹が乗り込んで出発してしまい、私は内地にとり残されてしまった。そこで、つぎの便で追いかけることにした。七月にはいって深山に乗りこんだ私は、テニアンへ向かった。しかし、第一回目は天候不良のため引き返さざるを得なかった。二回目は、テニアンに米艦隊が接近して危険なため中止された。そして今度こそはと離陸した三回目も、飛行中にテニアンへ連合軍上陸の報がはいり、涙をのんで引き返したのであった。

こうして昭和十九年八月二日、鶴岡兵曹ほか五名は、深山とともにテニアンで玉砕したのである。私の身がわりとなって戦死された鶴岡兵曹のことを思うとき、人間の運命の不思議さを考えずにはいられなかった。

テニアン陥落前に、部隊本部はマニラへ脱出していた。その後は、戦況の悪化にともなって深山の出番は少なくなり、零式輸送機をつかう輸送が多くなった。それでも、残された一クルーと二機の深山をもって、九州〜台湾〜マニラ間の輸送任務をほそぼそと続けたのである。

だが、すぐに深山にとって、屈辱の日がおとずれた。八月二十四日、海軍は深山による輸送を停止し、生き残った二機は航空教材として相模航空隊におくられたのであった。

二機の深山は終戦までのこり、その後、占領軍命令によって解体されたという。終戦後、厚木基地へもどった私は、この二機を目のあたりにして、感慨深いものがあった。しかし、解体されたときは現場におらず、その後、土地の人からそのことを知らされたのである。

深山をうしなったのちも、マニラに本部をうつした鳩部隊は、なおも輸送任務をつづけていた。十月には新部隊長をマニラ郊外のニコルス基地でむかえ、隊員たちは心をあらたにしたのである。もちろん、その中には私の姿もまじっていた。

だが、つづいて起きた台湾沖航空戦において、装備機の多くをうしない、昭和十九年暮れにおける部隊の保有機は、わずか三機というありさまであった。そして昭和二十年一月、米軍のリンガエン湾上陸をむかえたが、このとき私は、新機受領のため内地へもどっていた。

それからふたたびフィリピンへ向かい、ニコルス基地へ着陸したところ、米軍が接近しているというので、ただちに離陸して台湾の高雄に後退し、危機をまぬがれたのであった。また一月十日夜、クラーク基地へ強行着陸したところ、突然、米軍戦車二輌が飛行場に突入してきたため、あわてて離陸して九死に一生をえたこともある。

激戦により戦力を消耗した鳩部隊は、昭和二十年五月には事実上消滅し、七月十五日をもって一〇八一空に統合されたのである。

終戦後、私は降伏使節用の緑十字機の搭乗員にえらばれて、八月二十六日、三重県の伊賀上野基地に集合した。そして九月三日いらい、国内の戦後処理使節である井上成美海軍大将を乗せて、羽田をふりだしに北海道、松山、大分、美保、鳴子、岩国などの基地を歴訪し、九月三十日まで緑十字機に乗っていたのである。

そして十月一日をもって除隊となり、翌二日には、生まれ故郷の佐野へ帰った。除隊の日、私は司令から特別に呼ばれ、勤務精励証なるものを頂戴した。

それには、次のように記されていた。

『右者当隊ノ終戦処理特別任務ニ従事ノ為一般将兵復員後残留シ恪謹精励克ク有終ノ美ヲ全フセル者ニシテ……』

幻の重爆「連山」こそ私の愛機だった

大きさはＢ17、前からＢ29、横からはＢ26という十八試陸上攻撃機

元横空審査部主任・海軍少佐　大平吉郎

せまい横須賀海軍航空隊の飛行場に巨体を横たえ、大きな誘導コースまわって着陸する小型機の先輩たちにお小言を頂戴しながらも、「滑空速力や着速はこちらの方が速いから、ぐずぐずしていると後ろから乗り潰すぞ」と威勢のよい啖呵をきっていた十八試陸上攻撃機「連山」も、太平洋戦争後の昭和二十一年（一九四六）六月、アメリカでの試験飛行を最後に、その姿を消した。

連山は中島飛行機小泉工場で試作され、終戦までに四機が完成していた。しかし、一、二号機を海軍が領収して青森県三沢基地に空輸し、各種の実験がおこなわれていた昭和二十年八月十日、折りからの空襲で胴体を損傷し、飛行不能におちいってしまった。三号機は八月中旬に海軍側へ引き渡すことになっており、四号機も完成して小泉工場におかれていた。だが、この四号機も爆撃にあって破壊され、三号機のみが残った。

三号機にしても機内破損のため、三沢にあった機体の部品をとりはずして空輸し、これを

つかって整備したのち、十二月七日、小泉から横須賀に空輸して米軍に引き渡したのである。しかし、その後の消息は杳としてわからず、一説には横須賀からアメリカへ空母にのせられて輸送中、暴風にあって海中に転落したのではないか、といわれていた。

自分が手がけて世に送りだした飛行機ほど可愛いものはなく、戦後も百方手をのばして情報をもとめたが、二年ほど前に、ようやく前述のような消息を得たのである。これは、「ニューズレビュー」誌一九六二年七月号と「日本〝リタ〟機技術報告」という米軍の正式報告によるものであった。この〝リタ〟というのは、連山につけられた米軍のコードネームである。

「ニューズレビュー」誌には、米空軍のロバート・C・ミケッシュ大佐が、連山で試験飛行したときの記事が掲載されてあった。このミケッシュ大佐の名を聞いたとき、思わず鈴木正一大佐の顔と声が思い出された。というのも、鈴木大佐の声を最後に聞いたのが、ミケッシュ大佐に関することであった。

終戦後、私のもとへ、鈴木大佐から電話があり、「いま福生(東京都・米空軍横田基地)に米空軍大佐でミケッシュというのがいて、連山について非常に興味をもっているので、あるいは君のところへ訪ねていくかも知れないから」という内容であった。

内側エンジンを止めるべからず

飛行機に振動はつきものだ。しかし、乗っていて腹が減るほど揺れる飛行機で飛んだ人は、

終戦時、中島飛行機小泉工場にあった十八試陸上攻撃機「連山」試作機

まず少ないであろう。もちろん、これは実用機ではなく実験機の話である。

昭和十八年であったと思う、高々度性能の向上のために排気タービンの試作がはじめられ、飛行実験がおこなわれた。

双発の九六式陸上攻撃機を改修し、両主翼に排気タービンを装備して飛び上がった。タービンは両側ナセルの外側、主翼上面にとりつけられ、排気孔は上方をむいている。

日本で初めて新機材の排気タービンをつけての飛行であるから、われわれは大いに張り切って離陸した。しかし、その振動の大きいのには驚かされた。上下動がたえずおなじ振幅で単調にくり返される、それまでの発動機の振動とは、いささかことなる揺れ具合である。

別に危険を感ずるほどではないが、ちょうど飛び跳ねる裸馬に乗せられたような気持で、全身を揺すられているうちに腹がすいてくる。

第一回の実験飛行をおえたのちに対策会議がひらかれ、ナセルを整形して、ふたたび実験がおこなわれた。今度こそはと思ったが、いくぶん好転したのみで相変わらず振動ははげしかった。

そのうちに連合軍の空襲がはじまり、実験機は情勢に応じて横須賀と霞ヶ浦に短期間ずつ避退をくりかえした。当時の空技廠の昼食は、大豆入りの飯に大豆の副食品、または豆カス入りや芋の料理で、空腹がみたされるはずもなく、しかも腹のへる飛行機に乗るのである。

風洞実験によって、この振動は排気タービンの熱気が尾部にあたって生じることが明確になった。しかし、さらに実験をすすめるため、これはそのままとして一応の基礎実験をおえた。その後、排気タービンの開発は陸軍と協同してつづけられた。福生飛行場で鹵獲したB17爆撃機の片翼に国産の排気タービンを装備して、他翼のGE社製のものと比較したところ、これに勝るとも劣らないとの結果がでて、われわれ一同は大いに意を強くし、連山への搭載に期待した。

ところで、連山で採用した一式陸攻のようなT型尾翼は、振動の回避には最適だが、格納庫と整備に苦労すると思われた。しかし、領収した連山一、二号機は低空性能の実験がおこなわれただけで、ふたたびこのタービンを空中で廻すことができなかったことは、痛恨のきわみであった。

これは私が体験したことではない。一号機の社内飛行のときであった。そのころの日本では、四発の大型陸上機といえば、十三試大攻の深山と十八試陸攻の連山の二機種だけで、大型機製作の経験にとぼしかった。

とにかくその日、ぶじに試飛行をおえて着陸、反転して格納庫へむかった。地上滑走は半分の発動機二基で十分なので、内側の二つの発動機を停止した。

もちろん、ブレーキは効いている。

連山の駐機位置は、指揮所前につくられたコンクリート製の防火用貯水槽の直前であった。ブレーキを使いながら飛行機は指揮所前に到着し、誘導員の指示にしたがって、ゆっくり前進していると、突然、ブレーキが効かなくなった。

なにしろ、自重だけでも十七トンもある巨体である。泡をくった人々を尻目に、機は前脚を防火水槽にぶつけて折れまがり、機首はあたかも「疲れました」とばかりに、水槽のなかに口をつけて水をのんでいるような格好であった、という。このため、急遽、連山の取扱説明書には、つぎの一項がくわえられた。

「地上滑走中は、内側エンジンを止めるべからず。内側エンジンには、ブレーキ用の油圧ポンプが装着されているが故なり。（註）外側エンジンには油圧ポンプを装備せず、機内電源用発電機を装備しあり」

この惨事に、関係者は冷や汗をかきながら修理に奔走し、なんとか完成期にまにあわせて、ホッとひと息ついたのであった。

視察飛行は危険がいっぱい

連山の試作がすすむにつれて、飛行場の問題がクローズアップされてきた。おそらく連山は、日本で離着陸距離七百メートル以内との制限がつけられたただ一つの飛行機であったろう。それまでの機は、すべて六百メートル以内で、この距離が百メートルのびることは、飛行場の建設からは大きな問題があった。

連山より大型な深山のためにつくられた三沢飛行場が一二〇〇メートルで耐圧一〇〇トン、木更津（千葉県）などの中攻基地も一二〇〇～一五〇〇メートルであった。だが、連山の過荷重離陸には三千メートル（つぎに計画中の富嶽も考慮されていたと思う）必要ということで、福島と北海道の千歳が候補地にえらばれた。

ある日、鈴木大佐が、これを空中から確認しようといわれ、私を零式練習機の後席にのせて福島へ向かった。すでに工事がはじまっており、滑走路の方向もほぼ判断できた。われわれは、工事中の滑走路の上空を低空から連山の離陸上昇率で上昇してみると、行く手には高い山がそびえたち、鼻がつかえてしまう。何度もくり返してみたが、結果はおなじである。

「おい、駄目だな」「駄目です」

われわれは伝声管で話し合った。翌日、大佐はさっそく中央へ行かれ、その後は福島の話は出なくなった。

一方、千歳には昭和二十年八月初旬、三浦憲太郎中佐、福田英夫少佐を後席にのせ、私が機上作業練習機白菊（しらぎく）を操縦して視察に出発した。苫小牧（とまこまい）をすぎてまもなくエンジンが煙をふきだし、回転が急速におちた。そのため、急きょ反転して苫小牧に機首をむけた。飛行場の場周にたどりつき、吹き流しを見ると横風である。どうやら向かい風にまわりこんだところで、プロペラは息ぎれ寸前となった。しかも運悪く、前方には汽車が黒煙をはきながら横断していくのが見える。

飛行場の中央には、なにか黒いかたまりが点々としている。いまや進退きわまったわれわれは、飛行場端の学校の屋根をすれすれにかすめて、強行着陸した。

なんとか着地したあと、汽車をめがけて走っているうちに、いつのまにか先ほど上空で見た飛行場の黒いかたまりの姿はなく、そばで放牧された牛が、のんびりと草をはんでいた。黒いかたまりの正体は、これらの牛だったのである。

ぶじに着陸できたからいいようなもので、後席からは「おまえは操縦がヘタだぞ。牛にぶつければ好焼きが食えたのに」という陰の声が聞こえてきた。

飛行機がやられ仕方ないので、われわれは陸軍の自動車を借りて、地上から千歳へ向かった。千歳では、第三飛行場が連山用として三千メートル級の滑走路が建設されていた。すでに舗装もおわり、誘導路が構築中であった。しかし資材不足のためか、五寸角の材木を敷きつめ斜めに釘を打ちこんでとめていた。

帰りは千歳の白菊をかりて、登別、湯の川を通り、陸岸ぞいになんとか三沢に帰投した。

苫小牧の上空で発煙したエンジンの故障原因は、シリンダーの切断であった。傷跡をしらべてみるとバイト傷がみられ、当然、検査には合格しないはずのものである。

しかし、あえてそのような不良品を使用しなければならないことに、怒りをおぼえるとともに、状況の逼迫を感じるのであった。

たった一度のテスト飛行

「ニューズレビュー」誌のミケッシュ大佐の記事によると、連山は米本国に到着後、ニューアーク陸軍基地からオハイオ州のパターソン飛行場までの四八〇浬を、二十六ノットの向かい風のなか、時速一一〇マイル、三時間十分で飛行した。

この飛行は一九四六年六月におこなわれたが、その間に零戦などの日本機を手がけてきた二人のベテラン米軍整備員がオーバーホールをし、ブレーキも米国製のものに交換している。この作業は「はじめは駄目かと思ったが、とうとうやり遂げた」のである。連山に関する資料はなく、機体についている銘板も日本語のため、彼らはだいぶ苦労したようであった。

この飛行でも、一、二、三番エンジンは最後まで全力を出せず、四番エンジンだけが、どうにか二八〇〇回転を出したという。

常時AC（混合調節）を操作してエンジンを廻し、四つのエンジンの回転を調節した。また、カウルフラップを開けたり閉めたりして、筒温を範囲内におさえたが、一番エンジンだけは、つねにカウルフラップを全開にしておく必要があったという。

それも無理のないことで、この飛行機は工場で出来たばかりで、試験飛行はもちろんのこと、社内飛行すら一度もやっていない。また一、二号機の部品をかき集めて組み立てたもの

米国へ輸送された後の昭和21年６月、オハイオ州ライトパターソン基地をめざして離陸滑走中の連山試作機

だけに、どこも調整がすんでいなかった。ことにこの三号機は、初めてつくられた高々度実験機のため、一、二号機での改修がおわっていないところも全部を取り入れてあり、各部とも一、二号機と大きく変更されていたのである。

十一月二十六日（昭和二十年）に、工場から出て初めての試運転がおこなわれた。ところが、プロペラガバナーが故障してしまい、代品がなかった。そこで、当時、爆撃調査団から派遣されていたドリスカル大尉とギュット中尉が、荻窪の中島発動機の工場内から探しだしてきたガバナーをとりつけて試運転したのである。

十二月七日、いよいよ小泉で初飛行することになったが、この代用ガバナーはそのままであった。試験飛行のため、連山三号機は飛行場を離陸したが、どうせ小泉へもどっても、もう一度、整備して横須賀まで運ばねばならず、米軍に引き渡すのであれば面倒くさいからということで、そのまま横須賀へ直行したのであった。

こうして連山は、ただ一回の飛行のみで、しかもそのまま米軍に引き渡したのであるから、発動機はもちろん、機体のいっさいが工場で完成したときと同じであった。

それを、なんの資料ももたない米整備兵二人が整備したのであるから、米国でのテスト結果がかんばしくないのは当然である。

この小泉から横須賀への空輸は、主操縦士に木伏中尉、副操縦士に会社側パイロット、私はエンジンの監視と不時着場の選定をすることになった。また、これが最後の飛行だから、せめて一回は飛行機の上から地上を眺めたいと希望して乗り込んだ会社側の整備員は、筒温と油温の調整に追われて、横須賀に着陸するまで一目も外界を見られなかった。彼は着地のショックを感じたとき、「失敗した、とうとう地上を見ずにおわった」とさけび、慨嘆したのであった。

このような状態であるから、当然アメリカでそのまま試験しても、よい結果の出るはずがなかった。横須賀への飛行中は、つねに米海軍のグラマンＴＢＭアベンジャー雷撃機が、実包をこめて後からついてきた。

われわれが着陸し、横須賀飛行場のほぼ中央で行き足をとめて、庁舎側につけて機を降りるやいなや、米軍パイロットに「ナイス・ランディング」とほめられ、なんともいえず複雑な感情を味わったものである。

ミケッシュ大佐の記事のおわりに、ニューアークからパターソン飛行場までの間に、いろいろの試験データがとられ、その資料を評価してつぎのような結論がだされたとある。

「整備に過大の手数がかかり、かつ人命の危険もくわわるので、他の一時間ほどの飛行後、博物館行きと決定された。しかし、朝鮮戦争のためスペースがなく、最後の日本の陸上四発機は破壊された」と。

不評だった青い目の診断書

アメリカでの試験飛行をおこなったのは、航空技術情報調査部の主任のワトソン大佐で、彼は日独の鹵獲機を約三十機ほどテストしたという。彼の意見では「この飛行機は開発中のものであり、操縦性はよく、地上ではB25爆撃機、空中では四発のB24爆撃機に似ている。騒音はふつうであるが、どの速力でも振動が大きく、かつ連続していた。着陸には問題なかった」としている。

また、正式報告のなかには次のように書かれてあった。

——連山は深山の経験を生かし、横から見るとB26、前方から見るとB29、大きさはB17で、自殺爆弾桜花(おうか)も積めそうであるが、その機会はなかった。

母艦に搭載するときは、大きすぎてLCM（上陸用舟艇）では無理だったので、日本の資材（一〇〇トンのバージクレーン船）と米軍の冒険的行為によっておこなわれた。

プロペラはドイツVDM型、脚は油圧作動、油圧ポンプは二、三番エンジンに装備され、脚、ブレーキ、翼フラップ、エンジンカウルフラップを駆動。

燃料搭載量は二四〇〇ガロン、そのほか爆弾倉に四つの増槽があるが計測せず。タンクは自動密閉式のように見える。

乗員は九人、座席は主操、副操、爆撃、無線、機関、砲塔、機銃席五。

最高速三七一マイル／時（高度二万六二〇〇フィート）、実用上昇限度三万三五〇〇フィート、着速一一五マイル／時。

そのほか、細部についてもいろいろ書かれてあるが、全体としてあまり好評ではない。無理もないことで、ＶＤＭなど今までに使用したとのない機器をつかい、まったく調整も試験もせず、そのままアメリカへ持ち帰って、しかも手さぐりの状態で整備した機体では、よい結果の出るはずもない。

いずれにせよ、試作開始からわずか一年で、日本独自の力によっていちおう飛びだした四発爆撃機連山は、私にとって何事にもかえがたい貴重な体験であった。連山の前に試作された双発の泰山(たいざん)は、いろいろ問題があって日の目を見ることはなかったが、これらの経験も連山の試作には大いに役立った。

また、連山の試作要求の補足事項審議のため、わずか一週間のあいだに十六回も会議をひらいたこと、小泉での打ち合わせ中に空襲警報が発令され、工場から遠くはなれた河岸の破れ小屋で先ほどまでの打ち合わせをつづけたこと、胴体切損の事故、地上燃費試験中の火災、三沢への空輸中における敵機の攻撃にたいする顧慮、総数一〇〇人以上による審査など、連山にまつわる思い出は数かぎりない。

また、燃料欠乏のため深山を燃料タンクがわりにして、わずかの燃料をためて実験をつづけた苦労は、関係者たちの真剣な努力をしめすものである。

三沢で第一回目の空襲にあったときは、トラック十数台分の木や草を連山にかぶせて偽装したため、ついに敵機に発見されずにすんだが、これは整備員はじめ、基地の人々が夜遅くまでがんばってくれた成果であった。

連山開発でとくに思い出すのは、胴体切損事故のときであった。一部に着陸が悪いから折れたのだといわれ、このときの操縦をつとめた私は、傲慢にも、「私がやっても折れるなら、部隊に行っても折れる」と主張した。

数ヵ月後、わざわざ飛行機部長みずからが、事故の原因を私に説明してくれた。「計算はまちがっていなかったが、補強の方向が反対であった」と。

これは連山が日本が独自でつくった三車輪機のため、当時の強度規定にはなかったことだったのである。最後に飛行機部長は「俺が悪かった」と頭をさげられ、私は何ともいうことができず、ただ、「やります、やります」とくり返すだけであった。

その頃の私は、まだ大尉か駆け出しの少佐にすぎず、それがベタ金の少将から頭を下げられたのだから、思いもよらないことだった。これも技術にたいする真剣な、また真摯な態度によるものであろうと思い、いまもなお脳裏ふかくに刻みこまれている。

若輩で末席部員であった私が、はからずも全幅三十二・五四メートル、全長二十二・九三五メートル、自重十七・四トンというもっとも大きな飛行機を担当し、先輩たちはさぞかしハラハラさせられたことと想像される。

いまでも私は、連山という言葉を聞くと若返り、青春の血にわきたつ思いがする。まさに連山こそ私の青春の還らざる記念碑なのだ。

見果てぬ夢 米本土爆撃機「富嶽」

中島知久平が構想した排気タービン過給器つき六発の超大型長距離機

航空史研究家 中里清三郎

横須賀工廠造兵部に、日本で初めての海軍飛行機工場が設けられたのは、大正二年であった。中島知久平機関大尉はそのとき、飛行機設計主務者として、船着したカーチス式とファルマン式水上機の組立て改造および国産化を担当していたが、その頃から同大尉は潜水艦から発射する魚型水雷を飛行機に搭載して、空から敵艦を攻撃する新しい戦術の研究を着々と進めていた。

もちろんこの着想は世界でも初めてのもので、当時としてはこれが成功すれば、まさに画期的な壮挙といえる。魚雷は水雷艇用の一四インチ魚雷を短くして重量を三五〇トンに減らしたものを使用することにしたが、それでも当時の飛行機にこの魚雷を搭載することは容易な業ではなく、中島機関大尉はいまだ世界にもあまり例を見ない双発の巨人水上機を試作、大正五年（一九一六）四月にこれを完成した。

この双発水上雷撃機は、当時といえども極秘のうちに工事が進められたため、国民の中にはその試作を知る者がほとんどなかった。しかし出来あがってみると、追浜の飛行場にいた教官と練習生あわせて約三十名の操縦士の中には、双発機に乗った経験のあるものはもちろん、外国留学中にも、双発機の飛ぶありさまを見た者は一人もなく、この飛行機の試験飛行に自信ある操縦士はついに現われなかった。

結局、水上滑走だけで、この画期的な水上雷撃機は、闇から闇へ葬り去られてしまったのである。一説には、その巨大な翼の強度不足から、上司の命令で飛行を禁止されたとも伝えられるが、いずれにしても第一次世界大戦の始まったばかりの航空黎明期に、世界に類を見ない双発の雷撃機を作ったことはまさに驚異といえよう。

中島Z計画

中島知久平が、航空界には珍らしい大人物であったことは、右のような数多い伝説からも明らかであるが、航空政策で海軍当局との意見の衝突から、退役して飛行機王国中島を築いたことは有名な話である。この中島知久平が、昭和十七年末、戦局の前途を深く考察して独自の案に成る「必勝防空計画」なるものをたて、自らその計画委員長となって、陸海軍大臣をふくむ委員会を組織し、その主力事業として打ち出したのが、六発巨人爆撃機による敵軍事基地撃滅の大計画であった。

この頃、ちょうどボーイングB29試作成功の情報が伝えられた。中島は社内の陸軍海軍関係の幹部設計スタッフを総動員して、その巨人爆撃機の具体的設計に着手したが、もちろんこの企画は極秘のうちに進められ、社内ではこれをZ計画と呼んだ。このZ計画こそは、国運を賭けた大事業であった。中島の技術陣を動員して、約三ヵ月にわたる昼夜兼行の強行作業の結果、浮かび上がったZ機の構想は、まさに空の戦艦大和を想わせる怪物であり、大正五年に試作した巨人雷撃機など問題にならない、名実ともに世界航空史上最大の野心作といえる超弩級であった。

そのアウトラインをB29に比較すると、翼の大きさ（面積）が二倍以上の三五〇平方メートル（B29は一六一・五平方メートル）、全備重量は約三倍の一六〇トン（B29は五四・四トン）、爆弾搭載量は約五倍の二十トン（四・五トン）、航続力は約三倍の一万六千キロ（五二三〇キロ）、発動機は二五〇〇馬力を二台ずつ組み合わせて五千馬力にしたものを六基も主翼にとりつけるというのであるから総馬力は三万馬力（プロペラはそれぞれ二重反転式）、これに対してB29は二二〇〇馬力四基で八八〇〇馬力、約三倍半のパワーアップである。

実力において十二発の動力をもつこの巨人機は、多少の被弾があっても絶対に墜落しないという確信もあったが、その最大速度六八〇キロ／時（B29は五五〇キロ／時）は、当時アメリカのいかなる戦闘機もその追跡を許さないという計算になっていた。

本機の大編隊をもってする成層圏からの米本土大空襲に対しては、アメリカ防空戦闘機は、絶対に手も足も出ない、という雄大な設計であったのである。なお、ついでながらB29の全幅四十三・一メートル、全長三十・一八メートル、上昇限度一万二千メートル、一二・七ミリ銃×十梃に対して、富嶽は全幅六十三メートル、全長四十六メートル、上昇限度一万五千メートル、武装は二〇ミリ砲四梃の計画であった。

設計は出来たが資材がない

昭和十八年の秋、戦局の不利は、ようやく明らかになった。軍ではそれまで中島がほとんど独力で推進してきたZ計画を、陸海民の共同課題として採り上げ、新たに航空技術研究所その他をくわえて、その実現に全力をつくすこととし、無敵空の巨艦Z機に対して「富嶽（ふがく）」の呼び名をあたえた。

中島はこれまでにも、四発の巨人機として深山の試作、連山の設計を経験していたが、それとこれとは比較にならない富嶽の桁（けた）ちがいの厖大な設計には、技術者連もさすがに手を焼いたらしく、Z計画にたいする不信の念は、まず設計技術陣の内部から、誰いうとなく湧き上がっていた。

だれが見ても気のつく第一の難関は、まずハ五四型五千馬力級の大型発動機の試作であったが、中島三鷹研究所が担当したこの原型ハ四四（通称BH）二五〇〇馬力を二基組み合わせた場合の冷却困難の問題が、最初のつまずきとなった。

だいたいアメリカでさえ、B29の動力に二二〇〇馬力がせい一杯という当時の状況において、五千馬力というのは欲の張った話で、いまから考えると当時の研究施設ではまったく無謀というほかはない。結局この発動機は二五〇〇馬力単装、つまりB29と同様の単発単プロペラ装置ということに落ちついたが、このため総馬力は最初の計画の半分になってしまった。

富嶽想像図。全幅63m、全長46m、全備重量122トン、航続19400 ～ 16500km

航空機のような最高の精密度が要求される機械の設計において、その心臓である発動機の馬力が半分になってしまっては、もはやその巨体から溌剌たる底力を期待することはできない。それでも発動機の不首尾にはおかまいなく、機体の方の計画はどんどん強行されて、設計だけは立派に出来あがってしまった。ときに昭和十九年の夏、サイパンの失陥につぐB29による日本本土反撃基地の構築、敵機動部隊の北上など外部からの威圧にくわえて、内部的には資材の欠乏、本土決戦体勢への戦術転換などのため、Z計画はついに中止のやむなきにいたった。

世界最大の爆撃機富嶽は、ついに設計図の上にだけ在りし日の中島知久平の野望を残す結果になったが、中島三鷹研究所に建設中であった富嶽の巨大な組立工場の鉄骨は、終戦後も長い間いたずらに風雨にさらされるのみであった。

跡形もなく消し去られた富嶽

終戦の直後、中島三鷹研究所にあった富嶽に関する一切の書類、図面類はメモ一枚にいたるまで、全部焼き捨てられた。富嶽のあとに、ここで試作されたキ八七高々度戦闘機、キ一一五〝剣〟特攻機など一連の試作機に関する書類ももちろん、跡形もなく中島従業員の手によって葬り去られた。

米軍の戦略爆撃調査団によっても、その詳細を知ることができなかったほどの徹底的な資料焼却がおこなわれた。ここに掲載した想像図も、当初の計画データによって、推測作図したものである。

富嶽はついに一機も製作されなかったが、もしあの大和級戦艦三隻を建造した費用を、すべて富嶽の製作に投入していたら、あるいは真にB29の三倍の威力をもつ六発の巨人機が米本土を爆撃していたかもしれない。

そして、その時こそ、発動機の問題も、おそらくは万難を排して解決されていたにちがいない。計画通りの馬力は出せなくても、おそらくはB29を上まわる巨翼を羽搏(はばた)かせ、米本土とはゆかないまでも、マリアナ基地に待機するB29群に対しては相当の痛撃をあたえ、あるいはわが都市に対する無差別波状爆撃や原爆投下ぐらいは防ぎ得たかもしれない。

結果論になるが、問題は資材の不足であった。いかなる優秀な設計も、物がなければものにならない。日本の飛行機工場に資材さえあたえたら、環境がそれを助けてくれたら、造船界がつぎつぎに大戦艦を世に送り出したように、航空機工業においても、わが優秀な技術者たちは、かならずや富嶽を完成し、さらにジェット戦闘機もロケットミサイルも見事に完成していたであろう。富嶽は日本航空技術者にとって、見果てぬ夢であった。
もし戦争が勝負なしで終わっていたとしたら、いま頃はジェットエンジンをつけた富嶽が、太平洋の定期航路に就航して、一機二〇〇人ぐらいの旅客を運搬していたかも知れない。しかし、現実はすべて逆転した。羽田に来ている大型の長距離旅客機は、全部、米英製である。

在りし日の中島三鷹研究所の跡には、国際基督教大学がたてられた。同じ三鷹の発動機大工場はグリーンパーク宿舎になった。このあたり一帯は零戦と隼その他の新鋭戦闘機の発動機がつくられ、富嶽が設計され、しかもマリアナのB29が第一弾を投下し、以来、終戦まで爆撃が集中的につづけられた土地である。かつて中島で働いていた技術者のうちには、中央線の三鷹駅を通るとき、その南の空に相まみえることなく消え去った富嶽の姿を想い見て、胸ふさがるる思いで過ぎし昔を偲んだ人もいたことだろう。

海軍攻爆撃機ものしり雑学メモ

「丸」編集部

陸上爆撃機「銀河」

支那事変の雲行きから、将来は一トン爆弾を搭載して遠距離を行動する双発大型爆撃機が戦争の主役になろう、という見方がされるようになっていた。そのころ空技廠では長距離研究機Y20の計画を進めていたが、昭和十五年末、これが双発急降下爆撃機に計画を変更され、十五試陸上爆撃機として計画要求書が出された。零戦なみの速度と一式陸攻なみの航続力を持ち、一トン爆弾を搭載できる双発急降下爆撃機で、雷撃にも使用可能というのが海軍の構想であった。

発動機はまだ試作中だった誉(ほまれ)を搭載、機体をできる限り小さくまとめた一号機が昭和十七年六月に完成した。テストでは最大速度五五六キロ／時、航続距離五三七一キロという日本の爆撃機としては高性能を記録、安定性や操縦性も申し分なかった。

昭和十八年八月から中島で生産が開始され、昭和十九年十月、陸上爆撃機銀河一一型としは一一型の生産型のエンジンが誉一一型または二一型で、乗員三名、武装は前方が二〇ミリ旋回機銃一梃、後上方が二〇ミリ旋回機銃または一三ミリ旋回機銃一梃が標準であったが、武装や発動機、乗員数を変更した改造型が多く試みられた。

仮称二一型は一一型を二〇ミリ斜銃（ななめじゅう）四梃装備の夜間戦闘機とした機体で、白光ともよばれた。また極光は発動機を火星二五型に換装、二〇ミリ斜銃二梃と同旋回銃一梃を搭載した夜間戦闘機型で、川西で改造と生産をおこない九十七機が完成したが、大部分は斜銃を撤去して陸爆にもどされ銀河一六型となった。

初陣は昭和十九年六月十五日のサイパン周辺の艦船攻撃で、以後、台湾沖航空戦、比島決戦、沖縄決戦などに投入された。昭和二十年三月には鹿屋から長駆ウルシーを攻撃、夜戦型は本土防空に奮闘した。生産は空技廠で試作機三機が製作されたのち中島に引きつがれ、一〇〇二機が製造された。

特殊攻撃機「橘花」

昭和二十年六月二十五日、橘花一号機が完成した。主翼は強いテーパーを持った先細翼で、軽い後退角が付けられており、格納のため外翼が折畳式となっていた。主翼も胴体も外板の大部分と構造部品はジュラルミンだったが、中央翼と中央胴体の外板は薄鋼板であった。降着装置は前輪式で主車輪は零戦、前輪は銀河のものを流用していた。操縦席前下方と後方には一二ミリ厚の防弾鋼板が装着されていた。

七月八日、飛行試験のため木更津基地に運ばれて、八月七日に初飛行が実施され、脚を出したまま三三三キロ／時の速度で約十一分間の飛行に成功したが、十一日の第二回飛行のさい、離陸滑走中に異変が感じられて離陸を断念したが、ブレーキが効かず場外に飛び出して中破した。性能は最高速度が高度六千メートルで六七七キロ／時、高度一万メートルで六七〇キロ／時、実用上昇限度が一万七〇〇〇メートル、航続距離が五八四～八八九キロの予定だった。

橘花は最初、特攻兵器としてスタートしたが、開発が進むにつれ普通の軍用機としても重視されるようになり、昭和二十年四月、複座複操縦式の練習機型が計画された。これと同時に、最高速度七二二キロ／時、航続力六七六キロの複座の高速偵察機型への改造も計画された。また、エンジンを全開した橘花をカタパルトで射出する計画もあった。

特殊攻撃機「桜花」

昭和十九年九月に桜花一一型一号機が完成した。母機は一式陸攻で、機首に一二〇〇キロの徹甲爆弾を装備、弾頭弾底合わせて五個の信管がつけられていた。計器は五個。滑空速度三七〇～四七〇キロ／時、尾部に装備した三基の推力八〇〇キロ火薬ロケットに点火すると六四八キロ／時が出せた。高度三五〇〇メートルで発進したときの航続距離は三十七キロ。主翼は木製合板張り、胴体は円形断面の軽金属製、尾翼は双垂直尾翼が軽金属製だった。

頭部のカバーをはずして1200キロの炸薬部分を露出した桜花一一型

初陣は昭和二十年三月二十一日、一式陸攻十八機が十六機の桜花を抱き、三十機の戦闘機にまもられて敵機動部隊に肉薄したものの、敵戦闘機にはばまれて、桜花の射程内に達するまでに、ほとんどが母機もろとも撃墜されて戦果なしだった。

この後、桜花の集団攻撃は中止され、沖縄周辺の敵艦に薄暮や早朝、月明の奇襲攻撃をかけ二、三の戦果をあげたのみで終戦を迎えた。終戦時には約八五〇機が生産されていた。実戦に使用されたのは一一型だけだが、そのほか各種の改良が試みられた。

桜花練習用滑空機（K1）＝乗員訓練用で爆弾やロケットを省略、着陸用の橇(そり)とフラップを追加。

二一型＝母機を高速の銀河とするため、炸薬量を半減して軽量化した。

二二型＝銀河母機で、動力を簡易ジェットエンジン〝ツ一一〟に変えて射程延伸をはかった。

三三型＝動力をジェットエンジン〝ネ20〟に変えた大型で、母機は四発陸攻の連山。

四三型＝三三型を伊四〇〇型潜水艦から射出発進できるようにした。

四三乙型＝陸上の簡易レール式カタパルトから発進できるようにした。

五三型＝三三型を飛行機曳航できるようにした。

桜花四三型練習機＝陸上カタパルト発進訓練のため桜花K1を複座にし、胴体後部に火薬ロケット一基を装備した。

九六式陸上攻撃機

中攻の名で国民に親しまれたのが陸上攻撃機の九六陸攻である。昭和九年二月に海軍が示した八試特殊偵察機を実用化するための、九試中攻案より発達したもので、昭和十年六月に一号機が完成、翌十一年六月に九六式陸上攻撃機として制式採用となった。

最初の生産型は一一型および二一型で、支那事変の渡洋爆撃や九六式陸攻三二八号機を改造した大毎東日新聞社の社有機ニッポン号の世界一周飛行で有名となった。つづいて生産されたのが二二型で、機銃も二〇ミリに強化された。またこの型から乗員も五名から七名に増え、爆弾も搭載量が増している。また中島で生産された機体を二三型と称した。三菱では合計六三六機を、中島においても昭和十八年まで四一二機を生産した。

九六式陸攻の特長は、日本初の全金属製大型機として量産されたことで、モノコック構造で沈頭鋲を採用した胴体、引込式主脚と長大な補助翼を配した主翼は斬新であったが、胴体内部の爆弾倉は持っておらず、最大八〇〇キロまでの爆弾を全部、胴体下面に露出して装備した。

　渡用爆撃や重慶爆撃をへて、マレー沖海戦など太平洋戦争中期まで活躍をしたが、それ以後は時速三七〇キロという鈍足と防弾装備の貧弱なため、大きな犠牲を出すようになって、戦争末期には哨戒機もしくは輸送機として使用されることが多かった。

一式陸上攻撃機

　海軍は九六式陸攻の後継機として、昭和十二年九月に、十二試陸上攻撃機として新型陸攻の設計を三菱に命令した。この仕様書には最高速度三九八キロ／時、最大航続距離四八二〇キロ、動力は空冷〝金星〟二基とするなどが示されていた。

　昭和十四年九月に一号機が完成した。胴体を思いきって太く設計し、胴体内部に爆弾倉、各部に銃座をもうけるなど、日本機としては珍しくもダイナミックな設計で、昭和十六年四月に一式陸上攻撃機一一型として制式採用された。同年夏には中国大陸の第一線へ送られた。

　つづいて出現したのが二一型で、この型から主翼内部の燃料タンク（インテグラルタンク）に防弾タンクとしての処置をほどこした。昭和十八年七月より生産機が出はじめたのが二二型で、主翼を層流翼とし、動力は〝火星〟二一型一八〇〇馬力に強化された。またプロペラを四翅にかえて離陸性能を向上した。二二型は武装も強化されて実戦性能が向上されている。

　戦争末期に登場したのが防弾装備を強化した三四型のシリーズで、一号機は昭和十九年一月に完成した。水平尾翼に上反角がつけられ、尾部銃座の形が変更されており、武装も二〇ミリ機銃四梃と一三ミリ機銃一梃へと強化されていた。三四型シリーズは大きな期待が寄せられていたが、六十一から六十二機が生産されたにとどまった。

以上一式陸攻は双発機としては日本でもっとも多数が生産され、各型合計約一四二〇機がつくられた。防弾装備の欠けていたのが致命的なウィークポイントといわれているが、これは当時の日本機の共通した問題であった。むしろ海軍の要求する性能を満たすためには無理からぬ結果であった。太平洋戦争緒戦のフィリピン攻撃、マレー沖海戦をはじめとして、海軍の行なった主要作戦には必ず一式陸攻の姿が見られた。

十六試陸上攻撃機「泰山」

一式陸攻の後継機として計画された高性能陸攻が泰山（たいざん）で、昭和十六年初めに三菱に開発が指示されたが、装備発動機の選定で日時を要したうえ、軍の要求が再三再四変更されたため計画変更が繰り返され、最終案が決定したのは昭和十八年八月十三日であった。

しかし、その後、予定した発動機の実用化の見込みがなくなり、昭和十九年六月二日に開発中止となった。最大速度五五六キロ／時、航続距離二七八〇キロの予定であった。

陸上攻撃機「深山」

ダグラスＤＣ４旅客機を参考にして、海軍が十三試陸上攻撃機として中島に命じた四発の

「泰山」想像図（小貫健太郎画）。高速強武装、降下爆撃が可能な陸攻として開発

長距離陸上攻撃機が深山である。

　試作機は昭和十四年十二月に完成し、つづいて昭和十六年までに五機がつくられた。大型機の経験がなかった日本としては油圧系統の不良、タイヤの不具合などトラブルが続出した。

　一～二号機は火星一二型を装備したがパワー不足であったため、三～六号機では実用状態になったばかりの護一一型を装備した。しかし護発動機の実用性に問題があったため生産中止となり、十三試大攻の開発も打ち切られた。

　火星装備の機は深山、護を装備した機は深山改と呼ばれていたが、四機の深山改は輸送機に改造され、南方基地への武器弾薬の輸送に従事した。

陸上攻撃機「連山」

　連山は日本海軍が生んだ最後の大型機で、スケールとしてはボーイングB17級の機体であった。

　十八試陸上攻撃機として昭和十八年に海軍が試作要

求したもので、中島飛行機に示した条件としては最高時速五九三キロ、航続力は攻撃状態で六四八二キロ、爆弾は一～四トンで、当時の敵戦闘機より優速をもって長距離爆撃を行なうという海軍の意図は、あわよくば当時不利になりつつあった戦況を有利にしようというものであった。

これらの性能を満たすため、動力は排気タービンを装備した誉一八五〇馬力エンジン四基を採用、これに三車輪式降着装置を配したほか、いくつもの新機軸がもりこまれた。

一号機は昭和十九年十月に完成しテスト飛行が行なわれたが、絶望的な戦局から終戦直前に完成した四号機をもって、連山の開発は中止となってしまった。

長距離爆撃機「富嶽」

中島知久平のZ機計画に端を発した米本土爆撃用の超大型の長距離爆撃機が富嶽である。陸海軍共同で計画が進められたが、戦局悪化のため昭和十九年七月に開発中止となった。

気密室、排気タービン過給器装備の六発機で、当初はハ五四を装備する予定であったが、この発動機の早期実用化が困難であったため、応急的にハ四四を搭載、その後、ハ五〇発動機に換装する方針であった。

ハ五四発動機六基、全幅六十三メートル、全長四十六メートル、翼面積三三〇平方メートル、全備重量一二二トン、最大速度七八〇キロ／時、航続距離一万九四〇〇（爆弾五トン）～一万六五〇〇（爆弾十五トン）キロ、二〇ミリ旋回機銃四梃、爆弾最大二十トンの計画であった。

特殊爆撃機「晴嵐」

潜水空母ともいわれ、速力十四ノットで航続距離七万七千キロ、常備排水量四千トンを越える超大型遠距離用の伊号四〇〇型潜水艦に搭載するために開発された特殊爆撃機が晴嵐(せいらん)である。

潜水艦の建造に呼応して、十七試攻撃機という名称で、愛知航空機でその搭載機が試作されることになった。当初はフロートなしのカタパルト射出で計画され「南山(なんざん)」と呼ばれたが、のちに可脱式フロートをつけて晴嵐と呼ばれるようになった。

主翼は付け根で九十度回転して後方に折り畳む方式で、油圧で操作された。また垂直および水平の両尾翼もまた折畳式で、その操作も簡単迅速にできるようになっていた。操作人員は主翼、尾翼とも四名だったが、短時間でやるためには相当の訓練が必要であった。航続力は一一八九キロ程度で、魚雷または八〇〇キロ爆弾を胴体下に搭載できるようになっていた。攻撃時にはフロートを投下して速力を増加し、帰投に際してはフロートのない機体を捨て、搭乗員だけを収容する。

特型潜水艦四隻と晴嵐特殊爆撃機十機で第一潜水隊を編成して、昭和二十年八月末にパナマ運河を攻撃すべく運河の模型などを使用して猛訓練に従事したが、しかし七月中旬になって予定を変更し、ウルシー泊地を攻撃する神龍特別攻撃隊として内地を出発したが、途中で終戦をむかえることになった。したがって晴嵐は合計二十八機が完成していたものの、実戦には一度も参加しなかった。

水上爆撃機「瑞雲」

十四試水偵の瑞雲（後に十六試に改められた）は従来の水偵とは完全に異なり、急降下爆撃の容易な艦載の水上機というのがその構想であった。とくに速度は四六三キロ／時が要求され、さらに艦爆と同様に空中戦に備えての格闘性能まで要求された。

独力で九九式艦爆を手がけ、さらに零式水偵を完成した愛知では両機を融合した機種として、この新しい高性能水上爆撃機の試作に取り組んだ。

完成した試作機は単発低翼単葉、双浮舟の複座機で、急降下爆撃に適するよう堅牢な構造と強度をもち、安定性もすわりも良く、水上機としては未曾有の高速で、二五〇キロ爆弾×一、または六〇キロ爆弾×三を搭載できた。

特色のあるのは空戦フラップと急降下制動スポイラーだが、昭和十七年五月に完成して飛行試験に入った本機には、つぎつぎと不具合が生じてきた。そのため改修にずいぶん長い期間を要して、制式採用になったのは昭和十八年も八月だった。はじめ七・七ミリ機銃三梃だったものが、前方に二〇ミリ機銃二梃、後席に一三ミリ機銃一梃という強武装にかわったのもこの期間のことである。

量産が本格的にはじまったのは昭和十九年に入ってからで、終戦まで愛知と日本飛行機で二五六機が生産された。

　戦いに加わったのは昭和十九年十月の比島決戦からで、海軍が想定していたような活躍はできなかったが、夜間の艦船攻撃などに活躍し、かなりの戦果をおさめている。レイテの魚雷艇狩りや沖縄の艦船夜間爆撃が有名である。

わが追想の海軍中攻隊

支那事変から終戦まで九六陸攻＆一式陸攻と共に戦った八年の記録

元七五五空飛行隊長・海軍少佐　巌谷二三男

一九二七年（昭和二）にアメリカで発行された「Heroes of Aviation」（空の英雄たち）という三五〇頁もある本がある。この本は第一次大戦に活躍した連合軍とドイツ軍双方の個々のパイロットの戦闘を中心に書かれた名著といえる。私も霞ヶ浦練習航空隊の飛行学生当時、血道をあげて耽読（たんどく）したおぼえがある。

当時の飛行機は陸戦協力、とくに戦線偵察や敵の観測気球狩りなどが主務であったから、両軍がそれを強行するとき、頭上に乱舞する決死のサーカスともいえる空中戦が各所に起きた。そして〝一騎打ち〟があるところにヒーローが生まれた。戦闘の勝敗は、飛行機の性能をのぞけば、パイロット個人の精神力が決定的要素となったことは想像にかたくない。

つまり、航空戦は団体戦ではなく個人戦であった。ところが第二次大戦になると、航空機による戦術単位が大きくなって戦法は一変した。たとえば、零戦のような単座機でも編隊空戦の重要性が強調され、「単機になるな」が飛行隊長の口ぐせになった。つまりソロゲームをいましめ、マスゲームにかわったわけである。

それが中攻隊となると、急降下爆撃にくらべて爆撃精度が劣る水平爆撃によって攻撃目標をとらえなければならなかったから、点を面に拡大するため、つねに緊密な編隊爆撃がもとめられた。くわえて、戦闘機の迎撃に対しても、各機が積んでいた四、五梃の機銃を編隊によって、はじめて何倍かの集中銃火に増強することができた。

九六陸攻（九六式陸上攻撃機）も一式陸攻（一式陸上攻撃機）もともに一機七名の搭乗員だった。一個航空隊、四個中隊三十六機が一戦術単位として編成されることが多かったから、そのとき空中にある人の数は二五〇名前後、爆弾または魚雷約三十六トンということで、その当時としては、ちょっとした空中艦隊を編成したもので、他の機種では真似（まね）ができない攻撃力であった。

このように多数の搭乗員（七名）が、それぞれの専門配置（操縦二、偵察一、電信二、搭乗整備員二）につき、その総合力が一機の戦力を構成して、それが九機、三十六機、九十機などに編成されていたのが中攻隊であった。それだから、そこには一人のヒーロー、何人かの英雄が生まれる素地がとぼしかったといえる。

しかし、それでも飛行機は人が設計し製造した財であり、これを人が整備し操縦した兵器であり、また、これを人が戦術的、ときに戦略的に使用したので、しょせん戦争目的達成のためには、人の精神力と術力に支配されたことはいうまでもない。そこには各機上配置に、階級を超越した人材が多数いたことも事実である。中攻を語るには、これら傑出した人々について述べたいが、本題から逸脱することをおそれて割愛する。どんな事件、どんな歴史のなかにも、人が主役として活躍している。そして、それは中攻隊でも例外ではないことだけを述べておく。

兵術思想変換の起爆剤に

昭和七、八年ごろ、海軍は軍縮会議でおしつけられた艦隊主力艦（戦艦、重巡）対米英六割保有という劣勢を何によっておぎなうか、苦悩をつづけていた。そして最終的には、強力な基地航空兵力の創設という気運が生まれた。

この要請にこたえて試作されたのが昭和八年、三菱で設計がすすめられた八試特偵という双発、全金属製中翼単発、引込脚の長距離偵察機である。翌九年四月に完成したこの試作機は、当時の航空機としては抜群のもので、一躍、世界的水準に太刀打ちできる優秀な能力を発揮した。

これに力をえて、八試を原型として攻撃機を試作することになったのだが、それが九試中攻、のちの九六式陸上攻撃機（昭和十一年制式採用）である。その一号機は昭和十年六月に完成したが、果たしてこの飛行機は、速力では当時、海軍の第一線戦闘機（九五式艦上戦闘機）と同等、魚雷または爆弾搭載力は一トンで洋上七百浬（かいり）の行動力（往復一四〇〇浬）、自動操縦という画期的能力を発揮して、全海軍に一大センセーションをまきおこした。中攻の出現により海軍首脳部の胸中にあった、条約による艦隊主力艦の劣勢保有による大きなスト

操縦偵察教育を担当した新竹空の九六陸攻。胴体上の丸いのは引込式の銃座

レスを、少なくともそうとう大幅に軽減したことは、当時の事情が立証している。

中攻の出現が、海軍にとってどれだけ大きな影響をもったかについては、少し述べておかなければならない。

九試中攻の実用実験がすすむにつれて、その高い性能と信頼感は関係者の口からつぎつぎと伝えられ、高度の機密が保たれているはずだったのに、中攻の名は全軍にひろがっていった。そして、海軍大学校の兵術演習や航空本部の部員間論議のなかに、久しく海軍が伝統的信念として兵術上、堅く守っていた大艦巨砲主義への疑問さえわきおこってきた。

この革命的ともいえる兵術思想の転換の起爆剤的な役割をになったのが、中攻であったことはいうまでもない。

それが戦艦無用論、航空主兵論、基地航空勢力下における艦隊決戦論へと発展していった。日本海海戦いらい海軍が墨守し、米、英その他の列強も戦艦第一主義を堅く守り、これこそ不動の海戦主力と確信していた考え方を、根底からゆり動かすほどの風潮が生まれた。

けれども、その反面、それまでの航空機の信頼性はそれほど高くなかった。とくに悪天候には出動困難というようなこともあって、連合艦隊の演習などでも、つねに戦艦が主役で、航空部隊（主として母艦）は脇役をつとめさせられていた。

しかも、所轄長、艦長（大佐、少将）以上の将官級には、航空はえぬきの指揮官がほとんどいなかった。

それだから、将来、中攻が確実に基地航空部隊の主力となり、海上決戦の場も航空部隊が主役をつとめるときがくるという新理論に、海軍全部が傾倒することはなかった。

第二次大戦の緒戦に、仏印（ベトナム）基地から出撃した中攻七十六機が、英国がほこる不沈戦艦二隻、駆逐艦三隻との間に一〇〇分間の死闘をつづけ、雷撃と爆撃によって戦艦二隻をマレー沖に撃沈し去ったことは、すでに中攻ができたときに約束されていたことであったといえる。

海戦における航空兵力の価値観が脇役から主役にかわるという考え方の胎動は、昭和十年ごろ、すでにその兆しをみせていた。

それにもかかわらず、戦艦大和、武蔵の建造が昭和十年に決定をみたことは、日本海軍にとってまさに悲劇の前兆であった。

ここに引用することが必ずしも適当とはいえないが、前にふれたアメリカの航空図書

「Heroes of Aviation」の巻末に「未来戦における航空」という一章がある。その一節に、つぎのようなことが述べられている。この本の出版が一九二七年だから、海軍が中攻を持つようになる八年ほど前の論旨として受け取ればよいわけである。文章は終始、防禦側に立って述べられており、攻撃側からの論議はない。たとえば、

「アメリカの国土が、海上から敵航空部隊の攻撃をうけると想定しても、洋上から攻撃をしかけてくる敵は、ひどく制限された補給能力しかなく、たいへん不利だ。これにくわえて、進攻してくる母艦自身も多分に被害をうけやすい。どんな艦でも、至近距離に落ちた大型爆弾の爆発に耐えて浮かんでいられるものではない。

アメリカはその目的だけのために四千ポンド（一・五トン）爆弾をもっている。シコルスキー爆撃機は、これを二個搭載して、洋上五〇〇マイルの敵を爆撃したのち帰れる」

「来るべき戦争では（海上から敵の沿岸を攻めるとき）艦隊が砲戦距離に達する可能性は、艦が積んでいる高角砲よりも、艦隊随伴の航空兵力によるところが大きい。艦隊は航空機による防禦力がなければ、沿岸の危険水域に接近するまえに撃沈されるであろう。第一次大戦で飛行機が発揮した能力で、現在の航空戦力を評価したら、それは手痛いあやまちをおかすことになろう」

といった調子である。

この引用文でもわかるように、昭和二年ごろにはアメリカは、すでに基地航空兵力としてシコルスキー爆撃機による遠距離攻撃について述べているが、この機種はたぶん、シコルス

キ－XPBS一型飛行艇か、そのひとつ前の型をさしていて、中攻とはちがって飛行艇である。

また、進攻航空部隊の戦力を過小評価することの危険を指摘しているが、その自戒にもかかわらず、真珠湾やフィリピンなどで、わが方の空中攻撃の前に屈したことを思えば皮肉である。

四ヵ月間に及ぶ渡洋爆撃

中攻および中攻隊を語るとき、支那事変の勃発後まもない昭和十二年八月十四、十五日から同年十二月まで、中攻隊が続行した渡洋爆撃についてふれないわけにはいかない。

「渡洋爆撃」という熟語はだれがはじめて使ったか知らないが、昭和十二年八月十五日以後、どの新聞も連日のようにこの新造語を紙上にのせた。そして、この字句を作らせたのは中攻隊である。

それよりも、中攻の存在を国民が知ったのは、この渡洋爆撃という新造語を耳にするのと同時であった。当時、陸軍も海軍も兵力、兵器その他兵備全般については極秘主義をかたく守っていた。いわゆる機密保護法である。

とくに新兵器の一般公開とか公表にはたいへん慎重であったので、中攻の存在を国中が知るのに、二年もかかったわけである。

渡洋爆撃という言葉からうける印象は、海をわたって遠方に爆弾を落とす……というところであろうか。まさしくそのとおりで、事変勃発の四日後、当時、ふたつしかなかった中攻隊、木更津、鹿屋両航空隊で、第一連合航空隊が編成された。

中攻の第一号機が完成してわずか二年しかへていない新機種、それも海軍としては虎の子の中攻三十八機、それに当時すでに旧式機として製作が中止されていた大攻（九五式大型陸上攻撃機）六機が、そのすべてであった。

渡洋爆撃の第一撃は八月十四日、第一連合航空隊が直率した鹿屋航空隊の十八機が配備基地台北から、また木更津航空隊の二十機は十五日、大村飛行場（大村海軍航空隊）からそれぞれ出撃した。折りから、大型台風が台湾海峡から東シナ海にぬけつつあった直後なので、両攻撃隊ともひどい悪天候のため、非常に苦労することになった。

ところが、初期の中攻隊搭乗員は、他機種で何年も訓練をかさねてきた人たちで編成されていたので、この困難を克服して目的地に突入、高度三四〇〇メートルの暗雲下に、鹿屋空攻撃隊は杭州および広徳飛行場を爆撃、木更津空中攻隊は敵の首都南京飛行場を爆撃し、それぞれ敵戦闘機とのはげしい空中戦のなかで大きな戦果をあげた。

この第一撃にひきつづいて両航空隊は攻撃をつづけ、攻撃目標として命令されていた各地の敵空軍基地に戦果を拡大していった。

十六日の攻撃終了までに鹿屋空は三日連続、木更津空は二日連続攻撃をかさねたが、毎日の悪天候のもとで強襲を敢行したことが原因となって、両隊の犠牲もなかなか大きかった。

まず搭乗員の損耗は、鹿屋空が新田慎一飛行隊長をふくむ五組、木更津空は四組、あわせて九組（六十五名）に達し、十七日の使用可能機数は鹿屋空十機（当初十八機）、木更津空八機（当初二十機）になった。

このような大きな消耗は当初予期しなかったので、両飛行隊にたいする搭乗員と機材の補充は円滑を欠くこともあったが、この任務は主として木更津航空隊原隊（のち残留隊と呼ぶ）が引きうけることになった。これが後には木更津航空隊を、大型機搭乗員教育の本拠とするまでに発展し、太平洋戦争中期までつづいた。

木更津空の第一撃が大村飛行場から行なわれたことはすでに述べたが、その帰投基地は済州島に予定されていた。そして、同隊のその後の攻撃は同基地からつづけられ、十一月十九日、北京南苑基地へ進出するまで済州島が使われた。いっぽう台北基地の鹿屋空は、上海陥落後の十二月十日、陸攻隊全機を上海虹橋基地に進出させたので、八月中旬に開始された渡洋爆撃も、約四ヵ月でいちおう終止符をうつことになった。

それ以後の中攻隊は、昭和十五年までは作戦主力が中支にあり、一部は南支作戦に従事し、昭和十五年秋から翌十六年には、中南支にほぼ同等の兵力が配備され、太平洋戦争突入にそなえた。

輝かしい日本号の世界一周

中攻という機種は殆ど、その一号機から戦場の上空に羽ばたき、昭和二十年八月十五日の終戦の日まで戦いつづけた。それこそ戦争にはじまり、戦争に終わる数奇な運命をたどっ

中国奥地の山岳地帯を四川方面攻撃に向かう九六陸攻

たが、軍用機としての使命は他機種に類例がないほど徹底的に果たした。

この戦争の鬼子ともいえる中攻が、親善使節として平和の使いに奉仕した、ただ一つの特例がある。それが日本号の世界一周である。

昭和十四年の花の季節、九六陸攻の銃座その他の兵装をとりのぞき、機体構造にいくらかの改装をくわえ、両側に窓をいくつかもった改装型の一機が木更津基地に姿をみせた。毎日新聞社が計画した世界一周親善飛行のために海軍が提供した九六式輸送機である。

これより二年前、昭和十二年四月六日、朝日新聞社の高速連絡機「神風号」に飯沼正明操縦士、塚越賢爾航空士の二名が搭乗して立川飛行場を離陸、四日後の四月十日、ロンドンに到着した。飛行時間五十一時間十九分二十三秒は、当時の都市連絡の世界新記録となった。このときの使用機は、陸軍の高速偵察機と同型の三菱雁型連絡機である。

この朝日の成功に、毎日は日本号を飛ばせてこれに対抗しようとくわだてたのが世界一周であった。搭乗員に予定された中尾純利、吉田重雄両操縦士ほか三名は、木更津飛行場で約四ヵ月間、もっぱら洋上航法、無線帰投法など遠距離飛行に必要な技術をはじめ、エンジン整備などについて海軍の指導をうけた。

八月二十六日、毎日新聞社は大原武夫取締役を親善使節に仕立てて、準備万端ととのった日本号に託し、壮途に就いた。そして全航程五万二八六〇キロを二一四時間で飛び、十月二十日、五十五日ぶりにぶじ帰国した。

この日本号の成功は、たまたま海軍が中攻という大航続距離をもつ抜群の攻撃機をもち、それにくわえて三菱が米国のPWツイン・ワスプ発動機に範を求めて完成した三菱金星二型という信頼性がきわめて高いエンジンが、この飛行機に装備されていたからこそ、可能となったといっても過言ではあるまい。

私は昭和十八年一月のある日、九六陸攻（G3M2二型）一機に六〇キロ爆弾十二個を積み、燃料を満載してラバウル基地を午後五時に離陸、ガダルカナルの米軍基地ヘンダーソン飛行場に、暗天の高度七千メートルで単機攻撃を試みたことがある。

この飛行機は九六陸攻の最終型であったが、エンジンは金星四二型を積んでいたと記憶している。この日の攻撃は帰途積乱雲につつまれて、予定航路にのることを妨げられ、じつに十二時間ちかい飛行となってしまった。

しかし、ことエンジンに関してはまったく心配はなく、三菱の金星エンジンに対する搭乗員の信頼感はそれこそ大変なものだった。

そんなわけで日本号の成功は、金星エンジンへの凱歌であった。

一八〇回に及ぶ「重慶定期便」

中攻隊は海軍基地航空部隊の主力として、海上作戦に従事することを主要任務としていた。そして昭和十二年にようやく木更津、鹿屋両航空隊に中攻隊が配備されたら、たちまち中国大陸の戦闘にまきこまれてしまった。そこで昭和十三年春、海軍は陸軍の大陸作戦に協力する航空部隊として、特設航空隊を新設して大陸に常駐することにした。

中攻の常設隊の最初の部隊は、第十三航空隊と呼ばれ、はじめ南京基地に配備された。またおなじころ、台湾の高雄に高雄海軍航空隊が新設され、ここにも中攻隊が編成された。そして緒戦に渡洋爆撃をやった第一連合航空隊麾下の木更津、鹿屋両航空隊は、ふたつの新設中攻隊に大陸作戦を託してそれぞれ原隊に復帰、連合艦隊の兵力として、はげしい洋上演習にはいっていった。

それからさらに二年たった昭和十五年の春には、中攻隊は木更津、鹿屋、高雄、千歳（北海道）の四航空隊のほかに、特設航空隊として第十三、第十四、第十五の三個航空隊をもつ大世帯に発展し、九六陸攻にかわる新機種として、すでに十二試陸攻（のちの一式陸攻）が成功裡に実用実験をつづけていた。

この間の大陸作戦は、中南支常駐の特設航空隊がひきうけていたが、連合艦隊麾下兵力として、艦隊訓練に従事している中攻隊も、毎年三、四ヵ月間は中支の基地に移動して、常設航空隊の大陸作戦を実力で支援するのをつねとした。

一〇一号作戦は、昭和十五年五月から九月にわたって中支の漢口、孝感両基地に展開した中攻隊四個常用九十機と、陸軍重爆十八機の協力のもとにおこなわれた重慶爆撃作戦であった。

昭和十三年に首都南京が陥落した後、中攻隊にとって当面の攻撃目標は中国空軍の中支における最大の策源地、南昌の新旧両飛行場および蔣介石政府の遷都先の漢口にむけられていた。そして、上海および南京に基地を進めた陸攻隊は、攻撃ごとにそうとう多数の敵戦闘機の迎撃をうけ、そのつど多少の被害があった。

この戦況を改善し、中攻隊の攻撃を容易にするため、十三空に所属していた九六式艦上戦闘機が、中攻の掩護にあたるようになった。けれども、この低翼単葉の戦闘機は中攻同様、当時の海軍機としては傑作としてたたえられた新機種ではあったが、進攻距離がそれほど長くなかったので、つねに中攻の行動圏に随伴掩護することはできず、中攻隊の単独強襲は相変わらずつづいた。

そして、一〇一号作戦がおわった昭和十五年九月、零戦が漢口基地に進出するまで、この状態がつづいた。だから、この作戦に参加して、重慶とその周辺、四川省の奥地攻撃に連日出撃した中攻隊は、まったく味方戦闘機の掩護をうけることがなかった。

しかも、この作戦は、ナチスドイツがすでにポーランドに侵入し、第二次大戦に突入しかねない緊迫した国際情勢下にあったので、わが国としてはできるだけ早く大陸作戦を有利に終結させる必要があった。したがって陸軍の進撃可能距離を遠く越えて、漢口から重慶へ遷都していた蔣政府に、直接被害をあたえる方法は、中攻隊による爆撃をのぞいてはまったく打つ手がなかった。

このような一般情勢下の作戦であったから、司令部（第一連合航空隊司令官山口多聞少将、第二連合航空隊司令官大西瀧治郎少将）の決意も格別で、味方の損耗をかえりみることなく、執拗な空中攻撃によって首都重慶の戦意をうしなわさせるというものであった。

われわれは、この攻撃を「重慶定期」と呼んでいたが、出発地漢口から重慶まで七五〇キロ、約三時間半の航程だった。重慶上空ふきんで敵戦闘機十五〜四十機と約二十分ほど空中戦をやり、編隊爆撃前後には、かなり命中率が高い地上砲火による弾幕のなかを五分ちかく通過、そしてまた三時間半飛んで漢口まで帰る、という仕組になっていた。

いまでいえば、朝に新幹線こだまで東京をたち、昼に京都に着いておりかえし帰京する、ただし京都近辺でかならず銃砲撃をうけなければならない。そして、悪天候をのぞき、この行動は毎日おこなう、というようなことになろう。

この作戦期間中における陸攻の延べ出撃機数三七一五機、攻撃回数一八〇回、投下爆弾二〇六〇トン、被害としては自爆未帰還九機（常用機の一〇パーセント）、空戦、対空砲火による被弾機二九七機であったが、この記録は大陸作戦中の中攻隊にとっては前例がないものであった。なお、この重慶作戦に呼応した陸軍重爆隊の出撃回数は八回、出撃のべ機数は七十二機であった。

日米開戦前の隠密偵察

太平洋戦争の勃発を予期しなければならなくなった昭和十五年九月以後、十六年六月まで、海軍は飛行機による高々度隠密偵察を東南アジア一帯の作戦要地に対しておこなった。本格的に隠密偵察をはじめたのは、昭和十六年四月からであったが、これを「A作業」という隠語で呼んだ。この極秘作業は昭和十六年四月一日に開隊したばかりの第三航空隊によって開始され、その偵察目標はフィリピン、ニューギニア、ボルネオ、セレベス、グアムなどの、主として飛行場、ときには揚陸予想地点付近の海岸線などであった。

この隠密偵察には、上昇限度が九千メートル以上ある九六陸攻二三型三機に特殊装備をくわえた新機材が充当された。機体から機銃装備を全部おろし丸腰にしたうえ、五〇センチ大型固定写真機（連続撮影用）を据えつけ、機体表面を濃黒緑に塗りつぶし、日の丸も消した、いわゆる国籍不明機型に変相させたものである。

その第一作業は四月十八日、台湾南端にちかい高雄基地から発進、フィリピンのレガスピー飛行場を高度八二〇〇メートルから写真偵察をしたことにはじまる。五月に入るとおなじくフィリピンのホロ島飛行場、同日にニューギニアの三飛行場といったぐあいに、隠密裡にすすめられた。

さらに六月に入ると、開戦と同時に攻略を予定していたグアム島に偵察の目がむけられた。この偵察は六月十一、十四、十九の三日間、テニアン基地から飛びたったが、その偵察飛行は八八〇〇〜九千メートルの高々度からおこなわれた。それは金星二三型の能力のほぼ限界であった。

この三回の偵察でグアム全島の撮影を完了したのだったが、十九日、米側から、「六月十一、十四日、国籍不明の双発機一機が高度約三万フィートでグアム島上空を通過した。この飛行機は日本機と推定される」という意味の抗議電報が外務省に寄せられた。たぶん、レーダー観測によるものであったろう。

このたいへん地味だがきわめて重要な事前偵察も、信頼性が高くて航続力もきわめて大きく、それにくわえて、当時としては飛行高度の限界とも考えられていた高々度飛行ができた中攻があったからこそ、達成できた作業だったといえる。

マレー沖の大殊勲

昭和十六年八月、三たび中攻一三五機を漢口に集中して、連日、重慶方面にじゅうたん爆撃をくわえた作戦を最後として、海軍航空部隊による中支方面よりする大規模な航空戦はおわった。いうまでもなく、わが国の対米交渉はすでに戦争の危機にむかって、急速に悪化の一途をたどっていたからである。

それから三ヵ月足らずの十一月五日には、対米交渉不成立のばあいは戦争突入もやむなしとする御前会議があり、同月末には航空母艦六隻を中心とする三十一隻からなる大機動航空隊が、千島列島択捉(えとろふ)島の単冠湾に集結した。

この艦隊が、極秘のうちに同湾を投錨してハワイにむけ、北太平洋の荒海に出撃したのが二十六日未明のことであった。大艦隊の目的達成には、終始隠密行動がとれるかどうかにかかっていた。とくに、敵潜水艦に発見されることを懸念した作戦指導部は、艦隊の予定航路にたいする対潜哨戒の必要性を重視し、中攻による北海道からの遠距離哨戒を計画していた。

この地味ではあるが困難をともなう任務を、木更津航空隊の中攻十四機に命じた。十一月末の北太平洋は季節的に悪天候がつづき、降雪期にも入っていたので、中攻は木更津基地出発前に、各種の耐寒艤装をしなければならなかった。そして、艦隊出撃当日の二十六日から、北海道美幌基地を使って哨戒をはじめた。進出距離は洋上七〇〇浬、しかも飛行高度一千メートル以下という、燃料消費量の多い往復十時間余の作業であった。

また一方で、海軍が大戦にそなえて落下傘部隊を編成したのは昭和十六年九月十五日、その編制は横須賀鎮守府第一および第三特別陸戦隊から選抜された人々、そしてその使用機は九六式輸送機、搭乗員は木更津航空隊から募った中攻隊員であった。

館山基地で降下訓練をかさねたこの落下傘部隊は、十一月十五日、第二十一航空戦隊麾下の第一航空隊に編入され、その第一回の作戦は開戦一ヵ月後の昭和十七年一月十一日、二十七機によって比島ダバオ基地を発進、セレベス島北端の要地メナドの制圧であった。

この作戦は陸軍の空挺部隊によるスマトラ島パレンバン降下作戦（二月十四日）に先立つ

こと約一ヵ月、わが軍最初の空挺作戦であったが、敵の猛反撃を屈服させて攻撃に成功した。これも九六式輸送機と中攻隊搭乗員があったからこそ、成功したものであることはいうまでもない。

戦後、真珠湾奇襲作戦による大戦果は日本の騙し討ちという批判がある。しかし、戦争指導ほんらいの姿から論ずれば、当時の緊迫した日米間の危機にさいして、やられた方のアメリカの国防に大きな手ぬかりがあったというほかはない。

こちらの最後通告の電報をアメリカが入手するまでに、わが方の技術的操作に若干の手違いがあったからといって、あの完全な敗北の言い訳にはなるまい。

また、真珠湾作戦が航空機による海上部隊撃滅に成功したからといって、この戦訓が「戦艦無用論」を立証したとはいえないという議論が専門家、とくに大艦巨砲論者の側にあったのも否定できない。それは、やられた艦隊が戦闘準備ができていない碇泊中の艦隊であった、というハンディキャップによるものである。

しかし、大艦巨砲論者の口を完全に封じてしまった海戦が、真珠湾攻撃の二日後の十二月十日、午後十二時四十五分から一時間余の間にマレー沖で戦われ、世界の海戦史にまったく新しい革命的な戦訓を残すことになった。イギリスの誇る戦艦群と、わが中攻隊との間に展開された戦闘がそれであるが、この戦艦対航空機の死闘については、その経過も結末もあまりにもひろく知れわたっていて、紙数の少ないここに再現の要はあるまい。

戦いの総決算は、まず彼我両軍の兵力から、攻撃機隊は鹿屋空雷撃隊二十六機、美幌空爆撃隊二十五機、同雷撃隊八機、元山空雷撃隊十七機、計七十六機。これに対するイギリス艦隊は戦艦プリンス・オブ・ウェールズ、装甲戦艦レパルス、駆逐艦三隻。そして、その戦果は戦艦二隻撃沈、わが方の損害、被撃墜三機、被弾二十八機、という一方的なものであった。

このバランスシートの教えたものは、戦艦は空中攻撃には勝てないという厳然たる事実であった。そして、それはたとえ世界最大の戦艦大和にしても、覆すことができなかった。

一式ライターに泣く

戦後になって第二復員局（海軍関係）が調査した陸攻（陸爆をふくむ）の太平洋戦争中の消耗は三四九六機と計算されている。これに対して生産機数は三六七〇機となっている。もちろん、消耗のなかには訓練中の事故によるものも含まれているはずだが、それにしても大きな消耗である。

連戦連勝を誇った中攻隊が大被害をうけはじめた切っ掛けは昭和十七年八月、ラバウルを基地としてはじめられたソロモン方面（ガ島を主とする）の戦いである。八月七日早朝、ガダルカナル島の対岸ツラギにたいして反攻作戦の第一矢を放ってきた米軍攻略部隊にたいして、八日にラバウル基地にあった陸攻隊、四空および三沢空の陸攻（一式）二十六機を零戦十五機が掩護して進撃したが、その戦果は敵駆逐艦一隻（米軍側記録）だけ。そして味方中攻隊は十八機（八〇パーセント）を失い、この攻撃を指揮した池田、小谷、藤田の三大尉をふくむ一二八名をいっきょに失った。

一式陸攻一一型。九六陸攻の後継機として速度や航続力の向上のため、燃料タンク外殻が主翼表面を兼ねる方式を採用

そして、その後ラバウルに投入された中攻隊は、昼間強襲のたびにきわめて高率の犠牲をはらいつづけた。そのころ、米軍は一式陸攻をベティと呼んでいたが、「ベティ・ワン・ショット・ライター」という仇名で一式陸攻の防禦力の弱さを評していたようである。

一式陸攻の最終型となった三四型は、翼幅二十五メートル、全長二十メートル、過荷重状態十五トンに対して、火星二五型一五〇〇馬力二基を装備し、一七〇ノット、二四〇〇浬の航続力をもっていた。

それだから、九六式もそうであったが、主翼全部が燃料タンクでできていたうえ、一式陸攻の場合、インテグラルタンク構造であったことも原因して、有効な防弾装備ができなかった。そこで「一式ライター」の異名をとるほど、防禦力が乏しかった。

用兵上の性能を強く要求し、反面、信頼性の高い高馬力エンジンの開発が意のごとくならなかった当時とすれば、構造上のシワ寄せは防禦力に集まることは当然であった。これは海上艦艇の建艦思想にもみられた日本海軍の特長であり、欠陥であったといえよう。このような兵器は勝ち戦さの間は長所だけが発揮できて、欠陥は案外問題にならないのをつねとする。けれども、ひとたび戦勢不利となると、今度はまったく逆の現象があらわれて、欠陥ばかりがでてくる。昭和十九年以後の陸攻隊が、それ以前にくらべて、まったく戦力が低下してしまったひとつの理由は、このへんにも根強い原因があったといえる。

中攻は零戦などと同様、その完成の日から敗戦最後の日まで、戦場において戦いつづけた機種であった。昭和十二年にはじまる支那事変当初から正味八年間にわたり、中攻隊員の一人として戦場で戦った私にとって、中攻は愛着と執念そのものであり、この機種と明け暮れすることができた青春の日々は、まったく充実したものであった。

九六陸攻そのとき私は名機の条件を知った

八試中攻から九六陸攻完成に情熱を傾けたテストパイロットの回想

当時 空技廠飛行実験部員・海軍少佐　曽我義治

『中攻隊と呼ばれた一群の海軍航空兵力は、中型陸上攻撃機三五〇〇機を殉国の翼とたのんだ一万五千名をこえる搭乗員と、これに数倍する基地員を包含する、忠誠と勇気と熱意と友情のつどいであった。海軍航空戦史に登場した全機種を通じて、中攻ほど徹底した戦歴をもつ機種はほかになく、中攻こそ日本の代表的攻撃機であり、たぶんに空軍的性格をもった攻撃主力であった。したがって、その戦歴は、海軍航空戦史の全ページを覆うものといっても過言ではない』

曽我義治少佐

これは、巖谷二三男海軍少佐の著した「中攻——海軍陸上攻撃機隊史」の一節である。では、この飛行機はどのようにして生まれ、どのようにして育ったか、その足跡をたどってみよう。

私の長い航空生活（五千時間・六千回）のうちで、もっとも楽しかった思い出のひとつに、いわゆる八試中攻――昭和八年に海軍が試作した中型攻撃機の試験飛行がある。

昭和九年五月十六日、風もなく静かに晴れわたった朝、私たちテストパイロットの一行は、横須賀から飛行機で岐阜の各務原（かがみはら）飛行場に降りたった。青々とした芝生を一面にしきつめた広い飛行場の一隅に、スマートな、しかも俊敏そのもののような双発単葉の飛行機が、ふたつの垂直尾翼をピンと上方にはねあげ、銀翼を朝日にかがやかせて待っていた。

私たちは今日、この飛行機をテストして、製作者の三菱から海軍側に引きとるためにやってきたのである。

すでに会社側では十分な試験飛行をおわっており、だいたいの成績はわかっていたが、あらためて海軍側でテストしてから引きとる慣例になっていた。テストのために派遣されたパイロットは、海軍航空技術廠飛行実験部員である私と、近藤勝治少佐（のち大佐）の二人であった。

まず、この飛行機の実験責任者である私が飛ぶことにした。

いつものように機体、発動機、翼などを十分に点検してから、発動機を始動して機上の人となった。この飛行機は、性能を高めるため乗員の数をへらし、中型双発機ではあるがパイロットは一人で、ほかに通信士が一人乗り組むだけの設計となっている。今日は、通信士のかわりに会社の整備士が乗りこんだ。

エンジンの調子を十分にチェックした後、地上滑走にうつる。この滑走試験中、さらにエ

九六陸攻二二型。250キロ爆弾を懸吊。胴体後上方銃座は20ミリ機銃である

ンジン、操縦装置、ブレーキの利きぐあい、プロペラの調子などいろいろテストしてみると、バカに性(たち)のいい飛行機のように思われた。いよいよ離陸である。離陸点についてから、私は一息いれた。

離陸のため、徐々に発動機の回転を増していく。回転を増すにつれ、飛行機はすべるように前進する。風防を通して快適なエンジンの音に耳をかたむけていると、いつのまにか飛行機は地上をはなれ空中に浮かんでいた。

たちまちのうちに高度は千メートルになる。機首を水平にもどして、いよいよテストに入る。操縦輪を前後左右に操作して、三つの舵を動かしてみると、その軽快さ、利きぐあいは、まったく申し分なしだ。じつにすばらしい操縦性である。まるで軽快な戦闘機を操縦しているような感じだ。

テストパイロットにとって、初めての試験飛行のとき、その操縦性がすぐれていることほど嬉しいものはない。

操縦性の悪い飛行機は、大体においてそのほかの性能も悪く、飛行機試作の歴史は、このようにして落第した飛行機の残骸でみちている。

また軍用機にとって、操縦性のすぐれていること、すなわち操縦が簡単であるということは、なにものにもまさる第一条件である。

戦時に多数の操縦者をいそいで養成する場合など、操縦がやさしいことが、どれほど役に立つかわからないからである。

のちに語る九六陸攻の成功は、その原型となった八試中攻のもつ、操縦性の優秀さからはじまったともいえる。

なにもかもOKの性能

さて、操縦性には問題なく、つづいて全速試験、上昇試験、失速試験、急旋回試験などを一通りおえてから、片舷飛行をやってみる。この飛行では、正規満載の重量（七トン）より軽くしてあるせいもあるが、片側の発動機をデッドスローにしぼっても、らくらくと片舷飛行ができる。片舷飛行というのは、双発の飛行機が正規満載の重量で必ずできるように要求されるが、なかなかできないものなのである。

ここで特筆すべきことは、この飛行機の最高速力が高度千メートルで、軽く計器一二〇ノットを出したことである。計器で一二〇ノットであるから、実際にはもっと出ていることになる。この数字はいまからみれば何でもないが、当時のわが海軍戦闘機の速力に匹敵し、攻撃機としては型やぶりなものであった。のちの実験で、この機の最高速力は一三八ノットと確認された。

だいたいの試験をおえてから、最後の着陸にうつった。離陸のときは放っておいても飛行機が自分でのぼっていくように思われたが、着陸もおなじように、黙っていても約束通りの三点着陸をするというぐあいであった。こんなステキな飛行機は初めての体験である。なにもかもOK——その頃は、こんな言葉はなかったが、とにかく、なにもかもOKであった。私のあと近藤少佐がテストしたが、おなじような成果であった。

八試中攻のテストについて長く書きすぎたが、それはマレー沖海戦で、イギリスの不沈戦艦といわれたプリンス・オブ・ウエールズとレパルスの二艦を飛行機だけで撃沈し、世界の航空戦史に一大エポックを画した九試中攻（九六式陸上攻撃機）が、この八試中攻を生みの親とするからである。

八試中攻は、その後、横須賀に空輸し、私が中心となって正規の実験にうつったが、予想したとおり、すべて順調にすすみ、多くの好記録を残して実験を完了した。

偵察機から攻撃機へ

海軍において、洋上遠く数百浬（かいり）も進出して敵艦隊を攻撃できる攻撃機を作ろうという計画をたてたのは、昭和五年、ロンドン軍縮会議の後、当時の航空本部長であった松山茂中将の発想によるものである。

これにもとづいて昭和七年、広海軍工廠において試作されたのが、いわゆる七試大攻（のちの九五式陸攻）である。昭和八年五月、横須賀において、田原俊彦少佐（のち少将、戦死）により初めて試験飛行がおこなわれ、当時としては画期的な成功をおさめたものであった。その後、私が引きついで実験を続行したが、実験中、いろいろな故障が起きたため完成はのびのびとなった。

七試大攻の完成がもたついているうちに、昭和八年に試作の八試中攻が出現した。このため、七試大攻は時代おくれとなり、大型陸上機の訓練用として使われることになった。ところで八試中攻だが、これは七試大攻の成果がまだ未定であったころ、別の目的で試作されたものである。できるだけ長距離を長時間飛べる洋上偵察機とするため、重量をできるだけへらしてパイロットも一名とし、ほかに通信士一名という、思いきった設計のもとに試作されたのである。そのうえ脚は引込式とし、スペリーの自動操縦装置をとりつけるという、いままでになかった条件がついていた。このような要求のもとに、三菱は総力をあげて試作した。

これは偵察機として試作されたため名称は、はじめは八試特別偵察機とつけられた。ところが実験の結果、予想外の性能をしめしたため、これは攻撃機に転換できるという見通しで、八試中攻と改名されたのである。

八試中攻に装備された発動機は、広工廠製の水冷六百馬力二基であった。いかにも和製の

対潜哨戒支援のため発進する九六陸攻二三型。乗員７名、全幅25m、全長16.4m

エンジンらしい親しみのある、振動のすくない、安全性の高いものであったが、ニュールックの中攻には馬力も小さく、その頃あまりはやらなくなった水冷式であるので、将来おおいに発展させなければならない陸上攻撃機用としては、もの足りなかった。

しかし、九試中攻のはじめの数機には、その安全性が買われて、この発動機が装備されたが、その後、先に私が実験した九三式双発艦上攻撃機に装備されて優秀な成績をあげた、三菱のＡ４（のちの金星）空冷発動機を装備して、いっそう性能を増すようになった。

全海軍にあたえた感銘

さて、問題の九試中攻であるが、八試中攻は乗員二名のほかは、魚雷も爆弾も搭載しなかったのに反し、九試は乗員を七名とし、これに八〇〇キロ魚雷、もしくは爆弾をつむという大きな要求が出された。そのため当然、性能の低下が予想されたにもかかわらず、実際には、操縦性がやや鈍重になったほかは、性能は逆にぐんと上回るという結果になった。最大速力は八試より三十ノットも増し、高度一五〇〇メートルで一七〇ノット（三一二キロ）にも達したのである。

この待望の九試中攻を、三菱から引き取るための試験飛行には、八試のときとおなじように、近藤中佐（進級）と私がたずさわった。昭和十年の八月中旬、私たちが飛行場に着いたときは、すでに三菱の関係者多数が、九試中攻をかこんで待っていた。八月の暑い陽ざしが広い飛行場の一面に照りつけ、北方に見える長良川上流の山岳部には、大きな積乱雲がたちはだかっていた。

九試中攻は操縦席が二つあるので、私が正操縦席に、近藤中佐が副操縦席にすわり、試験飛行を開始した。離陸後数分で高度は一五〇〇メートルに達した。水平飛行にうつると、速力計は静かに一一〇ノットをさしている。

私はやや急激な旋回で反転し、機首を飛行場にむけてから、全速試験にうつった。操縦輪を軽く前に押しながら、スロットルを静かに全開した。風防の外では、発動機が水冷エンジン独特のうなり声をあげている。そしてまもなく、速力計は一六二ノットをさした。針は、なお小刻みにふれている。これは八試の最高速力をはるかに越す快速だ。私はむしろ自分の眼を疑い、計器に狂いがあるのではないかとさえ思うほどであった。

またたく間に飛行場の上空にもどってきた。飛行場の直上を横切るとき、地上でわれわれを見守っている会社の人々が、蟻のように小さく眼に入る。やがて機を巡航速力にもどして操縦を近藤中佐に渡し、ホッと一息いれた。こうして、待望の九試中攻の初飛行がおわったのである。

この機は、その後、横須賀に空輸された。佐多直大大尉の手によって実験が完了し、九六式陸上攻撃機と命名されて、制式機として採用されることになった。その年の十月、空冷六百馬力の金星発動機と、住友製三翅の金属プロペラを装備した第五号機は、速力がさらに十数ノットも増加した。その驚異的な大航続力（約二五〇〇浬）とあわせて、中型陸上機としては、世界の水準をはるかに抜く、真に出色の飛行機となった。

「九試中攻完成」の報は、全海軍に一大センセイションを巻きおこし、かつて戦艦陸奥や長門が完成したときの興奮にもにた大きな感銘と心強さをあたえ、近来のビッグニュースとしてひろがっていった。

このようにして全海軍の輿望を一身にあつめた九六陸攻は、その後、ぞくぞくと製作された。やがて木更津、館山、鹿屋の各航空隊に配属され、日夜訓練にいそしむことになった。そして支那事変、ついで太平洋戦争に突入すると、これらの中攻隊が不滅の偉業をたてたことは、よく知られる通りである。

思えば昭和九年五月の、あのうららかな各務原飛行場で呱々の声をあげた、いとけない八試中攻が、わずか二年あまりのうちに、よくもここまで成長したものであると、感慨にたえないものがあった。

元山空　中攻隊マレー沖の戦艦雷撃行

プリンス・オブ・ウェールズに雷撃を敢行した九六陸攻操縦員の戦闘報告

当時元山空操縦員・海軍上飛曹　河西義毅

いま、われわれ元山航空隊は仏領インドシナのサイゴン（ホーチミン市）に進出している。毎日の日課は、九六陸攻による南シナ海の天候偵察と低高度魚雷発射訓練である。南方の天候は午前と午後では大きく変化するので、その天候に馴れるためである。

また、日本近海で訓練した雷撃は目標から一千ないし一二〇〇メートル、高度百メートルで魚雷を発射するので、浅い海では魚雷が海底に突き刺さってしまう。南シナ海のわれわれが飛びまわる海域の水深は非常に浅く、魚雷発射時の高度は二十五メートルと決められた。発射高度が低い方が魚雷の定針距離も短くてすむのだ。

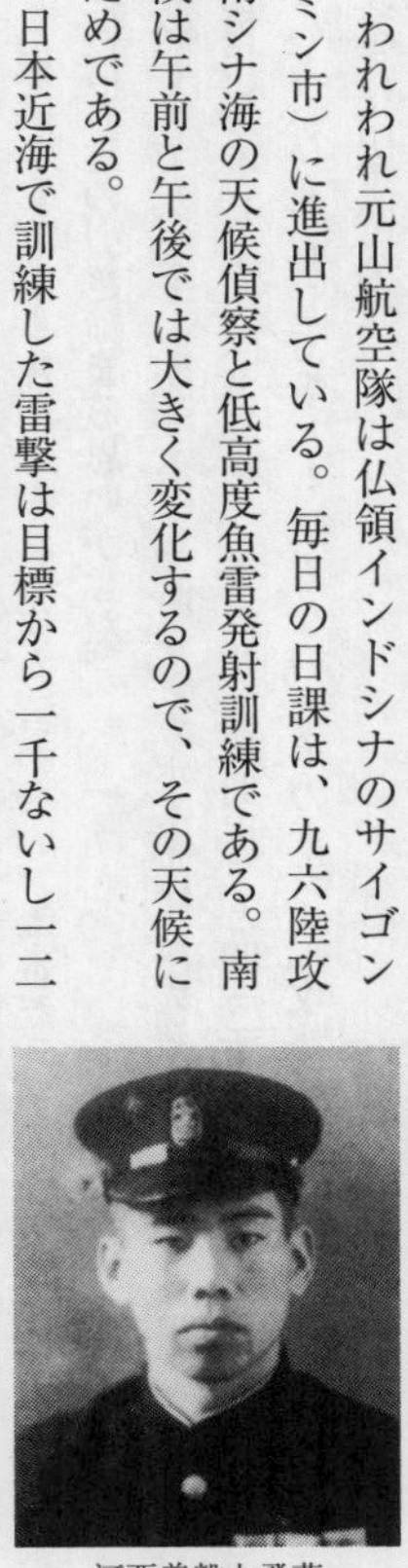
河西義毅上飛曹

外出禁止になってもう二日たった。こんどの外出で買物の予定があったのに、と思っていた十二月七日の夕方、「全機爆弾投下器を装備せよ」と命じられた。

いよいよ来たな、待ってましたとばかり兵舎を飛び出して飛行場へ。飛行場整備に狩り出された現地人作業員は全部帰してしまって、飛行場には兵隊ばかりである。二五〇キロ陸用爆弾二発と、六〇キロ陸用爆弾八発を搭載できるように投下器をつける。

試運転のエンジンの響きが轟々と飛行場を圧するなか爆弾を搭載し、燃料も充分に積み込む。日はすでに暮れて、暗い飛行場のあちこちに投光機の光が試運転中のエンジンを照らしている。目標はシンガポールだ。だれも何も言わない。本番だ。初陣の中支・南雄軍事施設攻撃より何倍も身の引き締まる思いがした。

準備が終わって兵舎で一服する。当時シンガポールにはテンガー（大型機用）、センバワン（小型機用）、セレター（海軍用）、カラン（民間用）と四ヵ所の飛行場があった。休憩仮眠しろというが、興奮して少しも眠くない。そのうち、「攻撃隊整列は二一〇〇（午後九時）」各兵舎に伝令が飛ぶ。

飛行場の戦闘指揮所前に整列する。第二十二航空戦隊司令官松永（まつなが）貞市少将から、「これまでわが国がやろうとすることを、陰に陽に妨害してきた米国、英国に対し開戦に決した。本日はその初攻撃である。諸君よろしく頼む」と訓示があり、勇躍出発する。指揮官は飛行長の薗川亀郎少佐で、先頭はわれわれ石原中隊（中隊長・石原薫大尉）。ついで牧野中隊、二階堂中隊、高井中隊の順に進撃する。

しかし、洋上に出てから天候が悪化し、行けども行けども雨で、なかなか前に出られない。航続距離の関係で攻撃を断念し、サイゴンに引き返した。美幌隊（九六陸攻）は幸運にも雲上に出て南進し、いまだ灯火管制もしていないシンガポールの軍事施設を爆撃し、八日の八時ごろ、全機が無事に帰還した。

明くる十二月九日、われわれ元山隊に雷装の命令が出て、昨日の爆弾投下器を魚雷投下器にかえ、九一式航空魚雷を搭載する。味方潜水艦が北上する敵主力艦を発見したらしい。

昭和十六年十二月八日には、マレー半島のコタバル、スンゲイパタニに日本軍が上陸したが、この上陸した陸軍に海上から砲撃されたら、進撃できなくなるのはもちろん、輸送船も南方部隊の巡洋艦もまともでは勝味はない。英極東艦隊には三万五千トンのキングジョージ五世号が旗艦としてあり、三六センチ砲十門を装備している。キングジョージ五世号は英国がほこる最新鋭の高速戦艦で、絶対に沈まない不沈戦艦といわれていた（姉妹艦にプリンス・オブ・ウェールズ号がある）。

日本艦隊の主力は一万トン級の重巡で、主砲は二〇センチである。日本艦隊の弾丸の届かないうちに敵の弾丸を受け、敵のふところに入る前に相当の被害を受けることになる。のみならず、上陸した陸軍は前方の敵と防ぎようない艦砲射撃にあって、進むこともできない。後続の輸送船をやられて補給がつづかず、開戦早々に作戦に大きく蹉跌(さてつ)をきたすことは明白である。

南方部隊長官の近藤信竹中将からも、絶対にこれを撃滅せよと厳命されていた。ここは何がなんでも押さえなければならない。最悪の場合でも、これら敵艦をシンガポール軍港に釘づけにしておかなくてはならない。沈めることができなくとも、せめて魚雷一発でもと思うが、夜間雷撃は命中率がぐっと落ちる。

哨戒の潜水艦からの報告を待って、日没前に離陸。元山隊は九六陸攻二十七機（三個中隊）で、悪化した天候をものともせず索敵攻撃に出発した。一トン以上もある魚雷と満載の燃料により、いっそう運動は鈍くなる。洋上に出ると天候は一段と悪くなり、大きな積乱雲が行く手をはばむ。全島が思想犯の刑務所だというプロコンドル島がたそがれの南シナ海に無気味な暗い影をおとしているのを見ながら、右に左に積乱雲を避けて南下する。

キングジョージ五世号はまだ見つからない。触接していた潜水艦から敵を見失った旨の電報が入った。やむを得ない。相手がどこにいるかわからないのだ。昨夜といい、また今晩といい、口惜しいが仕方がない。十二時すぎにサイゴン基地に引き返した。緊張していたので、魚雷を持ったままの着陸もいつもの通りうまくいった。

一番艦に向けて魚雷発射

指揮官の報告も簡単で、明朝、再度出発することになった。燃料補給とエンジン整備を整備員にたのみ、搭乗員は兵舎に帰る。井戸端で水をあびて汗を流し、それから毛布をかぶって横になったが、なかなか寝つかれない。ウトウトしたと思ったら、「攻撃隊総員起こし！」五時半だ。眠いような眠くないような、まだ何となく疲れが残っているような気がする。

燃料三二〇〇リットル、九一式航空魚雷一発。昨日、悪天候にはばまれて惜しくも逃した英極東艦隊主力を求めて南下する。途中の天候は昨日と同様であるが、昼間のため割合に楽である。マレー半島クアンタン東方海上のアナンバス諸島付近で巡洋艦一隻を発見し、元山空の爆撃隊（二階堂中隊）がこれを爆撃する（駆逐艦テネドスであった）。

雷撃隊はさらに南下し、マレー半島の南端ダトツ角がはっきり見える地点まで敵を追ったが、捕捉できなかった。帰路の燃料も心配になってくる。搭整員の松本実二整曹が残量をメモして報告にくる。まだ大丈夫だ。また、しばらく飛ぶ。しかし、あまり長くは飛べない。午後になれば積乱雲が発達し、雲の嶺を越えるのに高々度飛行となれば、燃料の消費量が増大する。もはやこれまでと半ば諦めながら反転、針路を「NW」にとり、マレー半島に沿って捜索しながらサイゴンに向かう。

また逃がしたのか、索敵隊は何をしているんだ、と不平を言いながら、主計科員の心尽くしの航空弁当をひろげる。われわれ雷撃隊より一時間ほど早く五、六機の索敵機が基地をかなめに扇形に六五〇浬（かいり）の区域を捜索しているのだ。弁当を食べ終わった午後一時ごろ、昨夜の味方潜水艦から敵発見の第一報が入った。

「クアンタンの九三度、五三浬に戦艦二、駆逐艦三」

「しめた」その位置はわれわれ元山隊がいちばん近い。ただちに変針して接敵行動に移る。

午後一時七分、断雲の切れ間に、黒煙を吐きながら南へ向けてシンガポール軍港に逃げこもうとする敵英極東艦隊を発見する。

敵の戦闘機が来たら、事は面倒になる。事は急を要する。このとき、目標までの距離は三千メートル、やはり元山隊がいちばん近い。われわれの高度は二五〇〇メートル、敵は潜水

艦からの報告どおり戦艦二隻と駆逐艦三隻である。一番機が無線で「トトトトト……」（突撃せよ）

同時に大きなバンクを数回（翼を大きく左右に振る）、これは「中隊解散、各自突撃せよ」を意味する。寸時をおいて小隊長機（植山利正中尉）がバンクを数回おこなう。われわれは二小隊三番機だから、六番目に突っ込むとになる。

一番機からの指示で、出発時四メートルであった魚雷の調定深度を六メートルにする。ぐっと右に回り込んで敵艦の動きを見る。なるべく真横から発射したい。一発しかないのだから必ず命中させなくてはならない。敵艦はウェーキ（艦尾波）を長く引き、まだ転舵しない。敵もまたわれわれ攻撃隊の動きを見ているのだ。

「敵速三八ノット」と怒鳴る。副操藤田浅五郎一空が雷撃照準器に三十八ノットのプレートを差し込む。

「三八ノットは出ていない。二八ノットだ」とまた怒鳴る。藤田一空はあわてて照準器の箱の中から二十八ノット用のプレートを出し、私の顔を見ながら「二八ノットでいいんですね」と念を押すようにプレートを差しかえる。

雷撃は接敵、敵速判定、発射とすべてを操縦員がやる。ちょっとエンジンを吹かして、速力を保持して一、二番機につづく。このころ、美幌空の爆撃隊が爆撃を敢行し、一番艦に直撃弾二発を与えた。なお、一番艦キングジョージ五世号と思ったのは、プリンス・オブ・ウエールズ号だとあとでわかった。

攻撃を終え帰投する元山空の九六陸攻二一型。敵機を警戒して機銃が上空を睨む

さて、徐々に高度を下げながら発射針路に入る。ものすごい防禦砲火だ。英国自慢の四〇センチ二十五連装のポムポム銃。一分間に何千発も発射できるという機銃が一基でなく片舷に三基か四基あり、そのほかに一三ミリか二〇ミリの機銃が無数にわれわれ目がけて射ってくる。副砲の二〇センチ砲はもちろん、三六センチの主砲まで射ってくる。

こちらが狙うのは一番艦だ。一番艦には敵の司令官が乗っている。この付近の水深は二十二〜三十八メートルで、発射高度は二十五メートル。すでに開戦前、駆逐艦羽風を相手に充分な雷撃訓練を行なっている。天候は雲高六百メートル、雲量三〜四、絶好の雷撃日和だ。距離二千メートル、高度一千メートル、一、二番機につづいて雲の下に出る。

距離一五〇〇メートル、高度六百メートル、雲の下に出て驚いた。前方は砲煙で目標が見えにくいうえに、海面にはスコップで砂利をまき散らしたような小さい水柱が立っている。進もうとする前方には、日本海海戦の絵で見たような大きな水柱が何本も立ち、上空は幾百幾千の弾丸の炸裂した砲煙で暗くなり、近づくものは必ず射ち落とされると思われるほどの弾幕だ。副操席の藤田一空が高度計を読んでいる。

「高度二〇〇メートル、一八〇メートル」目標はどんどん近寄ってくる。「高度一五〇メートル、七〇、五〇、二〇、二〇、二〇メートルです」

藤田一空の声が上ずってくる。ちょっと低いかなと思ったが、高いよりはよい。低い方が雷道の定針が早い。おまけにうっかり機首を上げると、弾幕の中に突っ込んでしまう。ついに十メートルになってしまった。弾幕に機首を押さえられた格好だ。

高度が低くなれば空中雷道がなくなるから、そのぶん近づける。一番艦の三万五千トンの巨体が雷撃照準器いっぱいにかぶさるように広がってくる。しゃにむに突っ込んでくる日本機をかわそうと、内方転舵をはじめた。一二〇〇メートルの発射点はすぎてしまった。最後の手段だ、距離六百メートルで艦首をねらえば必ず当たる。

「安全解除!」藤田一空に指示する。「安全解除よし!」

藤田一空の上ずった声とともに安全装置が解除された。飛行機の速度は規定通り一六〇ノット(秒速約八十メートル)だ。もう二、三秒の我慢だ。後ろでは偵察員池田二空曹と搭整員松本二整曹が息を殺して、藤田一空の手もとを見ている。防禦砲火はますます強烈だ。

タイ国ドムアン飛行場に駐機する元山空の九六式陸攻二二型の列線

「射ー！」藤田一空が投下把柄を力一杯グイッと引く。瞬間、機体が軽くなってふわっと持ち上がった。グッと機首を押さえ込んで、一番艦の艦首の下をくぐって反対側へ避退する。魚雷を発射してから艦首の下をくぐるまでの約十秒間がとても長く、何十分間にも感じられた。このとき、一番艦の右舷（反対側）一千メートルの海面に、一塊の火の玉となって自爆した一機を見た。二小隊ではない。一小隊の誰かである（一小隊三番機川田勝治郎二空曹機であった）。

防禦砲火のスコールを潜って

敵に向かって行くときは、よい射点につこう、必ず命中させようということで頭が一杯になり、あまり感じなかったが、発射が終わったら急に敵の防禦砲火が恐ろしくなった。それは後ろから射たれる不安からかも知れない。

しかし、敵艦からは全然射ってこない。ふしぎに思ったが、敵艦から見れば魚雷を持って向かってくる飛行機は、いちばん危険な敵である。射ち落とされなければ自分がやられる。喰うか喰われるかだ。しかし、発射が終わった飛行機は丸腰だから、もう危険ではない。

一方、敵に後ろを見せている飛行機の方は、逆に恐怖心が高まる。弾丸の雨をくぐるという言葉があるが、今回の雨は弾丸のスコール（驟雨）であった。艦隊訓練中、連合艦隊を相手に発射訓練は何回もおこなった。しかし、このときは相手戦艦の主砲、副砲、高角砲、機銃などの砲身は飛行機に向けられるが、もちろん弾丸は発射されない。

今日は突撃の命令が出てから、実際に突っ込むまでは艦隊訓練と実戦とを混同してしまって、敵の防禦砲火をあまり勘定に入れておかなかった。それがどうだ、雲の下に出て見ると、もの凄い弾幕でもぐりこむ隙間もない。止まることも引き返すこともできず、やぶれかぶれで突っ込んだというのが本音かも知れない。

とはいえ、せっかくここまで来たのだ。千載一遇の好機とは今日のようなことをいうのだ。必ず命中させなければ、基地へ帰って皆に笑われる。落ち着け、落ち着けと自分に言いきかせながら照準したことも確かだ。自信はあった。調定深度は六メートルだから、左舷から発射したわれわれの魚雷の命中爆発の水柱は、右舷からは見えない。しかし、艦のいちばん弱いところに命中しているから、効果は大きい。

雷撃隊十八機が接敵から発射までに何分かかったことだろう。敵発見が午後一時二分、発射が十四分だから、十二分間ということになる。

一番機から「集合せよ」の命令だ。集合地点は戦場の東五千メートル、高度二五〇〇メートル。

雲の上に出て高度を二五〇〇メートルに上げる。右から左から九六陸攻が集まってくる。近づくにつれ、タンクをやられて燃料を噴いているもの、方向舵や垂直尾翼がブラブラしているもの（大竹典夫二空曹機）、機体に大きな穴があいているものなど、編隊を組める飛行機は半分ぐらいである。

一応は編隊を組んでみたが、やはり一小隊三番機（川田勝治郎二空曹）はいなかった。小隊ごとにまとまって、被弾した機を無傷または軽微な損傷の機が付き添って帰ることになった。

自分の戦果は確かめたいもので、ふたたび戦場に戻ってみる。敵主力中、一隻は大きく傾き、他の一隻は火災を起こし、もうもうと黒煙を吐いている。それに舵が利かないのかのたうち回って、まさに沈没寸前である。

最後を見届けたいが、燃料がすでに不足しているので、敵発見の殊勲の偵察機（帆足正音少尉、予備学生出身）に最終的な戦果の確認をまかせて、針路を北に、サイゴンへ向ける。やはり燃料が足りなくなり、戦闘機隊の前進基地ソクトランに不時着し、五百リッターを借りて帰った。

ソクトラン基地（仏印南部サイゴン南西）でも英極東艦隊と日本雷撃隊との激戦の様子が傍受されていて、燃料補給のあいだに戦闘機隊の者が大勢集まってくる。しかし、くわしく語る暇はない。偵察機からの最終報告によれば、主力戦艦二隻と駆逐艦一隻が沈没したという。一番艦はプリンス・オブ・ウェールズで、二番艦はレパルスとのことだった。

わが方の被害は元山空九六陸攻一機自爆、鹿屋空一式陸攻二機自爆、他に被弾機がだいぶあった。サイゴン基地に帰るまでにわが機内を這いまわりながら弾痕を探したが、見当たらなかった。基地へ帰ってからも尾翼から主翼端まで見てみたが、全然弾痕はなかった。

最後にこの海戦で感じたことを記すと——

一、不沈戦艦といわれたプリンス・オブ・ウェールズが十五分のX(エックス)の雷撃で(一番艦を狙ったのは十五機である)沈没した事実から、航空魚雷の威力が再認識されたことと、調定深度の研究が奏功したこと。艦隊訓練中の雷撃の命中率が七〇パーセントであり、あの防御砲火と死に物ぐるいの転舵回避で命中率は下がったであろうことを考えると、かりに命中率を五〇パーセントとすると、七〜八発の魚雷で沈没したことになる。なお、自分の発射した魚雷の成果は、自分では確認できない。なぜなら魚雷の速度四十五ノットで、飛行機は一六〇ノット。射点一千メートルで発射しても、魚雷が命中するときには飛行機はすでに四千メートル先にいる勘定になる。

二、数十機による同一目標に対する同時攻撃が果たして可能なりや。なぜなら前後左右から同時に襲いかかれば、敵の回避は非常にむずかしくなるが、雷撃隊側にも空中衝突の危険度が非常に高くなるからである。

三、接敵から発射までの間に過早に高度を下げないこと。いちど高度を下げると、過荷重になっているので惰力がなくなり、二十ノットも速力が減る。
四、爆撃隊との協同攻撃。
五、避退するとき、高度を戦艦の上甲板より下げて行動した方が被害が少ない（艦の砲は水平より下には向かない）。
六、今次雷撃を基礎とした航空母艦の雷撃法の研究。当然、敵戦闘機の妨害は甚だしいものと思わなければならない。
以上が私のマレー沖海戦である。

高雄空「一式陸攻」空母ラングレーに直撃弾

陸攻十七機を率いてバリ島を出撃、ジャワ南方で陸用爆弾命中五発

当時 高雄空操縦員・海軍大尉　足立次郎

台湾の南部、高雄に満を持して待機していた高雄海軍航空隊は、昭和十六年十二月八日、フィリピンのマニラに痛烈な第一撃をくわえ、それ以後、破竹のいきおいで南下進撃していった。そして、しだいに基地を高雄からホロ島（ボルネオ北東ミンダナオ島南西）、さらに昭和十七年二月初めにはボルネオ島バリックパパンに進めた。途中のボルネオ、セレベスは鎧袖（がいしゅう）一触で片づけ、敵が最後の拠点としたジャワ東部のスラバヤに対して、連日さかんな攻撃を行なっていた。

足立次郎大尉

ついでわれわれは、ジャワよりも一足先に陥落したバリ島に進出を命ぜられた。それはジャワのすぐ隣りまで進出して、必死の抵抗をこころみているジャワに最後の止めをさそうという作戦である。

バリ島（ジャワ東端沖）が陥ちて間もない二月二十二日に、われわれ先遣部隊はバリ島南部のデンパサール飛行場に進出した。われわれが飛行場に着いて間もなく、敵の輸送機がバリが陥ちたことをまだ知らないのか、ノコノコとやってきて着陸姿勢にうつった。着陸したら生け捕りと、一同固唾をのんで見守るうち、いまや着陸寸前と思われるとき、突然、飛行場そばの占領部隊が機関銃を発射したため、輸送機はあわてふためいてエンジン全速で空中に舞いあがってしまった。一同、がっかりしたことは言うまでもない。

もっとも飛行機のことをあまりよく知らない地上部隊としては、突然、目の前に敵機がやってきたのだから、あわてて発砲したのも無理のないことだった。その後、敵の空襲も二、三度あったが、またもとの平和な夢の国バリ島にもどった。まことに美しい夢のようなところだ。

山あり谷あり、美しい湖あり、温泉あり、たわわに実る果物ありで、そのうえ宿舎はデンパサール市中にある観光ホテル、バリホテルである。われわれ一同はすっかり喜びにつつまれてしまった。

このとみにあがった士気のなかで、最後のあがきをつづける目の前のスラバヤ方面に対して、徹底的な攻撃を開始した。

日課のようなスラバヤ方面攻撃に明け暮れた数日後の二十七日朝、偵察に出かけたわが機から、ジャワ島の南部にあるチラチャップ港の南方約一二〇浬の洋上に、駆逐艦二隻に護られた空母一隻が北上中である旨の電報がはいった。

デンパサール基地は、この思いがけない獲物に、にわかにどよめき立った。陥落はもう寸前のジャワではあるが、豪州方面からの増援部隊を上げさせては、厄介なことになる。どんなことをしても、上陸前の洋上において絶対に捕捉撃滅しなければならない。

眼下にする初見参の空母

われわれは支那事変いらいの百戦錬磨の爆撃隊だが、空母に見参するのはこれが初めてである。洋上を高速で突っ走る空母にたいして、水平爆撃だけで仕留めるのは至難中の至難である。これはいくたの演習において実験ずみだった。

それに具合の悪いことには、進出したばかりで輸送船はまだ着かず、基地にある爆弾は、われわれが空輸した陸上攻撃用の陸用爆弾だけである。

陸用爆弾では、たとえ命中したとしても貫徹力が弱く、甲板上で炸裂するにとどまり、いわゆる轟沈というような大きな戦果は期待できない。この場合は、どうしても艦船攻撃用の通常爆弾が欲しいところであるが、そんなことを言ってもはじまらない。現在あるもので間に合わせるほかはない。やむなく陸用爆弾二五〇キロを二発と、六〇キロを六発ずつ各機に急遽搭載した。

編制は攻撃隊指揮官が私で、直率の一中隊が一式陸攻九機、楠畑大尉のひきいる二中隊が一式陸攻八機の計十七機、これに進出してきたばかりの三空の戦闘機隊が、零戦三十機を出して掩護にあたってくれることになった。

敵空母はこのまま進めば、あと数時間ならずしても、チラチャップに入ってしまう。ぐずぐずしている暇はない。あわただしく攻撃準備が行なわれた。飛行場には、これも進出されたばかりの二十三航空戦隊司令官の竹中龍造少将とその幕僚、高雄空司令伊藤良秋大佐、三空司令の亀井凱夫大佐らが集まって、飛行機隊の発進準備を待っておられる。

いよいよ攻撃隊一式陸攻十七機、掩護戦闘機隊零戦三十機、それに誘導機として偵察機一機の計四十八機が、つぎつぎとバリ島デンパサール飛行場を飛び立った。天候はすばらしく、快晴。飛行機隊は隊形をととのえて一路、針路を西にとった。先頭から誘導の偵察機、つづいて戦闘機隊、しんがりに攻撃隊の順で進撃した。

ところが進むにつれ、先頭の身の軽い誘導機と戦闘機隊はスピードを上げすぎ、爆弾を積んだ攻撃隊はついてゆけない。しだいに距離をはなされ、ついに目標地点に近づくころには、まったく視界外に見失ってしまった。相手が空母だというのに、これはまた何としたことか、いささか心細くなってきた。とうとう攻撃隊は裸のまま、目標地点に近づいた。私は戦闘を令して、攻撃隊の全機の射手を銃座に配置した。

しだいに雲が多くなってきて、目標発見の困難が予想される。もしも予想地点で発見できず、グルグル探しまわるようなことにでもなれば、空母からも戦闘機が上がるであろうし、またチラチャップ南方洋上約八十浬の地点ゆえ、ジャワ本土からも戦闘機が応援にくるであろう。これは弱ったことになったわい、と気がもめる。

だが目は皿のようにして、断雲のすき間から前下方の海上を見守りつづける。そのとき、

231ノット、航続2020浬、7.7ミリ旋回機銃４梃＆20ミリ１梃、爆弾800キロ

編隊を組んで攻撃に向かう一式陸攻一一型。全幅24.89m、全長19.97m、時速

幸運といおうか、訓練でもこうはうまくいかない洋上会合法がピタリ適中したのだ。前方の雲の切れ間に、駆逐艦二隻を前衛とした空母一隻が、白波を蹴立てて北上している。

　私はただちに敵艦発見を全機につたえ、雲の切れ間をぬって目標に殺到した。われ奇襲に成功せりだ。

　あわてた敵艦隊は発砲もできず、隊形を乱して思い思いに変針しはじめた。しめた、一発で仕留めてやろう、いよいよ爆撃針路にはいる。高度四千メートル。

尾崎爆撃手の見事な名人芸

「爆撃針路に入る。ヨーソロー」伝声管を通じて、爆撃手の尾崎才治兵曹につたえる。

「ヨーソロー」尾崎からの返答。改めて操縦桿を握りしめて、遠方積乱雲の峰をねらって保針に全精神を集中する。尾崎とは支那事変いらいのペアで、彼は数々の戦功を立てた海軍きっての名爆撃手である。真に操爆一体の仲だった。

　ところがここ一発の大事な瀬戸ぎわ、私は息を殺し全精神を集中して操縦をしているのに、伝声管を通じてくる尾崎の声がどうもおかしい。修正もしないで「ヨーソロー」「ヨーソロー」ばかりだ。洋上を高速でのたうちまわっている目標にむかって、入った針路そのままで一回の修正もしないなんて、そんなにうまく行くはずはない。

　これはおかしい、と思って後ろをヒョイと振り向いて見ると、何のことはない、奴さんまだ準備ができていなかったと見え、悠々と照準器の調整をやっている。何が「ヨーソロー」

だ。思わず「馬鹿野郎」と大声で怒鳴ってしまった。奴さん、見つかってしまったか、すみませんというような顔をして、ニヤリと笑った。

もっとも操縦している私にはわからなかったが、下を見ている尾崎には、空母の甲板にはギッシリ飛行機が並べてあって、とても戦闘機など飛び出せないと見きわめたのであろう。それにしてもジャワ本土からの戦闘機の飛来は、十分にあり得るのである。

おかげで第一撃は失敗。むなしく目標上空を通過した。つづく楠畑大尉の第二中隊の首尾やいかにと後ろを振り返って見る。どうかうまく行きますように。かたずを呑んで見守るうちに、二中隊は爆弾を投下した。しかし、残念ながら全弾艦尾に切れて失敗。いよいよ責任は重大、反転してふたたび爆撃針路にはいった。

改めて操縦桿を握りしめる。今度は尾崎の真剣な声がヒシヒシと伝声管をつたって流れてくる。

「チョイ右、ヨーソロー」必中を期して、全精神を集中して操縦する。

「時計発動」尾崎の声も必中を期して真剣である。

「右、右」「発射用意!」つづけざまに尾崎の声がする。南無三(なむさん)うまく行きますように、と神に祈る。

「やり直し」とたんに尾崎の声。敵のたくみな回避について行けなかったのであろう、張りつめた気がガックリする。

このころから敵の高射砲が、ようやくさかんに炸裂しはじめる。まだ空中には敵機らしいものはない。

気を取り直して第三回目、こんどは少し余裕をもって遠目から爆撃針路にはいる。命中するときの爆撃修正の声は、聞いてるだけで当たりそうな予感がする。いよいよ投下。

「発射用意」「テー」

ついに投下された。四千メートルの落下秒時はそうとう長い。首尾やいかにと待つ伝声管に、「命中！」尾崎の飛び上がらんばかりの声がする。

振りかえって後下方の窓から下を見ると、直撃弾五発を浴びて、紅蓮の炎を中天高く上げた空母が見える。大成功。あたりを見まわすと、二番機の操縦者は操縦桿をはなして、手ばなしで拍手喝采をしている。

「馬鹿野郎、空中衝突したらどうするんだ。しっかりあたりを見張れ」と思う。

まだ下を見て喜んでいる一同に、「見張りを厳重にせよ、特に北方に注意せよ」と令し、大きく旋回して炎上中の空母を見る。幸い空中に敵機の姿はない。どこへ行ってしまったのか、味方戦闘機も敵の姿も見えない。

傾斜炎上している空母の最期まで見届けたかったが、ジャワ本土の敵戦闘機の行動圏内では長居は無用である。ちょうど正午ころ、機首を東にめぐらせて帰投の途についた。

その日、基地に帰ってから先刻、私にどなられた尾崎が、「隊長は私が失敗したときには馬鹿野郎と怒ったが、命中成功したときには別に賞めてくれませんでしたね」とチクリといや味を言った。これには閉口しつつも、

「そりゃ、すまなかった。しかし、敵戦闘機の行動圏内では、皆で手ばなしで喜んでもいられないじゃないか。じつは気が気じゃなく、見張りで精一杯だったんだよ」と謝っておいたが、これには二日前のにがい失敗の経験が、私の頭にコビリついていたからである。

陸攻隊の守り神、新郷大尉

その日、基地に帰ってから、二日前のマラン上空の空中戦で被弾負傷し、右大腿から切断手術して入院中のわが二小隊長の中原幸吉中尉を見舞って、この戦果を知らせてやった。

苦い経験とは、実にこのことなのである。

スラバヤの西方にブリンビンという秘密飛行場がある。二日前の二月二十五日に、これを攻撃せよという命令をうけ、私のひきいる攻撃機九機に、台南航空隊の新郷英城大尉指揮の零戦隊が掩護について基地を出発した。

いつものように新郷大尉の零戦隊は、攻撃隊の周囲にピッタリとついていてくれる。掩護戦闘機隊の指揮官が新郷大尉と聞くと、われわれ攻撃隊はじつに喜んだものだった。

掩護戦闘機隊の任務は、いずれも攻撃機隊の近くにいて守るばかりが能じゃない。むしろ攻撃機隊に攻撃をくわえる敵戦闘機の撃滅こそ、主任務だという説もある。しかし、いざ空戦となると、攻撃機隊の視界内にあるものは敵戦闘機ばかり、味方戦闘機はどこに行ったのかというようなことがしばしばあった。

この日も、無敵の新郷大尉の零戦隊の掩護とあって、安心しきって油断をしたせいもあっマランがある。

た。バリ島デンパサールからブリンビンへの途上、スラバヤ南方にその方面の最大の飛行場

数次にわたるわが方の空襲で、ほとんど完全に制圧されているだろうとは思うものの、通常の常識でいえば、こういうところは当然迂回して通るべきだが、ついうかうかと、それも悠然と上空を通過した。

マラン上空で、とつぜん敵戦闘機隊の後下方からの一撃を受けた。もちろん新郷大尉の零戦隊は、ただちに敵を蹴ちらしてしまったが、不運にもたった一撃で、二小隊長の初々しい中原中尉を不具にしてしまったのだ。

基地に帰ると、新郷大尉がとんできて、「足立大尉、すまなかった」といってくれたが、なんのなんの、その責任は誘導していた攻撃機隊指揮官の私の針路選定のあやまりにあった。敵が一撃しかできず、被害を最小限に喰いとめえたのは、まったく新郷大尉のおかげだったのである。

前代未聞の奇兵「晴嵐」の華麗なる秘密

液冷エンジン単発単葉の双浮舟で急降下爆撃が可能な複座機

航空機研究家　今出川純

潜水艦に飛行機を搭載するのは、なにも日本海軍の発案したことではない。イギリス海軍では潜水艦からの飛行機の発進を写真入りで公開したし、フランス海軍でもただ一隻の大型潜水艦スルクフに飛行機を搭載していると公表していた。また、ドイツ海軍では第一次大戦中にすでにこの種の考案をしており、大戦後にも潜水艦搭載用の特殊小型水上機をつくって、日本海軍に売りつけたほどである。

しかし、潜水艦の飛行機搭載を完全に実用の域にまで発達させ、それを大々的に実施していたのは、世界ひろしといえども、ひとりわが日本海軍のみであった。

すなわち、第二次大戦が勃発した当時、わが海軍では潜水艦

大型潜水艦搭載機の十七試攻撃機・晴嵐

の飛行機搭載はもはや完全に常識化し、甲型、乙型の巡潜にはすべてもれなく飛行機の格納筒と、カタパルトが設けられていた。そして搭乗員から〝金魚〟の愛称をたてまつられていた、かわいい零式小型水上偵察機が搭載されていた。

そして日本海軍は、これら小型の水偵を世界の他のどこの海軍ももっていない豊富な経験と自信をもって、きわめて有効に使いこなした。

たとえば真珠湾攻撃の戦果をあとになって完全に確認したのも、この潜水艦搭載機であったし、南アフリカ、オーストラリア、南方諸島からアリューシャンまで、この潜水艦搭載機は戦略的戦術的偵察に活躍しており、じつに貴重な情報をもたらしている。それればかりか、この零式小型水偵こそは、有史以来ただ一度の、米本土空襲を敢行した飛行機でもあるのだ。

飛行機と潜水艦の組み合わせは、だれしも一度は考えるものであった。しかしそれを完全に実用化したのは、世界でも日本海軍だけである。それはまったく他の真似られぬ特技であった。潜水艦に飛行機を搭載するばかりでなく、潜水艦と飛行艇との組み合わせもまた日本海軍は考案し、実行にうつしていた。史上二度目の真珠湾空襲は、潜水艦から補給をうけた大型飛行艇二機が実行したものである。また海軍では、洋上での飛行艇にたいする補給専用の大型潜水艦（潜補、伊三五一潜型）も実際に建造した。

この世界の追従できぬ特技にかんする多年の経験と実績、そして、それによってえた満々たる自信が、日本海軍をしてついに〝潜水航空母艦〟の建造に踏みきらせたとしても、あえて不思議ではなかったろうし、とっぴな着想ではなかったのである。

この世界の軍艦の歴史に空前にして絶後となった潜水空母が着想されたのは、緒戦の大戦果に意気あがる昭和十七年一月のことであって、同年五月にはもう計画が本決まりとなった。このスピードぶりにも、前例のない艦種の実現にかんする日本海軍の自信のほどを見ることができる。

こうして建造に着手されたのが特型潜水艦（略称、潜特）の伊四〇〇潜型で、決定した要目は基準排水量三四四〇トン、常備四五〇〇トン、水中五二二〇トンという空前のマンモス潜水艦で、特殊爆撃機二機を搭載し、そのための格納筒と射出機、揚収デリックをそなえ、一四センチ砲二門と機銃六、魚雷発射管八門、速力は水上最大二十ノット、水中七ノットで、これほどの巨大潜水艦ながら安全性も一般の乙型潜水艦に匹敵するというものであった。

ことに航続力は前代未聞で、十六ノットで三万三千浬、十四ノット換算なら四万二千浬ということは、日本本土から遠く南米大陸南端をまわって大西洋を北上し、ニューヨークを爆撃して来た道をひきかえし日本に帰ってきてもまだ、おツリがくるという物凄さであった。

また本艦はドイツで発明されたシュノーケル装置をそなえ、潜航状態でも主機械をもちいて航行することができた。

ミッドウェー敗戦による彼我兵力の急転は、この未曽有の超奇襲兵器の建造に拍車をかけ、一時はこの級の潜水艦十八隻の建造が予定されたものである。

下駄をぬぎすて超スピードで

これに配する爆撃機には、はじめは当時、世界無比の高性能艦上爆撃機として開発完了に近かった「彗星」が候補にあげられたが、検討の結果はむしろ、新規に彗星と同程度の水上機型を開発した方が得策ということになり、ここに着手されたのがM6A1「晴嵐」である。当初は攻撃機の一般名である「山」の字つきの名称として「南山」と命名されたが、どうも〝難産〟ではということになって、特殊機らしく晴嵐と改められた。潜特にしてもその建造目的が敵にさとられては奇襲効果を阻害するので、開発には最高度の機密保持が期せられたのである。

晴嵐の設計試作には愛知航空機があたった。その要目としては、彗星とおなじ液冷の熱田三二型（離昇千四百馬力）エンジンの単発、単葉、双浮舟の水上機で、急降下爆撃が可能な複座機である。全幅十二・二六二メートル、全長十・六四メートル、翼面積二十七平方メートルの機体規模は、同種の水上爆撃機「瑞雲」よりすこし小さく、艦上爆撃機彗星よりやや大きい。搭載爆弾は八〇〇キロまたは二五〇キロ一発で、後席に一三ミリ旋回機銃一を装備する。

性能は水上爆撃機瑞雲をいくぶん上まわり、最大速度は高度五二〇〇メートルで二五六ノット（瑞雲は二三七ノット）、航続距離は巡航速度一六〇ノットで六四二浬（瑞雲は一九〇ノットで五六八浬）である。

ただし上昇性能は瑞雲にやや劣り、高度三千メートルに達する所要時間は五分四十八秒（瑞雲は四分四十秒）であった。

晴嵐試作機。浮舟つき250キロ一発、浮舟なし800キロ爆弾または魚雷搭載可能

しかし晴嵐はいざ必要とあれば、双浮舟を空中で投棄して、液冷エンジンのスマートな機体となることができ、この場合当然、性能は陸上機や艦上機なみに高いものとなる。

この浮舟のない状態での最高速度は三〇二ノットが見込まれていたが、これは米海軍の艦上戦闘機グラマンF6Fヘルキャットに匹敵する値である。もっとも浮舟を投棄してしまうと、任務を終わって帰艦しても胴体着水ということになり、人員だけ収容して機体は放棄されることになる。

このようなことより、晴嵐の他の飛行機に見られない特徴は、直径四・二メートル、長さ三十一メートルという潜特の格納筒の中に要領よく二機（のちに改設計されて三機）の晴嵐が折り畳まれて格納され、潜航中でも点検や試運転などの十分な準備作業ができ、いざ潜特が浮上して発進となれば、きわめて迅速に組立や翼の展張が完了して、そのままカタパルト発進が可能なこと。帰投着水して揚収されると、これまた迅速に短時間で折り畳み分解されて格納が可能で、そのためにこそ採用されたのが、独特の急速分解折畳と急速展張組立のための機構であった。

まず主翼は、格納時には胴体付け根付近から翼端を後方へ九十度、かつ翼前縁を下方へ九十度回転させて、翼上面を外側にして胴体にそってピタリと折り畳まれているが、これが潜特の艦内から供給される油圧によって、わずか五十七秒でピンと展張され、固定ピンが差し込まれると完了する。

水平尾翼も下方へ折り畳まれていて、垂直尾翼は上端二十一センチだけが横に折り畳まれているが、これが一分〇二秒でともにピンと展張できる。この主翼と尾翼の展張には四人があたり、一分そこそこで折畳状態から展張が完了できる。また暗闇でも作業できるように、要所の金具には夜光塗料がほどこされていた。

ただ展張から折り畳む場合には、油圧の関係でやや長時間を要し、ピン抜きに二十五秒、主翼に五分十秒、尾翼に二分二十秒を要する。折り畳まれた晴嵐の寸法は、幅二・三メートル、高さ二・九メートルである。また、折畳時には浮舟ははずしてあり、発進時には装着するが、装着には十人がかりで四十五秒しかかからない。とりはずし格納は二十秒で完了してしまう。

なお、垂直尾翼上端の折畳可能部は、浮舟を投棄して高速を出すときには、これも同時に投棄されるようになっており、垂直尾翼面積をへらして安定を適度のものに保つようになっていた。実際にこの部分をとり去り、かつ浮舟のかわりに引込式の主脚と尾輪を装備した、高速状態の実験慣熟機も一機つくられた。

このような折畳状態で晴嵐はカタパルト射出用の台車に載せられて格納筒内に格納されており、すぐそばに浮舟がおかれている。潜航中にも格納筒と艦内は自由に往来できるが、またこの状態で晴嵐のエンジンには艦内から加熱した冷却液と、潤滑油が供給されており、いざ発進というときもエンジンを始動すれば、暖機運転にも時間をかけずに、そのまま発進できるようになっていた。

ついにパナマ制圧ならず

ただ当初は、潜特一艦に晴嵐二機搭載で準備がすすめられたものが、戦局悪化とともに、当初の十八隻を予定した建造隻数はどんどん削減され、そこで個艦の搭載力をましてこれを補なうため、後に晴嵐の搭載数は三機に改められるにいたった。

このためいろいろな不都合と無理が生じ、本来の二機は問題ないが、三機目はずいぶん不便な分解格納法をとらざるをえなくなった。そして浮上出撃にも一番機射出後、四分で二番機も射出できるが、三番機はその後でないと着手できぬ作業もあり、二番機射出後すくなくとも十五分後でないと、射出可能とならなかった。

晴嵐は昭和十八年の一機をはじめとして十九年、二十年と生産が続行されたが、陸上機型の一機もふくめて総数二十八機の生産で終わってしまった。これは愛知の工場が被爆で壊滅したことによる。

一方、潜特は当初の予定十八隻が五隻起工されただけで、昭和十八年秋に残りはすべて建造中止となった。しかもこのうち一隻は途中で工事中止となり、他の一隻は艤装中に空襲で被爆沈没してしまった。したがって終戦までに完成したのはわずか三隻で、うち二隻は就役したものの、残る一隻は就役前の訓練中に終戦を迎えた。

これらのあまりにも収縮した計画をおぎなうため、巡潜甲型が四隻、潜特にならって晴嵐二機を搭載できるよう改設計されて建造されたが、完成したのは二隻のみで、他は工事中に終戦となった。しかも完成二隻のうち一隻は終戦までに、トラックに向けて格納筒に艦偵「彩雲」二機を収納して輸送中に、米海軍に撃沈されてしまったのである。

ともかく三機搭載の潜特二隻と、二機搭載の改造潜二隻とが、空前絶後の日本海軍潜水空母部隊のすべてであって、第一潜水隊が編成された。

これに配する晴嵐の航空隊として六三一空が編成され、第一潜水隊司令が司令を兼任するもとで、例の零式小型水偵をもってする、史上ただ一度の米本土空襲を敢行した勇士までがくわわって訓練を開始した。

この前代未聞の奇襲部隊の最初の攻撃目標として、パナマ運河が選ばれた。計画当初のニューヨークやワシントンの攻撃からは、思えばずいぶん後退したものではあるが、これは欧州戦線の戦局収拾につれて、連合軍艦艇の欧州から太平洋戦域へ回航されるのを阻止する目的のものであった。そして同運河のロック水扉に対する晴嵐の体当たり特攻を想定して、訓練がすすめられた。しかし途中でドイツが降伏して欧州の戦争は終結し、この作戦の意義は消失してしまった。

つぎに目標にえらばれたのは、中部太平洋における敵の空母機動部隊の一大策源地と化しているウルシー環礁であった。しかし昭和二十年も初夏のころともなると、国内の重油備蓄はほとんど欠乏してしまっており、国内の重油タンクを空にしてやっと潜特一隻の補給が可能であった。

他の一艦は危険をおかして大連に回航して燃料を補給した。しかもこのころは敵も、この未曽有の奇襲部隊の存在に気づいたようで、瀬戸内海にいたたまれず日本海沿岸諸港に居をうつして訓練するこの部隊を、B29の爆撃が執拗に襲いつづけるようになった。

さらにこのウルシー作戦発動の準備として、トラックへ偵察機を輸送中の改造型潜水空母が一隻、ついに撃沈されてしまったのである。それでも伊四〇〇潜と伊四〇一潜の二隻の潜特をもって編成した攻撃部隊は、昭和二十年七月三十日、ウルシーめざして日本本土を出撃した。

そして八月十七日の攻撃実施を予定して八月十四日には攻撃発起地点に到達していたが、ついに終戦を迎えてしまったのである。

かくて秘中の秘の日本海軍独特の伝家の宝刀は、抜かれることないがままに終わってしまった。作戦は中止され、両艦は内地に帰投したが、本土を望む艦上で司令有泉龍之助大佐は悲壮な自決をとげたのである。

このように、日本海軍のみが技術的に可能にしえた前代未聞の潜水空母と、その搭載機

「晴嵐」ではあったが、実戦にもちいられぬままに終わった。このような未曽有の艦種や機種の建造の可否はさておくとして、たしかに空前にして絶後の潜水空母部隊であった。

水爆「瑞雲」沖縄戦に奮戦せり

実質上、水上攻／爆撃機というべき瑞雲装備の六三四空飛行長転戦譜

当時六三四空飛行長・海軍少佐　古川　明

私は第四五二航空隊の飛行長として、昭和十九年の十月まで零式水上偵察機をひきいて北千島におり、ついで冬に向かうとともに南下して、十月中旬には館山基地に集結した。

そして十二月、南方方面の戦局が急を告げると、アメリカ潜水艦がはげしく跳梁する台湾海峡方面に転用されることになり、全機が台湾南端の東港（とうこう）基地にうつった。

東港基地には、九五三航空隊（水偵）と八〇一航空隊（大艇）が配備されていた。当時、この基地はフィリピンや南西方面へ増援される水上機の中継点となっており、つねに多数の水上機や飛行艇が出入りし、南下する人、北上する人でにぎやかであった。

四五二空は東港基地へ着くとすぐに、九五三空と協同して主として台湾海峡を通過する船団の護衛と哨戒にあたった。

古川明少佐

そのころ、レイテ湾へ突入したのち内地へむかう大和、長門、金剛、榛名の主力戦隊をフィリピン北端から澎湖島まで護衛したことは、忘れられない一コマであった。傷だらけの連合艦隊の各艦が損傷の程度によって、それぞれ油を後方に長くひいているのが、日本の暗い前途を象徴するかのように見え、気が重くなった。そのうえ台湾の北端で金剛が米潜の餌食となってしまった。

十二月十五日、突然、ただちに本隊へ帰れ、という電報が館山基地の司令より送られてきた。そこで後事を分隊長の竹内大尉に託すと、十七日、取るものもとりあえず横浜へ帰る八〇一空の二式大艇に便乗させてもらった。

東港を早朝に離陸し、香川県の詫間基地に一泊したのち、ひさしぶりに見る富士山の横をかすめて横浜基地へ着いたのは、十八日の午後であった。ただちに館山基地へ電話し、零式水上偵察機の迎えをうけて本隊へ帰着した。

昭和十九年十二月の内地は灯火管制がしかれ、物資の不足とボツボツはじまった空襲警報に、何ともいえない暗い年末で、暑い台湾からもどって寒さもまた一段と身にしみるありさまだった。しかし、大艇にいっぱい積みこんできた砂糖とバナナは、基地の人たちを大いに喜ばせた。

司令にこれまでの台湾派遣隊についての報告を終えると、四五二空は昭和二十年一月一日に解隊され、東港派遣隊は九〇一空に編入されるということを聞かされた。そして私は、六三四空飛行長に転勤とのことであった。

ところが、六三四空が一体どこにいるのかわからない。海軍省に電話でたずねると、現在フィリピンのキャビテで作戦中という。機種は「瑞雲（ずいうん）」とのこと。ここに、私と瑞雲のつきあいがはじまったのである。

瑞雲にはそれまでに東港で比島方面へ空輸される数機にお目にかかったていどで、もちろん乗って飛行したこともない最新鋭の水上爆撃機だ。その性能もつまびらかでない。しかし、水上機は飛行学生以来いくつも手がけてきたので、不安はまったくなかった。むしろ、最新鋭機で第一線に出られる光栄と期待に、胸ふくれる思いであった。

瑞雲は、はじめ航空戦艦に改装された伊勢、日向に搭載される予定の二座の水上偵察爆撃機で、急降下爆撃もできるという。

愛知時計が開発し、昭和十六年に試作設計され、計画段階で十四試二座水偵、十六年に十六試水偵と改称されて、十七年五月に試作第一号機が完成した。

その後、横須賀航空隊で実験をかさね、エアブレーキ、浮舟（フロート）、フラップなどが改修されて昭和十八年八月、瑞雲一一型（E16A1）として制式採用された。

昭和十九年より愛知時計、ついで横浜の日本飛行機で量産にうつされ、両社で終戦までに合計二五六機が生産されたのである。

戦局の関係で伊勢、日向には搭載されることなく、昭和十九年十月、比島のキャビテに六三四空として進出し、はじめて実戦に参加した。レイテをめぐる戦いでは、夜間攻撃の主力となって大きな戦果をあげ、昭和二十年一月の初頭に米軍がリンガエン湾に上陸するまで、

急降下訓練中の瑞雲。250キロ爆弾1発または60キロ3発を搭載できた

輸送船団攻撃に活躍した。毎夜、少なくとも六機をもって攻撃し、その間に大西瀧治郎長官より感状二回の偉勲をたてた。

しだいに被害も出てきたが、どういうわけかマニラ周辺の陸上飛行場がつねに空襲にさらされたのに反し、キャビテは比較的空襲の被害がすくなく、瑞雲は水上機の特性を十分に発揮して戦ったのであった。

横空の山内順之助少佐が偵察三〇一飛行隊長としてキャビテに進出したのが昭和十九年十二月上旬で、当時、瑞雲隊は連日のはげしい戦闘に減耗していったが、士気はなおも高かった。しかし、敵船団がレイテから北上してボホール、サンホセ、リンガエンにいたる昭和二十年一月六日ころまで死闘をくりかえしたが、敵のマニラ攻撃がはじめられたころには、わずか二機にまでなっていた。

台湾北部に秘密水偵基地を建設

昭和十九年十二月末、私はキャビテにおもむくため厚木を出発、鹿屋、沖縄をへて台湾の高雄にたどりついたのが一月五日であった。いよいよ明日は紫電戦闘機の護衛をうけて、高雄より一式陸攻に乗って激戦の渦中へ向かうのだ。おそらく今夜が最後の平穏な一夜となるであろう、などとさまざまな思いを胸にひめ、高雄航空隊が指定した宿舎に入った。

明けて昭和二十年一月六日、飛行場にいって見ると状況は一変していた。連合軍の大船団がリンガエン湾に進入しており、内地、台湾方面からの航空便はいっさいストップされ、そのまま待機せよということになってしまった。

そのとき、すぐに私の頭にひらめいたのは東港基地だった。そこには、いつも内地から補充された瑞雲が何機かあるはずである。また、整備員もふくめて数名の六三四空基地員がいる。そこへ行けばキャビテからの情報も入るであろうし、連絡もとれるかも知れない。

そう判断すると、私はすぐに東港基地へ急行した。はたして数名の六三四空隊員がおり、とりあえずそこで部隊を再編するのが、今後の最良の道であると決心した。

一方、キャビテでは最後の瑞雲を東港に逃がすとともに、当時、キャビテにいた九五四空の零式水偵三機を、山内少佐みずからが出むいて交渉、なんとか「ヤミ」で手に入れることができた。

それから、瑞雲の操縦員を特訓のうえ、上級司令部員をサイゴンにはこび、さらに搭乗員を東港に待避させた。また約三五〇名の基地員は、はじめはマニラに籠城させる予定であったが、できるかぎり台湾に撤退させる方針が立てられた。

まず一週間かかって陸路を北上し、エチアゲからツゲガラオにうつり連夜の輸送機便によって東港に引き揚げ、だんだんと私の指揮下にはいってきた。内地から運ばれてきた瑞雲もしだいにその数を増してゆき、搭乗員も多数がフィリピンから引きあげてきた。そこで一月十五日から、所在部隊と合同でふたたび夜間哨戒飛行をはじめた。

このころになるとB24、P38などによる空襲がはげしくなり、六三四空は東港基地の対岸に疎開して、もっぱら敵の目をくらますこと、すなわち空襲による被害をできるだけ少なくすることに専念した。

一月末には、司令も山内飛行隊長もぶじに東港へ帰りつき、ここに六三四空の再建は、人員的には完成したのである。また、エチアゲ方面に集結した六三四空隊員は、連夜の引揚げ輸送機の努力により、菊地中尉の指揮する百名をのこして、約二五〇名が東港に集結した。

比島方面の戦局はますます悪化し、引揚げ空輪もしだいに困難になった。菊地部隊も何とかして引き揚げるように手配したが、菊地中尉自身が引揚げを辞退して残留を希望する、という決意の電報を打ってきたので、彼らは比島航空隊に編入されてしまった。

二月にはいると、台湾の上空には昼夜をわかたず、敵機が姿を見せるようになった。とくにB24の編隊爆撃により、東港基地の基地と海をむすぶ斜面の「滑り」やエプロンにおかれた零式水偵が被弾して炎上するものがたくさんでた。また四五二空時代の分隊長竹内大尉は、避退中に戦死といういたましい事態となった。武装のよわい零式水上偵察機は、われわれの目の前でB24に撃墜され、グラマンやP38の乱舞するにまかせるという、これこそ水偵隊にとって手も足もでない状況になってしまった。

それより少し前、地勢的にみても東港基地は当然、在比米空軍の制圧下になるであろうことが予測されたので、司令の命により、私はひとりで台北におもむき、淡水基地とその周辺の淡水川に水上基地の適地を調査することになった。

そして、台北より西方、淡水との中間の士林というところにある中洲に、飛行機用の掩体壕を掘ることの了解をえた。ただちに台北州庁耕地課長の援助のもとに、多数の本島人を動員して大工事をはじめたのである。私と整備長の岩元盛高大尉は、中洲内にある小学校の校長官舎に下宿して、現場監督と耕地課との連絡に奔走した。

さいわい台湾北部は二月は雨期で、この期間に空襲はB24による編隊爆撃が一回おこなわれただけであった。しかもB24一機が、市民の目の前でみごとに撃墜されて、大喝采をあびる場面もあった。仕事はだいたい予定どおりはかどり、三月中旬には東港基地よりだんだんと淡水基地に進出していった。そして、月末までには移動完了の予定であった。

戦雲はしだいに北にひろがり、硫黄島玉砕の悲報のあと、つぎの敵の進攻方向は台湾か沖縄かとはげしく論議された。われわれも淡水にあって、いずれの場合にも対応できるかまえをとりつつ、哨戒飛行に従事したのであった。

小型艦攻撃に大なる効果あり

三月末、いよいよ敵のつぎの攻略目標が沖縄に向かっていることがはっきりした。そこで私は命により、奄美大島の古仁屋基地に前進、そこに瑞雲の基地をつくり、沖縄戦の拠点とすることにきめられた。司令は台湾の淡水基地にいて本隊をひきい、補充および錬成部隊は福岡県の玄界基地におかれた。

夜になって淡水を発進した瑞雲は、沖縄周辺の敵艦船を攻撃したのち古仁屋に着水、燃料や弾薬を補給して、また攻撃をくり返して淡水に帰る往復攻撃をとるようにした。一方、玄界基地より可動全機が夜になるとともに古仁屋に進出し、燃料弾薬を補給したのち、沖縄周辺に反復攻撃(天候状況がよければ三回もいったことがある)をくわえたのである。そして、黎明とともに九州へ避退するという二本立ての攻撃法をとることになった。

こういった配備をするについても、人員や物件の移動は、とても昼間にはできない。先にフィリピンで「ヤミ」で手にいれたオンボロ零式水偵三機に、東港と淡水の零式水偵隊も一個分隊が配下にくわわった。

この三座の零式水偵に五人が乗ったり、物件を満載して、その夜間能力をフルに発揮するなど、きわめて効率よく運用できた。これは沖縄作戦における瑞雲隊の活躍の裏方として、重要な役割を果たしたものであった。

当時、奄美大島南端の古仁屋には水上機基地があり、佐世保航空隊の派遣隊が基地を管理していた。基地の対岸には大島根拠地隊がおり、特攻艇「震洋」と数隻の魚雷艇が配備され、東西の湾口には監視所がもうけられていた。また、陸軍の要塞司令部があって重砲隊がいたが、かたちばかりで装備は旧式の重砲がほとんどだった。

三月末の古仁屋基地は、すでに前年の空襲によって滑りだけを残して、あとはすべて瓦礫の山と化していた。谷間に急造のバラック兵舎が擬装網をはり、蘇鉄の葉をかぶせて点在するだけで、丘陵をぬって横穴式の防空壕が縦横に掘られていた。

滑りの付近の海底は捨て石の整理のため、夜になると民間の潜水夫がはいり、島の女たちがポンプ作業に美声をはりあげて歌をうたっているのが、ただ一つのなごやかなムードであった。戦後、リバイバルした「島育ち」という歌も、すでに彼女たちが声をそろえて歌っており、基地員で歌の好きな連中はすぐにおぼえて、われわれ音痴どもにも教えてくれた。これが防空壕でも指揮所でも歌われ、「赤い蘇鉄の実のうれるころ……」と大合唱になった。

四月にはいり沖縄作戦が本格化すると、菊水作戦に呼応して、先に述べたように夜になると、基地は全力をあげて沖縄周辺の攻撃をおこなった。目標ははじめ空母、戦艦、輸送船の順序であった。

しかし、瑞雲が搭載する二五〇キロ爆弾では、戦艦に数発が命中したのを確認しても、致命傷をあたえることができなかった。また、空母群は機動部隊としてははるか外洋を遊弋しているため、沖縄周辺に向かったわが瑞雲は、輸送船と沖縄の外周にばらまかれたレーダーピケットの役割をはたしている小型艦に目標を変更した。

これは非常に効果をあげ、二五〇キロと六〇キロ爆弾二発があれば、一機で二艦を大破または撃沈させることができた。敵の平文無線電話の傍受でも、ピケット艦の狼狽ぶりは手にとるようにわかり、夜間戦闘機への救援要請のやりとりや、ピケット艦の救難の要請など、電文の内容からもうかがい知ることができた。

とくにニミッツ長官より麾下の全軍にあてて、「夜間来襲する単葉小型水上機をとくに警戒せよ」という意味の電報が発せられたことは、まさに瑞雲をさしており、その効果に敵が悲鳴をあげたと見てよいであろう。

そのためか、五月末になると、敵の夜間戦闘機の数は非常に多くなり、日没から夜明けまで、古仁屋上空にもたびたび飛来して、不気味な爆音と航空灯を点滅させていた。

敵の夜間戦闘機は単機でレーダー哨戒をやっているが、航空灯をつけているので、攻撃に飛びたつ瑞雲はその灯りで敵の接近を知ると、近くまで引き寄せておいて、一気に水面上まで急降下し、苦もなく敵機を巻くことができた。

速力のおそい鈍重な零式水偵の場合、六月中旬に陸軍参謀の脱出を援助するため、沖縄南瑞の湊川沖に三晩にわたり延べ九機（毎夜各三機）を強行着水させ、陸上の友軍と灯火信号で連絡をとらせたが、司令部間の打ち合わせの不備のためか、ついに目的を達することができなかった。

そのとき、零水偵は毎夜、敵夜戦の追撃をうけたが、上昇したり、水面すれすれに飛んだりして鬼ごっこをつづけ、古仁屋の湾口近くまで追いかけられながら、ぶじに帰還している。

ただ、最後の晩に一機だけが未帰還となったが、はたして夜戦に喰われたかどうかはわからない。

欠陥機の「報国女学生号」

四月には、大和特攻隊の間接掩護、そして雨期の五、六月も天候さえ許せば、瑞雲攻撃隊は連夜のごとく出撃して敵の小艦艇に多くの被害をあたえるとともに、中期以後は敵輸送船への攻撃も強化していった。

沖縄で荷役中の敵船は、すっかり日本軍をなめきって、灯火をあかあかとつけて作業していた。アタマにきた搭乗員たちは、停泊する輸送船の真ん中めがけて一発ブチ込んだとか、敵の油断を見すまして戦艦群に対し、スキップボミングをこころみたが、至近距離で主砲をぶっ放されて、機体の各部がガタガタになって帰投した、といった武勇談は枚挙にいとまのないほどであった。

比島いらいの歴戦の偵察三〇一飛行隊は、いくらかの補充はあったが、ほとんどの搭乗員が歴戦の士、悪くいえば戦さずれして心技ともに充実していた。しかし、体の方がしだいに消耗して、疲労の色はおおうべくもなく、未帰還機もポツポツでるようになった。

そのため、五月になると横浜基地で錬成中の偵察三〇二飛行隊を六三四航空隊に編入、古仁屋に進出させ、慣熟の度合いにしたがって沖縄攻撃に参加させた。機材の方は愛知時計から日本飛行機の方に量産がうつされ、玄界基地から受けとりにいって試飛行、領収、空輸をおこなった。

このころになると、動員学徒によって組み立てられた機体となり、われわれは「報国女学生号」などといっていた。しかし、ちょっとした不注意による不具合な個所に悩まされた。たとえば工具のおき忘れ、鋲のしめつけ不良、仕上がり点検の不足などである。

しかし、工場から日の丸の鉢巻姿もりりしい女学生の歓迎をうけて受領してくる搭乗員にとっては、これ以上の励ましはなかったであろう。

五月になると、台湾は内地より一足先に梅雨にはいる。谷間の兵舎は、四月末に米艦上機の攻撃で炎上してしまい、好むと好まざるとにかかわらず、洞穴住いとなった。地下水が壕内を流れ、毛布もなにもかもがベトベトになり、虱もわいた。しかも天気のよい昼間は、九州方面へ空襲にいった米艦上機が帰途に、かならず残弾をあびせていく始末で、踏んだり蹴ったりであった。

菊水作戦がおこなわれ、陸海軍の特攻機が奄美大島に不時着するたびに、搭乗員はみな古仁屋基地にあつめられた。最盛期には不時着した特攻隊員だけで六十名にも達し、さっそく響いたのがわれわれの台所であった。

零式水偵と二式練習用飛行艇、それに時たまくる九七式飛行艇でほそぼそと佐世保方面より補給をうけていたので、まず青物類などの生鮮食品が不足した。ときどき、目の前の古仁屋港に米軍機が爆弾を落とすと、すぐに漁船をだして海面に浮かぶ魚をひろいにいった。

ふんだんにあるのは黒砂糖と蘇鉄で、蘇鉄の澱粉は一般に下痢するといわれ、基地員は食料にしなかった。内地から夏ミカンをたくさん送ってもらい、ビタミンの不足をおぎなうとともに、その皮をあつめて黒砂糖と煮こみ、これを乾パンにつけて食べた。

こんな状態であったので、われわれが干乾しになる前に、特攻隊員収容用の九七大艇を特別に派遣してもらったこともあった。

われわれ攻撃隊も、敵の態勢が強化されるにつれて未帰還機がふえ、とくに偵察三〇二飛行隊が肩がわりした直後は、頭のいたくなるほど未帰還機がふえた。しかし、九州から沖縄まで数十の島々がつらなっているので、これらの島に不時着した瑞雲隊員もあり、他の特攻隊の不時着搭乗員もふくめ、列島線上で人口が増加したところが多くでき、空襲の合い間を

鹿児島湾桜島の基地で給油中の瑞雲。単発低翼単葉、双浮舟の複座機で、前方に20ミリ機銃2梃、後席に13ミリ1梃を装備

見はからって、鹿児島より駆潜艇による救出作戦がおこなわれた。

内地より飛んできたが、天候のぐあいで帰れなかった〝虎の子〟の瑞雲八機を基地の周辺に分散して隠しておいたのが、運悪くF4Uコルセア戦闘機に発見され、つぎつぎに炎上するのを手をつかねて見送ったこともあった。

沖縄の運命が決したあとは、本土決戦にそなえて、鹿児島湾桜島の東北にある牛根村に基地をつくって移動した。ここからも連夜、少数機ではあったが、沖縄海域への哨戒攻撃がつづけられ、その間に、歴戦の分隊長宮本平治郎大尉も未帰還となってしまった。

七月にはいり、主力はすべて玄界基地にうつり、機数もしだいにふえた。瑞雲はあらたに翼下にロケット弾を二発ずつ装着するようになった。また、零式水偵には魚雷を搭載して、夜間雷撃をおこなうための実験と訓練がはじめられた。司令も飛行長である私も交代して、新しい陣容で本土決戦にそなえつつあった。

八月十五日の終戦のとき、私はちかくの博多姪ヶ浜基地の鹿島航空隊副長兼飛行長となり、本土決戦のときには、両隊が協同して特攻をかけるべく準備中であった。

※本書は雑誌「丸」に掲載された記事を再録したものです。執筆者の方で一部ご連絡がとれない方があります。お気づきの方は御面倒で恐縮ですが御一報くだされば幸いです。

単行本　平成二十七年七月　潮書房光人社刊

ＮＦ文庫

海軍攻撃機隊

二〇二〇年七月十五日　第一刷発行
著　者　高岡　迪　他
発行者　皆川豪志
発行所　株式会社　潮書房光人新社
〒100-8077　東京都千代田区大手町一-七-二
電話／〇三-六二八一-九八九一(代)
印刷・製本　凸版印刷株式会社
定価はカバーに表示してあります
乱丁・落丁のものはお取りかえ致します。本文は中性紙を使用

ISBN978-4-7698-3174-7　C0195
http://www.kojinsha.co.jp

NF文庫

刊行のことば

第二次世界大戦の戦火が熄んで五〇年――その間、小社は夥しい数の戦争の記録を渉猟し、発掘し、常に公正なる立場を貫いて書誌とし、大方の絶讃を博して今日に及ぶが、その源は、散華された世代への熱き思い入れであり、同時に、その記録を誌して平和の礎とし、後世に伝えんとするにある。

小社の出版物は、戦記、伝記、文学、エッセイ、写真集、その他、すでに一、〇〇〇点を越え、加えて戦後五〇年になんなんとするを契機として、「光人社NF（ノンフィクション）文庫」を創刊して、読者諸賢の熱烈要望におこたえする次第である。人生のバイブルとして、心弱きときの活性の糧として、散華の世代からの感動の肉声に、あなたもぜひ、耳を傾けて下さい。